KB068198

백상아리

백상아리

김춘규 장편소설

RHK
알에이치코리아

차 례

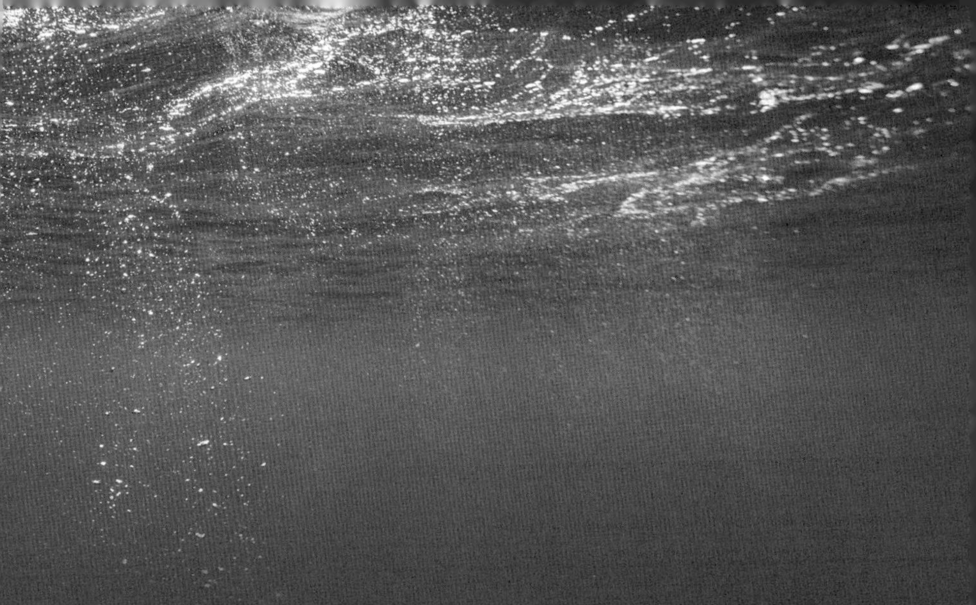

1
대재앙의 시작

독도함 갑판에 설치된 윈치가 유인잠수정 챌린저호를 수면 아래로 이동시켰다. 중앙통제실엔 해군작전사령부의 장군들이 대형스크린을 통해 작전 상황을 지켜보고 있었다. 챌린저호는 윈치의 강철케이블에서 벗어나기 시작했다.

김수지 대위는 주력엔진을 가동시키곤 조이스틱을 앞으로 밀었다. 불과 몇 분 만에 어둠의 세계가 펼쳐졌다. 유인잠수정 챌린저호의 조정실은 기울어지는 각도에 상관없이 언제나 수평을 유지해주었다. 또한 모든 전자장치는 디지털화되어 탐사 임무가 한결 수월하게 설계되었다. 더구나 해저탐사는 칠흑 같은 어둠 속에서 이루어지기 때문에 고도로 훈련된 대원의 기량과 축적된 해저데

이터의 정보는 절대적이었다.

김수지 대위는 눈을 질끈 감고 부릅뜨기를 반복했다. 챌린저호에 가해지는 수압은 1평방센티미터당 무려 200킬로그램이 넘었다. 해군특수전단의 정예요원으로서 자질을 키웠고, 수많은 훈련을 받아왔지만 심해에서 느끼는 압박감은 어쩔 수 없었다. 그녀는 모니터에 표시된 해저지도를 따라 협곡으로 방향을 틀었다. 온몸에 소름이 돋아났다. 어둠 속에 은신해 있던 심해상어가 날카로운 이빨을 드러내고 달려들 것만 같았다. 그도 그럴 것이 일렁이는 해류를 따라 미생물이 거대하게 뭉쳐져 빛을 발하고 있었다. 그 밝음이 여러 가지 형상을 만들어냈다. 그 순간, 어떤 움직임이 챌린저호의 밑을 훑고 지나갔다. 그 여파로 심해에서 부유물이 솟구쳤다.

그녀는 손아귀에 힘을 주고 조이스틱을 아래로 밀었다. 곧이어 봉우리 하나가 시야에 들어왔다. 심해협곡엔 바위들이 들쭉날쭉 솟아 있었다. 멀지 않은 곳에서 무언가 얼핏 보였다. 김수지 대위는 숨을 죽인 채 심해에 불쑥 솟아 있는 물체를 응시했다. 그것은 어둠자락에서 어릿거리는 환영동물이 아니었다. 심해어류가 분명했다. 문제는 크기였다. 그녀는 조이스틱을 단단히 움켜쥐고 챌린저호를 전진시켰다. 거대한 회색 물체가 굼실거리고 있었다. 스피커에서 이만수 대령의 목소리가 터져 나왔다.

"김수지 대위! 무슨 일인가? 모니터에 나타난 심장박동수가 크게 증가하고 있어."

"거대한 물체가…. 아닙니다. 저는 괜찮습니다."

그 순간, 심해계곡에서 아련히 퍼지는 물결소리가 음파탐지기를 자극했다. 그것은 음산하게 앓아대는 심해어류 같기도 하고, 무슨 거대한 괴물이 심해상어를 씹어 삼키는 소리 같기도 했다. 그 소리는 수중음파탐지기를 통해 연달아 흘러나왔다. 김수지 대위는 레이저탐조등을 켰다. 눈앞에 펼쳐진 놀라운 광경에 두 눈이 휘둥그레졌다. 환형동물이 서로 뒤엉킨 채 해류를 따라 흔들리고 있었다. 게다가 뜨거운 난류가 스치고 지나갈 때마다 부피가 늘었다 줄어들기를 반복했다. 그 주변으로 드럼통이 어지럽게 널려 있었다. 그녀는 조이스틱을 조정해 심해협곡으로 내려갔다. 협곡 아래엔 무언가가 봉분을 이루고 있었다.

"거건 뭐지?"

그녀는 눈을 뗄 수가 없었다. 쓰레기더미처럼 쌓여 있는 드럼통은 일반 산업폐기물은 아닌 듯싶었다. 레이저탐조등으로 그 주변을 비춰보았다.

"특수강으로 만든 드럼통이라니!"

"뭔가 발견했나?"

이만수 대령이 다급하게 물었다.

"드럼통이 어지럽게 널려 있습니다."

"그 심해에 드럼통이 있단 말이야?"

"예, 좀 더 살펴보겠습니다."

김수지 대위는 드럼통 주변을 정밀하게 촬영했다. 도저히 믿을 수 없는 광경이었다. 그때 수중레이더에서 거대한 물체의 움직임이 잡혔다. 이만수 대령은 모니터를 통해 그녀의 거친 숨소리와 심장박동을 확인했다.

"김수지 대위! 침착하게 상황 보고해봐!"

"수중촬영 중입니다. 직접 보시는 편이 나을 것 같습니다."

그녀는 임무에 집중하려고 마음을 다잡았지만 심장의 피돌기가 빨라졌다. 드럼통 주변을 어슬렁거리는 거대한 물고기가 보인 탓이었다. 게다가 기형적으로 자란 꼬리지느러미가 마음에 걸렸다. 만일 녀석이 덤벼들면 전자기탄그물을 발사할 생각으로 스위치에 손을 올렸다. 거대한 물고기는 쌓여 있는 드럼통 앞에서 움직임을 멈췄다. 녀석이 드럼통을 입에 물고 단번에 찌그러뜨렸다. 그 모습이 일렁이는 불빛을 따라 굴절되어 보였다. 그 굴절 때문에 계곡이 살아 움직이듯 출렁거렸다. 김수지 대위는 곰곰이 생각해 보았다. 드럼통 무더기와 그 주변을 배회하는 거대한 물고기 이야기를 한다면 웃음거리가 될 것이 뻔했다.

'뚜! 뚜! 뚜!'

수중레이더 위로 붉은 점이 나타났다. 미확인 물체가 대단히 빠른 속도로 챌린저호 쪽으로 다가오고 있었다.

'뚜! 뚜! 뚜!'

김수지 대위는 심장이 격렬하게 뛰기 시작했다. 그 물체가 무엇이든 간에 엄청나게 큰 녀석임이 틀림없었다. 그녀는 다급하게 외쳤다.

"저건 도대체 뭐지?"

긴박한 상황이 벌어진 걸 눈치 챈 이만수 대령이 해저탐사를 중단하고 부상할 것을 명령했다. 김수지 대위는 불안한 눈빛으로 수중레이더를 응시했다. 거대한 물체는 곧장 챌린저호 쪽으로 돌진하고 있었다. 그녀는 본능적으로 모든 동력과 레이저탐조등을 꺼버렸다. 청각은 심해어류에게 있어 아주 예민한 감각기관이었다. 저주파는 고주파보다 멀리까지 전달되기 때문에 민감하게 반응하는 경향이 있었다.

김수지 대위는 음파탐지기의 볼륨을 높였다. 미약한 울림이 또렷해지기 시작했다. 하지만 소리의 방향을 쉽게 가늠할 수 없었다. 뭔지는 알 수 없지만 거대한 해류가 인위적으로 만들어지고 있는 건 틀림없었다. 그 순간, 드럼통 위로 희끄무레한 몸체가 솟구치는 것이 보였다. 심해상어는 아니었다. 거대한 삼각형 머리엔 커다란 점이 박혀 있었다. 그때 노랑 눈의 변종백상아리가 몸체를 뒤틀며 다가섰다. 그녀는 스크린의 이미지를 확대해보았다. 삼각형 머리가 보이고, 주둥이엔 드럼통이 물려 있었다. 녀석이 드럼통을 씹어 삼킬 때마다 웅숭깊은 소리가 한동안 이어졌다. 이를테면 무겁고 커다란 악기의 높은 음색을 떠올리게 했다. 그 긴 여운의 여파로 거대한 물결이 밀려들었다. 챌린저호가 순간적으로 기울어졌다. 노랑 눈은 사냥감을 감지해낸 것처럼 꼬리지느러미를 휘저었다. 또다시 잠수정이 크게 기울어졌다. 조정실은 자동으로 수평을 유지해주었다.

김수지 대위는 눈을 감았다 부릅뜨기를 반복했다. 노랑 눈의 크기는 700미터가 넘어 보였다. 더구나 삼각형의 머리와 반달 모양의 꼬리는 기형적으로 자라 있었다. 잠시 뒤, 스피커에서 이만수 대령의 목소리가 흘러나왔다.

"김수지 대위! 해저협곡을 빠져나와!"

"믿어지지 않는 상황을 목격했습니다. 거대한 변종백상아리가 출연했습니다."

"뭐? 변종백상아리? 고수 장군의 명령이야. 분위기로 보아 뭔가 있는 것 같아. 그만 철수해!"

그녀는 대답하지 않았다. 변종백상아리의 출연에 공포와 호기심이 동시에 밀려들었다. 그나마 등지느러미엔 커다란 물혹덩어리가 달려 있었다. 챌린저호의 로봇 팔로 누르면 누런 피고름이 흘러내릴 것만 같았다. 불결하기 짝이 없었다. 그때 물혹이 달린 노랑 눈의 변종백상아리가 꼬리지느러미를 흔들며 50미터 앞까지 다가왔다. 머리에 커다란 점이 박힌 녀석보다 흉측한 몰골을 하고 있었다. 김수지 대위는 마치 비밀을 털어놓는 것처럼 의미심장하게 중얼거렸다.

"어쩌다 저런 녀석들이 생겨난 거지? 분명 방사능에 오염된 거야. 꽃망울도 터뜨리지 않고 바로 열매가 맺힌 격이잖아. 녀석들에겐 안 된 일이지만 해양생태계엔 사형선고나 다름없어."

그녀는 챌린저호에 설치된 로봇 팔을 이용해 뼈마디를 집어 올렸다. 아무렇게나 버려져 있는 사체부산물은 흉물스러웠다. 그 순간, 노랑 눈의 변종백상아리가 몸통을 뒤집었다. 아랫배엔 욕창이 생긴 것처럼 패여 있었다. 녀석이 배를 바닥에 갖다 대곤 몸부림쳤다. 핏물이 터져 나왔다. 순간, 세찬 물결이 밀려들었다. 김수지 대위는 수중레이더를 응시했다. 또 다른 거대한 놈이 빠른 속도로 다가오고 있었다. 수중레이더에 장착된 인공지능이 물체의 이미지를 예측하여 화면 위로 띄웠다. 몸뚱어리는 방추형으로 비대하고 주둥이는 원뿔형이었다. 전형적인 백상아리의 형상이었다. 그때 일단의 굉음과 함께 희끄무레한 것이 크게 요동쳤다. 물결파장을 따라 울려나오던 고음의 진동과 함께 세찬 물살이 터져 나왔다. 그렇게 강력한 심해물결은 처음이었다. 무수히 일렁이는 물살이 커다란 해류를 만들어냈다. 그 충격으로 챌린저호가 협곡의 바위 모서리에 부딪쳐버렸다. 김수지 대위는 온몸에 소름이 돋았다. 수직으로 뻗어 있던 심해카메라가 직각으로 꺾여버렸다. 게다가 꼬리방향타까지 떨어져나갔다. 그녀는 재빨리 영상장치를 점검해보았다. 화면엔 부유하는 공기방울처럼 똑같은 영상만 반복되고 있었다.

"빌어먹을! 결정적인 순간인데."

김수지 대위는 심해를 응시했다. 세 번째로 포착된 회색눈이 노랑 눈의 변종백상아리를 노려보고 있었다. 그랬다. 회색눈의 몸길이는 900미터에 달했고, 무게는 거의 460톤이 넘어 보였다. 사냥감이 된 노랑 눈에겐 매우 유감스런 일이었다.

회색눈이 곧장 돌진했다. 노랑 눈이 이빨을 드러내며 사납게 위협해보았지만 아무런 소용이 없었다. 회색눈의 이빨이 노랑 눈의 척추 뼈를 파고드는 순간, 고통을 느낄 시간도 없이 숨이 멎어버렸다. 그것도 잠시 뿐이었다. 회색눈은 상상할 수도 없는 엄청난 괴력으로 노랑 눈의 두개골을 한 번에 부셔버렸다. 죽어간 녀석의 피부는 한눈에 보기에도 불결하기 짝이 없었다. 방사능 부작용이 분명해 보였다.

그녀는 어금니를 악물었다. 영상장치를 몇 번이나 조작해보았지만 헛일이었다. 순식간에 일어난 일이라 당황스럽기도 했다. 그 순간에도 또 다른 변종백상아리가 노랑 눈의 내장을 통째로 씹어 삼키고 있었다. 커다란 물혹덩어리를 달고 있던 노랑 눈은 부패할 기회조차 없었다. 순식간에 동족의 아가리 속으로 사라졌다. 회색눈은 동족의 살점에 입맛을 다시지 않았다. 이상한 일이었다.

김수지 대위는 호흡을 가다듬고 보조전원을 켰다. 그러고는 챌린저호의 함수에 달린 로봇 팔을 움직여 찢겨진 드럼통을 집어 들었다. 회색눈이 곧바로 반응했다. 그녀는 드럼통을 해류 속으로 밀어 넣었다. 세차게 소용돌이치며 드럼통 무더기 쪽으로 휩쓸려 갔다. 회색눈은 미동도 없이 챌린저호를 노려보고 있었다. 대신 머리에 커다란 점이 박힌 녀석이 꼬리를 흔들며 쫓아왔다. 그녀는 챌린저호의 전력을 켜곤 조이스틱을 움켜쥐었다.

회색눈은 어둠 속에서 챌린저호의 주위를 맴돌기 시작했다. 김수지 대위는 서서히 엔진마력을 높이곤 수면 위로 방향을 틀었다. 회색눈이 꼬리지느러미를 휘저었다. 거대한 해류가 밀려와 챌린저호의 선체를 두들겨댔다. 그런데 녀석은 공격을 해오지 않았다. 허옇게 뒤집힌 해류가 챌린저호를 덮치는 걸 노려보고 있었다. 챌린저호는 뒤집어졌지만 조종실은 자동으로 균형을 잡았다. 회색눈이 또다시 세찬 물결을 일으켰다. 녀석은 제왕의 위치에서 거만하게 군림하는 것 같았다. 잇달아 덤벼드는 거대한 해류에 휩쓸린 챌린저호는 금방이라도 분해될 듯 휘청거렸다. 김수지 대위는 조이스틱을 움켜쥐고 회색눈을 응시했다.

"저 눈빛은 뭐지? 인간처럼 뭔가를 관찰하는 것 같아. 한낱 물고기일 뿐인데."

회색눈은 거대한 꼬리지느러미를 연이어 휘저었다. 심해에 널린 뱃조각들이 해류에 휩쓸려 어지럽게 나뒹굴었다. 김수지 대위는 아뜩한 현기증에 눈을 부릅떴다. 울릉도·독도 해역이 만들어내는 소용돌이보다도 훨씬 세차고 강렬했다. 동해는 북쪽에서 한류가 내려와 남쪽에서 밀려들어오는 난류와 만나는 지점이었다. 그로 인해 울릉도·독도 해역엔 특이한 소용돌이 현상이 존재했다. 그 소용돌이는 잠수함에서 발생하는 음향을 산란시켜 위치 파악을 어렵게 만들었다. 때문에 울릉도·독도 해역은 잠수함이 활동하기에 적합한 천혜의 활동 공간이었다. 회색눈이 만들어내는 해류는 울릉도·독도 해역의 소용돌이보다 훨씬 강력했다. 김수지 대위는 정신을 가다듬었다.

"어떻게 이럴 수가 있지? 혹시 저 녀석이…."

그녀는 회색눈이 아주 영악한 녀석이란 생각이 들었다. 그때 수중음파탐지기에서 강렬한 신호음이 터져 나왔다. 그 여파로 몸이 부르르 떨렸다. 회색눈과 점박이가 엄청난 속력으로 심해협곡의 해류를 갈랐다. 김수지 대위는 멀어지는 심해계곡을 내려다보았다. 해저엔 1,000미터 정도의 자잘한 산맥도 있었지만, 큰 것은 히말라야산맥과 맞먹는 규모였다. 그중엔 백두산 분화구와 닮은 것도 있었다. 흡사 어느 전능한 존재가 지구표면의 형상을 심해에 재현해놓은 것만 같았다. 그녀는 생각에 잠겼다.

'언제부터 드럼통이 함부로 버려졌을까? 거대한 변종백상아리의 정체는 뭘까? 그렇다고 동해 심해에서 벌어진 상황에 대해 문제 제기를 한다면 그 누구도 곧이곧대로 받아들이지 않겠지?'

극심한 현기증 속에서 회색눈과, 대가리에 커다란 점이 박힌 녀석의 형상이 자꾸만 되살아났다. 회색눈은 거대한 톱날이빨로 챌린저호를 씹어 삼킬 수도 있었다. 하지만 세찬 물살을 일으켜 챌린저호의 이동 경로를 응시하기만 했다. 그러고는 심해로 모습을 감추어버렸다.

"녀석들이 무얼 노린 걸까? 혹시 지능이 발달된 변종백상아리일까?"

김수지 대위는 아무리 생각해봐도 황당하기만 했다. 보통 백상아리가 아닌 것은 분명했다. 정말이지 그런 생각을 지울 수가 없었다.

그녀는 눈을 꾹, 감았다 부릅뜨기를 반복했다. 수면까지 도달하려면 많은 시간이 걸릴 터였다. 게다가 낮은 수온 탓에 혈액순환이 원활하지 못했다. 숨을 쉴 때마다 입언저리가 파르르 떨렸다. 살인적인 수압과 추위 때문에 몇 번이나 정신을 잃을 뻔했다. 발가락과 손가락은 더 이상 아무런 감각이 없었다. 그 불안한 조짐은 이미 심해에서 벌어졌다. 첨단장비를 갖춘 유인잠수정이지만 심해협곡과 충돌하면서 온도제어장치가 고장나버렸다. 선체가 부서지지 않은 것이 그나마 다행이었다.

김수지 대위는 눈을 힘주어 감았다. 이해모수 대위의 얼굴이 떠올랐다. 그녀가 입술을 일그러뜨리고 웃으면 그는 입꼬리를 슬며시 들어올렸다. 살다 보면 저절로 알게 되는 일도 있는 법이었다. 그들은 이십대의 대부분을 해군에서 보냈다. 무엇보다도 시린 가슴을 덥혀줄 온기가 그리웠다. 이해모수 대위는 사랑이라는 허술하고 달착지근한 끈으로 그녀를 묶지 않았다. 분명 괜찮은 동료였다.

김수지 대위는 어깨를 잔뜩 치켜올려 숨을 들이마셨다. 심해와 지상을 연결시켜주는 따스한 빛이 보였다. 그 빛을 놓치기라도 한다면 곧장 심해로 빠져들 것만 같았다. 그녀는 핏발이 서도록 눈을 비비곤 수면 위를 쳐다보았다. 수면 위엔 잔잔한 물결이 밀려들고 독도함의 모습이 선명하게 보였다.

✢ ✢ ✢

중앙통제실 책임자인 이만수 대령은 구조명령을 내렸다. 하지만 독도함 중앙통제실에서 상황을 지켜보고 있던 장군들의 얼굴 엔 알 수 없는 그늘이 서려 있었다. 눈빛이 예사롭지 않았다. 잠수 함사령부 단장인 길동 제독이 기철 장군에게 귀엣말을 건넸다.

"장군님, 대비해야 할 것 같습니다. 우려했던 걸 목격한 것이 틀 림없습니다."

"그래야지요. 우리가 앞서서 문제 제기를 하면 골치 아픈 일이 벌어집니다. 모든 언론과 정치권에서 관심을 가질 겁니다. 국방부 에서도 내부적으로 쉬쉬하고 있어요. 청와대의 지시가 떨어질 때 까지 함구합시다."

"저도 같은 생각입니다."

해군작전사령부의 기철 장군이 길동 제독의 등을 두드렸다. 고 수 장군은 두 장군의 셈법을 훤히 꿰뚫어 보고 있었다. 때문에 마 음이 편치 않았다. 기철 장군은 알아서 잘 단속하라는 눈빛으로 고수 장군을 노려보았다. 그는 사건의 파장을 재빠르게 어림하면 서 고개를 끄덕였다. 하긴 섣부르게 나섰다간 문제만 더 커지기 십상이었다.

이만수 대령은 측은한 눈빛으로 구조 상황을 지켜보았다. 대원 들이 윈치를 이용해 챌린저호를 독도함 갑판 위로 들어 올리고 있 었다. 그도 장군들의 의중에 동의하는 입장이었다. 해군의 미래가 걸린 문제였다.

챌린저호가 갑판 위로 올려졌다. 이만수 대령은 투명한 유리창 너머로 김수지 대위의 모습을 확인하곤 안도의 한숨을 내쉬었다.

그녀가 챌린저호의 해치를 열고 갑판 아래로 내려섰다. 해군특수전단 요원들이 일제히 차렷 자세를 취했다. 독도함 중앙통제실에서 장군들이 걸어 나오고 있었다. 해군작전사령부의 기철 장군은 칼날처럼 번뜩이는 눈으로 김수지 대위를 노려보았다.

2
경고, 무시 그리고 뜻밖의 일격

김수지 대위는 심해탐사 도중 목격한 변종백상아리의 자료에 대해 이해모수 대위와 논의했다. 그의 첫 반응은 놀랍다는 눈빛이었다. 거대한 변종백상아리들이 심해에서 을씨년스럽게 고개를 처박은 채 엎드려 있었다. 그는 해군장교이기 전에 해양생물학 전공자였고, 누구보다도 환경오염에 민감했다. 이해모수 대위는 그녀의 두 손을 꼭, 붙잡았다.

"너도 나와 같은 생각인 거지?"

"그럼. 그냥 덮을 문제가 아니야."

심해생태계의 현실이 김수지 대위의 몸을 동여매버리는 것 같았다. 사실이 그랬다. 뛰어넘을 수 없는 드높은 벽이 가로놓여 있었다. 그녀는 한숨을 내쉬곤 심해 상황에 대해 자세히 설명해주었다. 이해모수 대위는 단호하게 말했다.

"해군작전사령부에서는 이미 알고 있었을 거야. 청와대나 국방부의 명령을 기다리고 있겠지. 아주 민감한 문제니까."

"일이 커질 수도 있어."

"누군가는 문제 제기를 해야지. 대재앙이 벌어졌어."

김수지 대위는 금방이라도 눈물을 쏟을 듯 눈동자가 붉어졌다. 해군작전사령부에선 꼬투리를 잡아 올가미를 씌우려들 터였다. 어쩌면 그 상황을 밖으로 드러내기 위해 계략을 꾸민 건지도 몰랐다.

그들은 심해사진과 영상자료를 편집해나갔다. 이해모수 대위는 견딜 수가 없었다. 방사능폐기물을 함부로 버리다니. 아무리 생각해봐도 믿을 수 없는 자료였다. 그는 처음부터 다시 점검해나갔다. 영상은 수중카메라의 고장으로 흐릿했고 띄엄띄엄 찍혀있었다. 첫 화면은 기형적으로 생긴 머리에 커다란 점이 박힌 점박이와, 회색눈을 가진 녀석이 먼저 보였다. 한눈에 보기에도 흉물스러웠다. 이해모수 대위는 자료를 정리하면서 고개를 가로저었다. 유쾌한 일이 아니었다. 해군작전사령부에서 적극 호응할 가능성도 희박했다.

사실이 그랬다. 김수지 대위가 보여준 자료는 심각했다. 대재앙의 시작이라는 말보다 인류의 종말이라는 말이 훨씬 더 신뢰를 줄 것 같았다. 새삼스레 해양생물학자로서 부끄러운 마음이 들었다.

그도 그럴 것이 썩어가는 심해바다의 풍경이 눈앞에 선연히 그려졌다. 대부분의 심해어류는 변종되었고 기형적인 모습을 하고 있었다. 오래전부터 방사능물질에 노출된 게 틀림없었다. 그는 손아귀를 으스러뜨릴 듯이 거머쥐었다. 곤혹스러웠다. 바다가 지치면 무력해질 터이고, 그 무력감은 꽤 오랫동안 바다를 몸져눕게 할지도 몰랐다. 이해모수 대위는 심해의 방사능폐기물과 변종백상아리를 떠올릴 때마다 가슴 한복판에 녀석들의 이빨이 박히기라도 한 듯 아픔을 느꼈다. 그는 프레젠테이션을 작성하는 동안 몇 번이나 심호흡을 해야만 했다. 한편으론 인간의 극성스런 욕망의 폐해 속에서 생존을 위해 몸부림치는 변종백상아리의 강인한 생명력이 느껴졌다.

✤ ✤ ✤

김수지 대위는 해군학술세미나장으로 들어섰다. 세미나 준비는 결코 유쾌한 일이 아니었다. 아주 심각한 상황을 불러올 수도 있었다. 그러나 변종백상아리의 출현은 인간이 부린 욕망의 결과라는 확신이 들었다. 최악의 상황은 상상하기도 싫었다. 세미나실 입구엔 '동해바다, 방사능폐기물로 인한 대재앙'이라는 현수막이 걸려 있었다. 주제가 자극적인 탓인지 많은 해군장교들이 호기심 어린 표정을 지었다. 그녀는 자신의 발표가 많은 논란을 불러일으킬 것이라는 사실을 잘 알고 있었다. 세미나장엔 해군작전사령부의 기철 장군, 해군특수전단장인 고수 장군, 잠수함사령부 단장인 길동 제독 그리고 핵심 참모인 이만수 대령과 지민 대령이 맨 앞줄에 앉아있었다. 김수지 대위는 초조한 표정으로 발표를 시작했다. 해군장교들의 시선이 일제히 그녀를 향했다.

"바쁜 일정에도 시간을 내주셔서 감사합니다. 그럼 시작하겠습니다."

곧바로 스크린이 내려왔다. 낯선 형상의 심해생물체들이 화면 위로 떠올랐다. 유인잠수정 챌린저호는 어두운 바닷속을 가르며 심해 상황을 보여주고 있었다. 곧이어 대왕문어가 나타났다. 녀석은 자기의 몸보다 훨씬 큰 챌린저호를 움켜쥘 듯 몸통을 펼쳤다. 화면 속의 김수지 대위가 손가락으로 챌린저호의 유리창을 톡톡 두드렸다. 진동을 감지한 대왕문어가 순식간에 사라졌다. 세미나에 참석한 해군장교들도 심해에 살고 있는 많은 종류의 생명체들이 화학작용이나 몸속에 기생하는 광박테리아를 통해 스스로 빛을 낸다는 사실을 잘 알고 있었다. 심해생물이 먹이를 유인하고 서로의 위치를 확인할 수 있도록 진화한 결과였다.

챌린저호가 심해협곡으로 접어들었다. 무수히 많은 드럼통이 쌓여 있는 것이 보였다. 김수지 대위는 마이크를 잡고 설명을 덧붙였다.

"문제의 협곡입니다. 이 세미나의 제목을 '동해바다, 방사능폐기물로 인한 대재앙'이라고 붙인 이유를 확실하게 설명해주는 장면이 될 겁니다. 화면에 보이는 건 엄청난 환경 대재앙을 몰고 올 방사능폐기물이 담긴 드럼통입니다. 환경 변화에 민감한 수중생물은 대부분 멸종하거나 기형적으로 변할 거라 예상됩니다."

그때 잠수함사령부 소속의 지민 대령이 손을 들었다.

"김수지 대위, 드럼통이 방사능폐기물이라는 증거가 있습니까? 단순한 산업폐기물일수도 있지 않습니까?"

그녀는 단호한 표정으로 고개를 끄덕였다.

"좋은 질문입니다. CIA의 정보에 의하면 방사능폐기물이 동해바다로 무단 투척되었다는 증거를 확보했다고 발표한 바 있습니다. 어느 나라 소행이든 방사능물질이라면 대재앙이 될 것입니다."

해군장교들이 웅성거리기 시작했다. 지민 대령이 또다시 손을 들고 질문했다.

"확실한 증거 없이 그런 발표를 한다는 건 대단히 위험한 일입니다. 외교문제로 비화될 수도 있습니다."

"물론 그렇습니다. 저도 그 점에 동의합니다. 하지만 저의 발표는 단지 방사능폐기물의 위험성 때문만이 아닙니다. 다음 화면을 보아주십시오. 이 물체는 심해상어가 아닙니다. 하얗게 빛나는 삼각형 모양의 머리와 거대한 몸체는 이미 방사능폐기물에 노출된 변종백상아리가 아닐까 하는 의구심이 듭니다. 방사능폐기물이 해양생물에 영향을 미쳤다는 것이 저의 견해입니다."

해군장교들이 또다시 웅성거렸다. 자리에 앉아 묵묵히 발표를 지켜보던 잠수함사령부 단장인 길동 제독이 황당하다는 표정으로 질문을 던졌다.

"그렇다면 화면에 비친 영상이 변종백상아리라는 겁니까?"

"꼭 그런 거라고 단정 짓는 것은 아닙니다. 그 가능성에 대해 의문을 제기하는 겁니다. 확실한 건 수년 전부터 동해바다에서 기형적으로 변한 심해어류의 증가 속도입니다. 덧붙이자면, 기형적인 외형과 거대한 백상아리의 몸통은 지금까지 목격하지 못한 놀라운 변화입니다."

해군작전사령부의 기철 장군이 자리에서 벌떡 일어나 미간을 잔뜩 찌푸린 채 김수지 대위를 노려보았다.

"발표는 자유지만 확실한 증거가 있어야 합니다. 막연한 추측으로 현혹하지 말아주세요. 변종백상아리의 출현이라니. 제정신으로 하는 말입니까? 우리 해군을 웃음거리로 만들지 마세요."

김수지 대위는 쓸쓸한 미소를 지으며 해군장교들의 웅성거리는 소리가 잦아들기를 기다렸다. 그녀는 회의장을 둘러보곤 확대된 사진 한 장을 화면 위로 띄웠다.

"기철 장군님, 그리고 동료 장교 여러분! 다음 화면을 보시면 무척 흥미로울 겁니다. 이 사진은 챌린저호의 로봇팔로 건져올린 뼈마디입니다. 분석 결과 일반적인 백상아리 척추뼈 마디보다 300배나 큽니다. 다시 말하자면 이미 변종백상아리가 출현했다는 증거입니다."

회의장이 또다시 술렁거렸다. 잠수함사령부 단장인 길동 제독이 손을 번쩍 들어 올리며 조용히 하라고 언성을 높였다. 그리고 몹시 흥분한 표정으로 질문을 던졌다.

"좋은 가설입니다. 만약 변종백상아리가 출현했다면 왜 한 번도 발견된 적이 없습니까? 300배나 더 큰 척추뼈보다는 300배나 더 큰 두개골이 더 설득력이 있지 않을까요?"

김수지 대위는 심각한 눈빛으로 길동 제독을 바라봤다. 사실 그 질문은 세미나에 참석한 모든 해군장교들이 묻고 싶은 질문이었다. 그는 질문의 핵심을 건드리고 있었다. 그녀는 머릿속으로 생각을 정리하곤 말을 이었다.

"좋은 지적입니다. 그럼 다음 화면을 보시죠. 하얗게 빛나고 있는 삼각형 모양의 머리입니다. 분명한 건 심해상어는 아닙니다. 솔직히 말씀드리자면, 저는 두 눈으로 아주 거대한 삼각형의 머리와 기형적으로 자란 흉측한 몸통을 목격했습니다. 특히 점박이와 회색눈의 변종백상아리는 보통 녀석이 아니었습니다."

길동 제독이 걱정스럽다는 표정으로 다시 물었다.

"점박이와 회색눈의 변종백상아리는 또 무슨 소리입니까? 황당하군요. 화면으론 아무것도 확신할 수 없습니다. 하얗게 빛나는 삼각형의 머리와 거대한 몸통. 심해바다엔 애벌레와 같은 형태의 환형동물이 널려 있습니다. 수만 마리가 한 덩어리가 되어 뭉쳐 있는 것이 그렇게 보일 수도 있는 겁니다. 게다가 심해 어둠 속에서 하얗게 빛을 내어 먹이를 유인하는 광박테리아는 헤아릴 수 없을 정도로 많습니다. 저는 잠수함사령부 단장이기 이전에 잠수함 함장 경력이 아주 많습니다. 더구나 마리나해구의 챌린저 심해를 탐사한 초창기 멤버입니다. 여러분도 잘 알고 있지 않습니까. 저는 기철 장군님의 의견이 궁금하군요. 지금 김수지 대위는 엄청난 발언을 하고 있는 겁니다!"

해군작전사령부의 기철 장군이 자리에서 일어나 해군특수전단장인 고수 장군을 힐끔 노려보곤 고개를 끄덕였다.

"저도 길동 제독의 의견과 같습니다. 김수지 대위의 정신상태가 걱정되는군요."

해군장교들이 재미있다는 듯이 웃음을 터뜨렸다. 그는 확신에 찬 목소리로 다그쳤다.

"김수지 대위가 거대한 환형동물의 무리를 본 것이라 믿습니다. 해류에 휩쓸린 환형동물이 눈앞에 나타났고, 삼각형의 덩어리를 이룬 거라 추측한 겁니다. 더구나 엄청난 수압 때문에 정상적인 시력을 확보하지 못했을 겁니다. 이상입니다."

김수지 대위는 아무런 반론을 펴지 못했다. 세미나에 참석했던 해군장교들도 고개를 끄덕였다. 그랬다. 심해해저엔 어느 곳이든지 환형동물이 무리지어 다녔다. 더구나 하얗게 빛을 발하는 녀석들은 소화기관이 없었다. 다만 몸속에서 기생하는 광박테리아에 전적으로 의존해 살았다. 그렇다면 엉켜 있는 덩어리를 보았던 건지도 몰랐다. 그녀는 온몸이 으스스 떨렸다. 하지만 회색눈의 변종백상아리의 형상이 착시로 인한 환형동물이었다는 반론은 인정할 수 없었다.

김수지 대위는 화면을 정지시켰다. 그리고 단호한 목소리로 발표를 이어나갔다. 동해 심해에서 벌어지고 있는 상황은 엄청난 대재앙을 몰고 올 거라고 힘주어 말했다. 그도 그럴 것이 화면엔 방사능폐기물로 추정되는 드럼통 무더기가 해저협곡을 가득 메우고 있었다. 그녀는 설명을 덧붙였다.

"해저 1,025미터 정도 더 내려간 곳에서 이 물체를 발견했습니다. 무슨 일이 일어난 것 같습니까? 가장 단순한 추측을 한다고 해도 일반산업폐기물은 아니라는 사실입니다. 어느 누가 엄청난 수송비용을 감당하고 일반산업폐기물을 울릉도·독도해역까지 운반하여 투척하겠습니까?"

지민 대령이 자리에서 벌떡 일어나며 질문을 던졌다.

"그러니까, 방사능폐기물이라는 증거도 없지 않습니까?"

"일반산업폐기물이라는 증거도 없는 것 아닙니까? 아무래도 무게중심은 방사능폐기물 쪽에 두어야 한다는 겁니다."

김수지 대위는 심해에서 수거된 드럼통의 잔해를 보여주며 말을 이었다.

"이것은 15센티 두께의 금속 강판 위에 티타늄을 씌운 겁니다. 이 기술은 최첨단 공법입니다. 그런 강력한 드럼통이 찢겨졌다는 건 엄청난 완력을 견디지 못한 결과로 보입니다."

길동 제독이 재빨리 질문을 던졌다.

"티타늄으로 제작되었다고 해서 방사능폐기물이 담긴 드럼통이라고 단정할 수는 없습니다. 그 주장은 재고해주세요. 그 기술은 이미 우리나라뿐만 아니라 미국, 러시아, 중국, 일본, 유럽의 여러 나라도 보유하고 있습니다. 다른 증거라도 있습니까?"

김수지 대위는 또 다른 사진을 스크린에 띄웠다. 해군장교들은 화면에 어른거리는 영상을 진지하게 바라보았다. 레이저탐조등이 드럼통 위에서 원을 그리고 있었다. 그것들은 진흙과 돌무더기 속에 절반 정도 파묻혀 있었다.

"바로 여기입니다. 사진 이미지를 좀 더 확대해보겠습니다."

드럼통 동체는 크게 보였지만 이미지는 흐릿하고 분명하지 않았다. 그녀는 눈을 부릅뜨고 화면을 응시했다.

"이건 방사능물질 표시로 추측됩니다. 이미지는 흐릿하지만 확신할 수 있습니다."

길동 제독이 자리에서 벌떡 일어나 화면 가까이 다가서며 꼼꼼히 살폈다.

"김수지 대위, 미쳤어? 확실하지 않은 걸 사실처럼 발표하다니. 세미나가 장난이야? 이건 국제적으로 엄청난 소용돌이를 불러일으킬 대사건이란 말이야. 이해 당사국들이 가만히 있을 것 같아?"

길동 제독은 그녀를 쏘아보곤 단언하듯 아랫입술을 비틀어 올렸다. 해군작전사령부의 기철 장군과 지민 대령이 힘주어 고개를 끄덕였다. 장교들도 주위 사람들의 눈치를 살피곤 심각한 표정을 지었다. 길동 제독은 얼굴을 일그러뜨리며 말을 이었다.

"이제라도 늦지 않습니다. 세미나 발표가 경솔했다는 사실을 인정하고 취소해야 합니다. 김수지 대위! 어떻게 생각하나? 괜히 위험을 무릅쓰고 억지 주장을 펼칠 이유가 없어."

그녀는 여러 생각들이 어지럽게 뒤엉키고 있었다. 그들이 상황의 경중함보다는 보이지 않는 어떤 힘에 이끌려 그렇게 발언하고 있다는 생각이 들었다. 김수지 대위는 심각한 표정으로 동료 장교들을 휘휘 둘러보았다. 길동 제독의 발언을 지지한다는 표정이 역력했다. 그녀는 가슴이 답답해졌다. 사건의 심각성에 비추어 볼 때 기철 장군과 길동 제독 그리고 지민 대령의 반론은 사려 깊지 못하다는 생각이 들었다. 게다가 기철 장군이 눈살을 찌푸리며 길동 제독의 말을 거들고 나섰다.

"앞으로 어떤 큰일이 벌어질지 모릅니다. 미리 당부드립니다. 우리 쪽에서 극단적으로 주장하고 나서면 문제는 뻔합니다. 누가 어떻게 책임지겠어요? 현실이 그래요. 일이 꼬이면 누군가는 책임지고 전역해야 합니다. 아니면 군사재판에 회부하여 주변국을 달랠 겁니다. 이게 현실입니다. 생각해보세요. 얻는 것은 없고, 되감겨 들어가는 희생자만 생길 겁니다. 두들겨 맞고 되감겨 들어가고, 해군은 된서리를 맞을 겁니다. 그렇잖아도 예산 확보에 비상이 걸렸습니다. 누가 무슨 수로 수습할 겁니까? 한 걸음씩만 뒤로 물러서면 큰 탈 없이 지나갑니다. 부탁합니다. 문제 일으키지 마세요. 그만 끝내도록 합시다. 그리고 김수지 대위의 발표는 기밀에 부치겠습니다. 다른 부처와 우방국들에게 뭐라 설명할 겁니까? 국가 간에도 예의라는 것이 있어요. 그리고 김수지 대위는 해저탐사의 후유증으로 뇌기능에 이상이 있을 수 있다는 진단이 내려진 상태입니다."

이만수 대령이 질문을 던지기 위해 손을 번쩍 들었다. 해군특수전단장인 고수 장군이 그를 제지했다. 길동 제독은 얼굴을 일그러뜨리며 단호하게 외쳤다.

"이상으로 세미나를 마치겠습니다! 해군작전사령부의 기철 장군님 말씀대로 이 사안은 기밀에 부치겠습니다. 이번 세미나 내용을 외부로 유출시키는 장교가 있다면 책임을 묻겠습니다."

해군장교들은 의심스러운 눈길로 화면을 응시했다. 길동 제독은 재빨리 스크린을 올려버렸다. 김수지 대위는 발악이라도 하듯 외쳤다.

"동해바다엔 엄청난 방사능이 누출되고 있습니다. 해양생계태의 교란과 그 후유증을 대비해야 합니다."

기철 장군과 길동 제독은 그녀를 노려보곤 동시에 쏘아붙였다.

"우린 아무것도 확신할 수 없어요!"

"저는 방사능폐기물이 담긴 드럼통과 그 주변을 배회하는 점박이와 회색눈의 변종백상아리를 똑똑히 보았습니다. 대책을 마련해야 합니다. 해상교통이 막히면 우리나라는 1년도 못 버티고 석기시대로 되돌아갈 겁니다."

길동 제독은 심각한 표정으로 기철 장군과 한참 동안 밀담을 나누었다. 그들은 김수지 대위를 노려보곤 세미나실을 빠져나갔다. 문제를 일으킬 소지가 있는 장교에겐 더 이상 관심을 갖지 않겠다는 뜻이었다. 그녀는 당혹스러웠다. 어떤 음모가 도사리고 있는 듯싶었다. 지민 대령은 전등을 모두 꺼버렸다. 김수지 대위는 음험하게 술렁거리는 어둠 속을 둘러보았다. 난장판이 되어버린 세미나에 이해모수 대위가 참석하지 않은 것이 다행이라는 생각이 들었다.

"빌어먹을! 대책은 고사하고 세미나를 엉망으로 만들다니!"

그녀는 세미나장에서 벌어진 두 장군과 지민 대령의 행동을 이해할 수 없었다. 한편으론 그들의 마음을 어떻게 되돌릴 것인지, 구체적인 방안이 떠오르지 않았다. 그녀가 주장을 굽히지 않는다면 문책은 피할 수 없는 일이었다. 그 문책을 피하기 위해선 잘못을 인정해야 하겠지만, 그러기엔 사태가 너무 심각했다. 그렇다면 결국 항명하거나 회유해야겠지만 그들의 마음을 되돌리기는 어려울 것 같았다. 김수지 대위는 입술을 사려 물었다. 지쳐 쓰러질 때까지 끈질기게 설득하리라 마음을 다잡았다. 그랬다. 변종백상아리들이 동족의 살덩이를 씹어 삼키던 모습이 눈에 선했다.

김수지 대위는 세미나 출입문을 열고 밖으로 나왔다. 제복을 단정하게 차려입은 고수 장군과 이만수 대령이 그녀를 기다리고 있었다. 그들은 해군작전사령부와 잠수함사령부의 방침에 따를 밖에 도리가 없었다. 국방부에선 모든 군 조직별로 순위를 매겨 예산을 배정했다. 해군특수전단은 평가점수가 좋지 못했다. 상급기관의 방침을 어겼다간 뜰채에 잡혀 도마에 오르는 생선이 되기 십상이었다. 고수 장군이 어렵사리 입술을 달싹였다.

"김수지 대위, 발표 잘 들었어. 수고했어."

"감사합니다. 장군님께 누가 되지 않기를 바랍니다."

"벌써 경고 들어왔어. 그건 그렇고 적극적으로 지원하지 못해 미안해. 늘 그렇지 뭐…. 요즘 예산배정을 위해 순위를 매기고 있거든. 우리까지 나설 수는 없잖아. 상급기관에서 호출하면 새벽에도 뛰어나가야 할 판이야."

고수 장군은 부서 간의 힘겨루기 실상은 차마 말하지 못했다. 횟감이 되어 사라지는 생선처럼 많은 장군들이 경쟁에 밀려 군을 떠났다. 회 맛을 아는 사람들이 그렇듯이 권력의 맛을 알아버린 장군들은 절대로 자신의 힘을 포기하려 들지 않았다.

✤ ✤ ✤

김수지 대위는 해군작전사령부로 불려가 질책을 받았다. 그리고 응급구조팀에 의해 병원으로 끌려갔다. 그녀가 건강검진을 거부한다면 큰 문제로 번질 것이 뻔했다. 그러니까 방사능오염과 변종백상아리의 출현 주장을 철회하지 않으면 가만두지 않겠다는 뜻이었다. 게다가 길동 제독의 참모인 지민 대령까지 나서서 압박을 가했다. 김수지 대위는 수렁을 생각했다. 움직이지 않고 가만히 있어야만 더 이상 빠져 들지 않을 터였다. 하지만 수렁에 빠질 각오로 방사능폐기물의 조사를 청원했다. 해군작전사령부에선 고수 장군과 이만수 대령에게 지휘책임을 묻겠다는 경고를 보냈다. 그들을 불러들여 회유하는 것은 말할 것도 없었고, 김수지 대위의 주장에 동조하는 장교들에겐 올가미를 씌우려들었다. 거기서 끝난 게 아니었다. 그녀와 친분이 있던 장교들에 관한 모든 기록을 복사해 갔다. 그러나 어찌할 수 없었다. 그녀는 수렁에서 벗어날 수 없다 해도 주장을 굽히지 않을 생각이었다. 해군을 떠나거나 굴복한다면 죄의식으로 인해 괴로워할 것이며, 그 괴로움은 결국 그녀에게 다시 돌아올 것이 뻔했다.

김수지 대위는 마음을 다잡곤 착시현상은 인정할 수 없다고 단호히 말했다. 물론 해군 소속의 정신과 의사들은 울릉도·독도심해에서 목격한 형상은 순전히 착시현상이었다는 확신을 심어주려고 온갖 노력을 기울였다. 그녀는 보름이 넘도록 정신과 치료를 받았다. 더구나 해군작전사령부의 기철 장군과 잠수함사령부 단장인 길동 제독은 막강한 영향력을 가진 위인들이었다. 군사·외교적으로 민감한 문제를 제기한 그녀를 좋게 볼 리 없었다. 그들은 그럴싸한 상황을 만들어 협박과 회유를 일삼았다.

그것으로 끝난 게 아니었다. 해군작전사령부의 기철 장군과 잠수함사령부 단장인 길동 제독은 김수지 대위가 심해 공포의 증상 악화로 더 이상 해군특수부대원으로서 군복무가 불가능하다는 견해를 해군참모총장에게 보고했다. 김수지 대위는 부당함을 주장했지만 받아들여지지 않았다. 더구나 정신착란증까지 겪고 있다는 소문이 나돌았다. 그 이야기는 두 장군의 입에서 흘러나온 거였다. 그녀는 망망대해로 내몰린 거나 다름없었다. 극도로 외로웠고 앞으로 벌어질 대재앙에 진저리가 쳐졌다. 게다가 보직해임을 당한 직후 울릉도 해병대기지로 전출당했다. 그녀에게 어떤 결단을 요구한다는 메시지였다.

이만수 대령은 해군작전사령부로 걸음했다. 김수지 대위에게 전출통지문이 전달된 뒤였다. 그는 김수지 대위의 전출이 부당하다고 따졌다. 기철 장군과 길동 제독은 불편한 표정을 지었다. 그랬다. 그들은 세미나 발표의 후유증을 빨리 마무리 짓고 싶다는 표정이 역력했다. 이만수 대령은 조금 더 검토해보자고 제안했지만, 장군들은 심란한 표정으로 고개를 내저었다. 괜한 일로 골칫거리를 만들고 싶지 않다는 뜻이기도 했다. 더구나 해군작전사령부의 기철 장군은 몹시 흥분한 상태였다.

"방사능폐기물과 변종백상아리의 출현이라니. 그것도 세미나에서 직접 거론해? 얼빠진 장교 한 사람 때문에 소화불량에 변비까지 생겼어. 항문이 파열될 지경이야!"

잠수함사령부 단장인 길동 제독은 근엄한 표정으로 고개를 끄덕였다. 이만수 대령은 거수경례를 붙이곤 해군작전사령부를 빠져나왔다. 그는 김수지 대위에게 미안한 마음이 들기도 했지만 한편으론 홀가분한 기분이 들었다. 아주 예민한 문제이기도 했다.

✢ ✢ ✢

그 시각, 대한해협의 바다는 울퉁불퉁 융기하며 성질머리를 부리고 있었다. 그나마 부산바다와 일본 규슈를 잇는 조류의 흐름이 음험하게 출렁거렸다. 대한해협은 은밀한 전파가 어질러지는 공간이기도 했다. 그랬다. 수면 아래엔 러시아 해군의 야센급 핵잠수함과 일본 해상자위대 소속의 오야시오급 잠수함이 해로를 따라 정보를 수집하고 있었다. 수중레이더엔 고래 떼가 빠른 속도로 이동하고 있었다. 그런데 그 뒤를 따라가는 또 다른 물체가 보였다. 순식간에 앞서가던 고래 떼가 수중레이더에서 사라져버렸다. 얼핏 보면 똑같은 물체 같았지만 전혀 똑같지 않았다. 도망가는 무리와 뒤쫓는 포식자였다. 열상레이더의 스크린도 붉은색으로 바뀌고 있었다. 일본 해상자위대 함장은 본국으로 긴급암호문을 전송했다. 대한해협을 지나가던 밍크고래 떼도 화들짝 놀라 이동 경로를 바꾸었다. 물결의 파동이 예사롭지 않았다.

대한해협의 협곡 아래엔 한국 해군의 214급 잠수함이 러시아 해군의 야센급 핵잠수함과 일본 잠수함을 은밀히 추적하는 중이었다. 잠수함은 소음을 최대한 줄인 스크루를 장착하고 있었지만 돌고래의 신경기관을 자극했다. 호기심 많은 어린 돌고래 한 마리가 무리에서 벗어나 일본 잠수함의 뒤를 따라다녔다. 잠수함을 쫓던 어린 돌고래는 날카로운 이빨을 지닌 청상아리가 자신을 향해 쏜살같이 다가오는 모습에 화들짝 놀라 재빨리 방향을 틀었다. 하지만 청상아리는 순식간에 어린 돌고래의 몸통을 물고 머리를 흔들어 댔다. 청상아리의 공격은 빠르고 정확했다. 그러나 또 다른 포식자가 기회를 엿보고 있었다. 불행한 일이었다. 그러나 그것은 모든 일들의 시작에 불과했다. 청상아리는 갑작스런 조류의 변화에 놀라 어린 돌고래를 놓치고 말았다. 본능적으로 생명의 위협을 느낀 청상아리는 머리를 돌려 미친 듯이 꼬리를 흔들며 달아났다.

상처를 입은 어린 돌고래는 더 이상 심해로 가라앉지 않으려고 몸부림쳤다.

그랬다. 회색눈과 점박이가 러시아 해군의 야센급 핵잠수함을 노려보고 있었다. 문제는 원자력이 추진동력이라는 점이었다. 공포에 질린 심해상어 한 마리가 지느러미를 요란하게 흔들며 재빨리 도망쳤다. 회색눈은 시디신 침을 흘리며 러시아 핵잠수함을 향해 꼬리지느러미를 흔들기 시작했다. 여차하면 그대로 핵잠수함을 물어뜯어버릴 기세였다. 녀석은 연방 위협적으로 이빨을 드러내며 러시아 핵잠수함을 노려보았다. 그 순간, 은밀하게 일본 잠수함을 감시하던 한국 해군의 214급 잠수함이 갑자기 속도를 높이기 시작했다. 해군작전사령부의 긴급암호전문을 받은 거였다. 함장은 얼굴을 일그러뜨린 채 수중레이더를 응시했다. 게다가 수중음파탐지기에선 웅숭깊은 물결소리가 세차게 터져 나오고 있었다. 일본 해상자위대의 오야시오급 잠수함도 덩달아 엔진출력을 높였다. 처음엔 미약했지만 백상아리 특유의 고주파가 선명하게 잡힌 탓이었다. 한국 잠수함과 일본 잠수함에 장착된 수중레이더는 탐지 기능이 예민한 편이어서 자잘한 물고기까지 감지해냈다. 더구나 실시간으로 물체의 이미지까지 예측하여 화면 위로 떠워졌다. 이미지는 전형적인 백상아리의 형상이었다.

점박이는 엄청난 소음에 분노가 치밀어 올랐다. 녀석은 잠수함의 이동경로를 가늠해 꼬리지느러미를 사정없이 휘둘렀다. 거대한 물살이 두 척의 잠수함을 휩쓸어버렸다. 한국 잠수함과 일본 잠수함은 세찬 물살을 벗어나려고 안간힘을 썼다. 회색눈이 고주파로 신호를 보냈다. 점박이는 망설임 없이 잠수함을 향해 전속력으로 돌진했다. 해류에 휩쓸린 두 척의 잠수함은 자세가 불안정했다. 일본 해상자위대 잠수함은 엔진마력을 최대한 올려 달아났지만 점차 점박이와 거리가 좁혀지고 있었다. 금방이라도 스크루를 물고 늘어질 것만 같았다. 일본 자위대 대원들은 긴장된 눈빛으로 수중레이더를 응시했다. 점박이가 잠수함의 꼬리날개를 물려는 순간이었다. 일본 잠수함이 방향을 틀었다. 회색눈은 저만치 달아나는 214급 한국 잠수함을 노려보고 있었다. 네놈도 가만두지 않겠다는 서슬이었다. 하지만 회색눈은 살기만 번득일 뿐 직접적인 공격에 나서지 않았다.

214급 잠수함이 수면 위로 치솟아 올랐다. 함장은 수면으로 부상하자마자 곧바로 대원들을 탈출시켰다. 대원들의 목숨을 구하는 것이 중요했다. 그럴 밖에 다른 방법이 없었다. 점박이는 이빨을 드러내며 사납게 위협해보았지만 대원들은 구명보트를 타고 뿔뿔이 흩어져 달아났다. 순식간에 솟구친 회색눈이 214급 잠수함을 들이받았다. 그 충격으로 잠수함이 폭발을 일으켰다.

회색눈은 일본 잠수함을 향해 방향을 틀었다. 위험을 감지한 물새들이 수면을 박차고 날아올랐다. 잡어들도 재빠르게 바위틈으로 미끄러져 들어갔다. 그랬다. 회색눈은 신경세포를 곤두세우고 일본 잠수함의 이동경로를 계산하고 있었다. 일본 해상자위대 대원들은 알 수 없는 두려움으로 입 안의 침이 말라버렸다.

회색눈과 점박이 수컷은 방사능폐기물 속에서 살아남았다. 다른 변종백상아리들은 DNA의 변이에 적응하지 못해, 뼈가 돌출되고 기이한 형상으로 허청거리며 죽어갔다. 더러는 지느러미가 몸통의 절반을 넘는 녀석도 있었다. 회색눈의 꼬리지느러미도 기형적으로 자라 있었다. 회색눈이 경련을 일으켰다. 형체를 알 수 없는 덩어리가 주둥이에서 뿜어져 나왔다. 입이든 항문이든, 구멍이란 구멍에서 방사능오염수가 뿜어져 나올 것만 같았다.

　일본 해상자위대 함장은 그 광경을 넋 놓고 바라보았다. 회색눈은 일단의 굉음과 함께 물살을 일으켰다. 공포에 질린 일본 잠수함은 전속력으로 달아나기 시작했다. 하지만 회색눈의 감각세포는 잠수함에 승선한 대원들의 혈액 흐름까지 꿰뚫고 있었다. 게다가 길이가 900미터에 달했고, 무게는 거의 460톤이 넘어 보였다. 회색눈이 거대한 물살을 일으키며 몸통을 회전시켰다. 일본 잠수함 대원들에겐 매우 유감스런 일이었다. 회색눈의 고주파 신호에 따라 점박이가 일본 잠수함을 향해 곧장 돌진했다. 녀석의 이빨이 잠수함의 선체를 파고드는 순간, 절반이 넘는 대원들은 고통을 느낄 시간도 없이 죽어갔다. 그것도 잠시 뿐이었다. 점박이는 상상할 수도 없는 엄청난 괴력으로 잠수함을 물어뜯어버렸다. 그 여파로 일본 잠수함은 폭발을 일으키며 심해로 가라앉기 시작했다.

　회색눈은 반달 모양의 꼬리를 휘저으며 다음 목표를 좇기 시작했다. 엄청난 괴력이었다. 녀석은 허연 물살이 뒤집힌 심해를 노려보았다. 사태를 파악한 러시아 핵잠수함 함장은 전투 준비를 명령했다. 회색눈은 감각기관이 고도로 발달되어 있어서 점박이가 놓치는 것도 감지해냈다. 녀석은 본능적으로 방향을 틀었다. 그랬다. 러시아 핵잠수함은 원자력이 추진동력이었다. 회색눈과 점박이는 더 많은 먹이와 더 강력한 방사능을 섭취하고 싶었다. 심해에 쌓인 방사능폐기물을 씹어 삼키기도 했고, 어떤 날은 날밤을 새워 먹이를 사냥해야 할 만큼 아드레날린의 분비가 왕성해졌다. 그나마 눈을 뜬 채로 잠을 청할 수 있었고 먹잇감이 이동하면 저절로 신경세포가 곤두섰다. 특히 회색눈은 식탐이 급속도로 늘어나 있었다.

러시아 핵잠수함은 이동경로를 바꾸었다. 회색눈은 먹잇감이 도망치고 있다는 걸 직감적으로 알아차렸다. 그러나 러시아 해군의 야센급 핵잠수함도 만만치 않았다. 세계에서 가장 조용한 잠수함이었고, 탑재한 무기도 다양했다. 함장은 레이더를 응시하곤 수중미사일의 발사를 명령했다. 미사일이 점박이를 향해 전속력으로 돌진했다. 불과 몇 초 만에 녀석을 덮쳤다. 마치 수많은 불꽃이 터지듯이 파편이 쏟아졌다. 함장은 모든 발사관을 열어 공격할 것을 재차 명령했다. 발사관에서 수중어뢰와 초고속수중미사일이 날아갔다. 미사일이 점박이 앞에서 폭발했다. 그 광경을 지켜보던 러시아 함장은 흐뭇한 미소를 머금고 있었다. 그러나 점박이의 심장박동이 힘차게 뛰고 있다는 사실은 몰랐다.

함장은 폭발의 충격이 가라앉기를 기다렸다. 그 순간, 세차게 꼬리치는 소리가 음파탐지기를 통해 터져 나왔다. 함장은 어리둥절한 표정으로 수중음파탐지기를 응시했다. 믿을 수 없다는 표정이 역력했다. 일단의 굉음과 함께 물결이 크게 요동쳤다. 그때 어떤 움직임이 핵잠수함 밑을 훑고 지나갔다. 순식간에 핵잠수함이 기울어졌다. 함장은 심해골짜기 안쪽으로 은신할 것을 명령했다. 하지만 변종백상아리들은 독기를 머리칼처럼 풀어내고 있었다. 그 독기는 방사능에 대한 굶주림이었다. 방사능은 생존과 종족 유지를 연결시켜주는 유일한 끈이었다. 방사능을 섭취하지 못한다면 곧장 심해 아래로 빠져들 것만 같았다. 함장은 핏발이 서도록 쫓아오는 변종백상아리를 노려보았다. 그러나 다음 순간, 커다란 굉음이 울려 퍼졌다. 검푸른 바닷물이 강판을 뚫고 밀려들었다. 엄청난 수압이었다. 대원들의 머리카락을 쭈뼛 일어서게 할 정도였다. 함장은 두 눈을 찔끔 감았다. 수압 때문만이 아니었다. 회색눈이 뿜어내는 광기가 너무나 강렬해서 심장이 멈출 것만 같았다. 대원들도 숨통을 바짝 조여 버릴 것 같은 공포가 가슴 밑바닥에서 올라왔다. 그랬다. 가슴이 철렁 내려앉는 현기증 속에서 강력한 충격과 함께 핵잠수함이 휘청거렸다. 그 충격으로 전력이 끊어져 버렸다. 함장과 대원들은 공포에 휩싸였다. 회색눈이 거대한 아가리를 벌려 함미를 물어뜯었다. 러시아 핵잠수함은 바다에서 가장 뛰어난 지능을 가지 회색눈의 본능을 깨운 거나 마찬가지였다. 회색눈과 점박이는 원자력엔진이 설치된 구역을 집중적으로 공격했다.

대원들은 잠수함의 전원을 복구하려 애썼다. 그러나 회색눈이 마지막 안전막을 물어뜯어버렸다. 순식간에 잠수함 내부로 바닷물이 세차게 밀려들기 시작했다. 대원들이 방수칸막이를 닫으려 노력했지만 아무런 소용이 없었다. 원자력잠수함은 서서히 심해로 가라앉기 시작했다. 함장과 대원들은 심장이 얼어붙는 것 같았다. 점박이는 원자력엔진을 단단한 머리로 들이받았다. 그 충격으로 원자력엔진 룸에서 방사능오염수가 쏟아지기 시작했다. 강렬한 자극을 받은 회색눈과 점박이는 더욱 더 흥분해 방사능을 미친 듯이 들이마셨다. 한때 위용을 자랑하던 러시아 해군의 야센급 핵잠수함은 허망하게 심해로 모습을 감추어버렸다. 아무도 살아남지 못했다.

회색눈과 점박이는 눈을 부릅뜨고 한동안 방사능을 흡입했다. 녀석들은 그 상황에서도 사냥감의 심장 뛰는 소리를 감지해냈다. 미역줄기에 몸을 숨긴 잡어의 꼬리치는 소리와 멀리 도망간 밍크고래의 심장피돌기까지 정확히 식별해냈다. 회색눈은 방사능오염수를 들이마시며 미역줄기에 몸을 숨긴 잡어를 노려보았다. 그것만으로도 잡어의 몸속에서 꿈틀거리는 기생충의 움직임까지도 느낄 수 있었다.

방사능 갈증을 해결한 변종백상아리들은 남쪽으로 방향을 틀었다. 눈동자엔 광채가 번들거렸다. 그도 그럴 것이 회색눈의 혈액엔 헤모글로빈 농도가 높아지고 있었다. 그 여파로 미각이 예민해져 입맛이 돌기 시작했다. 생체시계 역할을 하는 기관이 신경을 자극해 활동시간을 늘려준 탓이었다. 변종백상아리들은 방사능오염수로 자신의 연약한 기관을 낱낱이 부수어가고 있었다.

3
섬멸작전

이해모수 대위는 모니터를 뚫어져라 응시했다. 눈에 더께가 씌워진 듯 시야가 어슴푸레했다. 그때 무엇인가가 어른거렸다. 눈을 비볐다. 그러나 다음 순간, 형체는 영상에서 사라져버렸다. 그는 대원들과 5시간이 넘도록 해양탐사선을 몰고 200킬로미터 반경의 수면 아래를 감시하고 있었다. 그동안 삼십 마리가 넘는 돌고래 떼와 희귀종인 귀신고래 두 마리를 탐색해냈지만 변종백상아리의 흔적은 찾을 수 없었다. 해군작전사령부의 정보대로라면 물고기들이 공포에 질린 나머지 미친 듯이 날뛰거나 비릿한 냄새라도 풍겨야 했다. 하지만 실시간으로 촬영된 영상엔 자잘한 물고기뿐이었다.

이해모수 대위가 출항하기 전이었다. 이만수 대령과 엔지니어들이 알루미늄합금으로 제작된 심해카메라를 해양탐사선에 설치해주었다. 이만수 대령은 모니터 위로 몸을 숙인 채, 멀티스크린의 상태를 확인했다. 프로그램 검수를 마친 그가 해양탐사선의 조타실 내부를 둘러보곤 이해모수 대위에게 말했다.

"객관적인 데이터와 자료 수집이 제일 중요해. 더구나 해군작전사령부의 허가를 받아 너를 특별히 투입한 거야. 내 아들이라고 해서 배려한 건 절대 아니야. 바다에서 무슨 일이 벌어지고 있는지 증명해내야 해. 어쨌든 한국과 러시아, 일본 잠수함이 변종백상아리에게 당해버렸어. 이젠 모든 것을 걸고 그 문제의 괴물을 제거해야 해. 참고로 국민의 세금으로 구입한 고가의 장비이니까 조심히 다뤄."

"예, 알겠습니다."

이만수 대령은 조이스틱을 움직여 심해카메라의 방향을 돌렸다. 깨끗한 바닷속을 가르며 지나가는 한 무리의 고기 떼가 보였다. 그 아래로 갯벌에 파묻힌 채, 머리를 내밀고 있는 낙지도 보였다. 이해모수 대위는 실시간으로 촬영되는 영상을 뚫어져라 응시했다.

"화질이 좋은데요?"

"그럼. 심해카메라에 강철케이블이 연결되어 있어서 100미터까지 촬영이 가능해."

"그렇게 깊이요?"

"이건 아무것도 아니야. 비밀 프로젝트가 완성되면 한국해군 전력은 세계 상위권으로 우뚝 설 거야. 미국 군수업체도 개발에 성공하지 못한 엄청난 비밀병기가 완성 직전에 있어. 조만간 보게 될 거야. 그래서 말인데 프로젝트 자료를 줄 테니까 프레젠테이션을 맡아주었으면 좋겠어."

"제가요?"

"그래. 넌 해양생물학 전공자잖아. 자료를 받아보면 알겠지만 너의 전공과 밀접한 관련이 있어. 아마도 장군들을 설득하는 데 도움이 될 것 같아. 잘 해봐!"

이만수 대령은 컴퓨터 프로그램을 초기화시켜 놓고 머리를 뒤로 기대었다. 이해모수 대위와 대원들은 그의 지시에 따라 조정법을 교육받았다. 그것은 심해카메라의 작동 방법을 교육하기 위한 컴퓨터프로그램이었다. 이해모수 대위의 임무는 이만수 대령이 이끄는 해군특수전단을 도와 변종백상아리의 위치와 경로를 파악하는 거였다. 하지만 그는 대원으로 선발된 것이 달갑지 않았다. 무엇보다 아버지인 이만수 대령과 합동작전을 펼쳐야 한다는 점이 부담스러웠다. 이만수 대령은 해양생물학 전공자라면 기회가 있을 때 참여해봐야 되지 않느냐고 운을 뗐다. 그러나 그가 적극적으로 이해모수 대위를 추천한 이유는 따로 있었다. 사실이 그랬다. 한국과 러시아, 일본 잠수함이 변종백상아리에게 당한 직후 사태의 심각성이 부각되었기 때문이다.

✦✦✦

 청와대 지하벙커에서 대통령 주도로 국가안전보장회의가 열렸다. 국무총리와 각 부처 장관, 국가정보원장, 대통령비서실장 등이 모여 앉아 대책을 논의했다. 그 회의엔 특별히 해군작전사령부의 기철 장군, 해군특수전단장인 고수 장군, 잠수함사령부 단장인 길동 제독을 출석시켜 발언케했다. 장군들은 관계부처에 자료제출 및 기타 필요한 사항에 대한 협조를 요청할 수 있는 권한을 위임받았다. 최고정보활동기관인 국가정보원장은 국가의 안전보장에 관련된 국내외 정보를 수집·평가하여 해군작전사령부에 자료를 제공하기로 했다. 국가안보에 관련된 사항이므로 국가정보원장도 수긍할 수밖에 없었다. 또한 해군작전사령부 내에 변종백상아리 섬멸부대가 신설되었다.
 그 여파로 해군작전사령부에서 해군참모총장 주도로 회의가 열렸다. 참모총장은 심각한 얼굴로 말문을 열었다.
 "우리나라는 수출입의 90퍼센트 이상이 바다를 통해 이루어집니다. 만약 변종백상아리의 개체수가 늘어나 해상통로가 위협받는다면 큰 혼란에 빠질 겁니다. 특히 에너지자원의 차단은 대혼란을 불러올 겁니다. 총력전으로 대응해야 합니다."
 회의에 참석한 기철 장군의 눈가엔 웃음이 배어 있었다. 너무 심각하게 받아들인다는 표정이 역력했다. 게다가 그 누구도 원자력을 추진동력으로 삼는 핵잠수함이나 항공모함의 위험성은 거론하지 않았다. 혹 누군가 그걸 빌미삼아 문제 제기를 한다면 국가 간의 외교전과 힘겨루기로 흐를 소지가 있기 때문이었다. 그건 대통령 주도의 국가안전보장회의에서 다룰 문제이기도 했다. 해군작전사령부의 기철 장군이 비아냥거리는 표정으로 말을 이었다.

"변종백상아리의 출현이 문제가 아니라 놈들을 하루빨리 멸종시키는 것이 더 큰 임무 아니겠습니까? 우리는 이미 2년 전부터 준비해왔습니다. 우리 해군은 이것을 기회로 더 많은 예산을 배정받아야 합니다. 그러기 위해서는 청와대나 국방예산을 편성하는 관계기관의 심기를 불편하게 해서는 절대 안 됩니다. 조직의 기본은 힘입니다. 우리 힘으로 안 되면 국방부에 도움을 요청합시다. 국방부와 청와대가 나서면 미군이 도울 것 아닙니까. 길동 제독은 어떻게 생각하세요?"

잠수함사령부 단장인 길동 제독은 얼굴을 붉히곤 탁자를 내려쳤다. 지휘관들의 눈이 휘둥그레졌다. 그는 단호하게 말했다.

"문제의 심각성을 깨달아 합니다. 총모총장님께서 지적하신 대로 바다가 봉쇄되면 에너지 수급의 문제로 국가경제는 심각한 타격을 받게 됩니다. 그것만으로도 모든 걸 알 수 있습니다. 총력전을 펼쳐야 합니다. 저는 그 적임자로 해군특수전단장인 고수 장군을 강력히 추천합니다. 변종백상아리의 대비책을 세울 것을 주문

한 용기 있는 군인인 김수지 대위의 직속상관입니다. 저는 고수 장군이 적임자라 확신합니다. 허락해주십시오."

길동 제독은 속내를 털어놓았다. 해군작전사령부의 기철 장군이 흘낏 해군참모총장의 눈치를 살폈다. 그는 심각한 표정을 짓고 고개를 끄덕였다. 지휘관들 틈에 앉아 있던 해군특수전단장인 고수 장군이 눈알을 부라리곤 어금니를 악물었다. 그는 사태를 어떻게 대비해야 하는지 많은 고민을 해왔지만 두 장군의 속내가 뭔지 금방 알아차렸다. 그런 탓에 마음이 편치 않았다. 고수 장군은 마음을 다잡고 말문을 열었다.

"기회를 주셔서 감사합니다. 해군특수전단에서 책임지고 변종 백상아리 섬멸작전을 주도하겠습니다. 전권을 주시면 제가 책임지고 작전을 세우겠습니다."

잠수함사령부 단장인 길동 제독은 만만한 사람이 아니었다. 상황을 매우 잘 파악하는 위인이었다. 그는 해군참모총장 주도로 회의가 시작되기 전, 해군특수전단장인 고수 장군을 적임자로 점찍어두었다. 그다음 사태의 추이를 봐서 해군작전사령부의 기철 장군이 거들어줄 것을 부탁해 놓았다. 해군사관학교 동기생들 중 제일 먼저 중장 계급장을 단 건 운이 좋아서가 아니었다. 길동 제독은 그렇게 명분을 만들고 동의를 얻어냈다.

고수 장군의 표정은 밝지 못했다. 단지 사태를 수습하는 데 있어 더는 늦지 않기를 바랄 뿐이었다. 해군참모총장은 두 손을 가지런히 책상 위에 얹고 위엄 있게 명령했다.

"더 이상 머뭇거릴 시간이 없습니다. 고수 장군은 변종백상아리 사태를 마무리하도록 하세요. 분명히 말해두겠습니다. 권한은 항상 책임을 동반합니다. 더 이상 질의가 없으면 이만 마치겠습니다."

기철 장군과 길동 제독은 권한과 책임이라는 말에 고개를 끄덕였다. 하지만 고수 장군은 앙다문 입술 사이로 신음소리를 토해냈다. 해군작전사령부의 기철 장군과 잠수함사령부 단장인 길동 제독은 모든 결과의 책임을 해군특수전단에게 묻겠다는 표정이 역력했다. 그들은 내심 쾌재를 부르는 눈치였다. 사태만 잘 해결된다면 그들에게도 기회의 문이 열리는 셈이었다. 그러나 만만한 작전이 아닐 건 뻔했다. 많은 장병들과 현장 지휘관들의 부상과, 죽음을 동반하는 작전이 펼쳐질 전쟁터였다.

고수 장군은 해군작전사령부를 빠져나왔다. 밤바다가 더욱 짙어 보였다. 그는 등줄기를 젖히고 심호흡을 했다. 가슴이 답답했다. 순간, 두 사람의 얼굴이 떠올랐다. 김수지 대위와 이해모수 대위였다.

고수 장군은 이만수 대령을 설득했다. 그는 국가안보가 걸린 문제에 사사로운 감정이 개입되어서는 안 된다고 단호하게 선을 그었다. 이만수 대령은 고수 장군의 의중대로 이해모수 대위와 김수지 대위를 변종백상아리 섬멸작전에 투입하는 데 동의했다. 물론 해군작전사령부의 기철 장군과 잠수함사령부 단장인 길동 제독은 김수지 대위의 현장 복귀를 못마땅해했지만 고수 장군과 이만수 대령이 밀어붙였다. 김수지 대위는 해군특수전단의 복귀 명령을 받았을 때 반신반의했다.

✢ ✢ ✢

이해모수 대위는 수면을 응시했다. 이랑 끝에 걸린 별들이 수런거렸다. 순간, 소중한 무언가를 되찾은 기분이 들었다. 그랬다. 김수지 대위의 '동해바다, 방사능폐기물로 인한 대재앙'이라는 주장을 확인시켜준 건 바로 변종백상아리였다. 한국과 러시아 그리고 일본 잠수함이 끔찍하게 당해버렸다. 해군작전사령부의 기철 장군과 잠수함사령부 단장인 길동 제독은 선택의 여지가 없었다. 두 장군은 고수 장군에게 변종백상아리의 섬멸작전을 위임했다. 해군특수전단 대원들도 기꺼이 그 명령을 받들었다. 상황이 종료되면 아무 일도 없었던 듯 어제 같은 바다 삶이 이어지고, 아무 일도 없었던 듯 해양생태계가 복원되길 바랄뿐이었다. 그렇지만 계획했던 수색망엔 변종백상아리는 포착되지 않았다. 초초해진 해군작전사령부의 기철 장군은 대안을 요구했다. 고수 장군은 새로운 추적경로를 명령했다.

지민 대령이 지휘하는 장보고3번함과 이만수 대령이 지휘하는 율곡이이함도 추적경로를 여수소리도 해역까지 넓혔다. 그도 그럴 것이 회색눈과 점박이는 대한해협에서의 광란을 끝으로 종적을 감추어버렸다. 그 여파로 이해모수 대위와 대원들은 일주일이 넘도록 여수소리도 바다를 중심으로 변종백상아리를 추적하는 중이었다. 하지만 변종백상아리가 존재하는지조차 의심스러울 지경이었다. 수중레이더엔 자잘한 물고기와 지민 대령이 지휘하는 장보고3번함만이 실시간으로 잡혔다. 게다가 기상상태가 급격히 나빠지고 있었다. 이랑들이 허공 위로 꼭지를 세우며 달려들었다. 더러는 바람 속에 허옇게 뒤집힌 파도가 떠올랐다. 바다는 변종백상아리를 연상시키듯 성질머리를 부렸다.

이해모수 대위와 대원들은 강렬한 햇빛과 지루한 탐사에 시달린 나머지 미칠 지경이 되어버렸다. 그나마 변종백상아리를 유인하기 위해 커다란 고깃덩어리를 50미터 길이의 강철케이블에 매단 채 끌고 다녔다. 대원들은 핏물을 갑판에 싣고 다니면서 수시로 바다로 배출해야만 했다. 만약 일반선원을 채용했더라면 지독한 고독과 악취에 질려 선상반란이라도 일으켰을 것이다. 이해모수 대위는 수면 위에서 어지럽게 일렁이는 달빛에 현기증이 일었다. 파도덩이들이 달려와 탐사선 이물을 들이받고 있었다. 그와 대원들은 1주일이 넘도록 먼바다에서 달려와 고개를 처박고 쓰러져 뒹구는 파도만 바라봤다. 하나가 밀려와 뒹굴면, 그 뒤를 따라서 또 다른 파도가 깨어지곤 했다. 그 순간, 수면 위로 무언가가 불쑥 솟구쳤다. 하마터면 거대한 물체가 슬쩍 스쳐지나가는 것을 보지 못할 뻔했다.

"저건 뭐지?"

이해모수 대위는 야간망원경의 초점을 맞추고 바다를 주시했다. 하얗게 빛나는 물체가 보였다. 마치 거대한 잠수함 같았다. 그는 조타실에 설치된 수중레이더 화면을 살펴보았다. 붉은 점이 또렷하게 잡혔다. 속으로 탄성을 질렀다. 드디어 변종백상아리가 움직이기 시작했다는 증거였다.

"저 영악한 놈을 어떻게 하지? 지금 쫓아가면 놓치고 말 거야. 기다려야 해."

이해모수 대위는 심장의 피돌기가 빨라졌다. 한 마리가 아니었다. 붉은 점이 두 개로 갈라졌다. 분명 두 녀석이었다. 그는 지민 대령이 이끄는 장보고3번함으로 연락을 취하도록 명령했다. 장보고3함은 공식적으로는 3000톤급이지만 사실은 4000톤이 넘었다. 주변국의 견제와 반발 때문이기도 했지만 탄도미사일을 발사할 수 있는 7개의 수직발사관과 사거리 1,000킬로미터인 '현무4-B'탄도미사일을 탑재하기 위해 비밀리에 설계를 변경한 최신예잠수함이었다. 잠시 뒤, 지민 대령이 보안주파수로 연락을 취해왔다.

"이해모수 대위, 무슨 일인가?"

"변종백상아리를 찾았습니다. 여수소리도 해상입니다. 그런데 두 녀석입니다. 위치와 해저영상을 보내겠습니다."

"뭐? 두 녀석이라고? 지금 여수소리도 해역으로 잠항 중이니까 계속 감시하도록!"

"예, 대령님! 최대한 빨리 오세요."

그랬다. 여수소리도 바다에선 목숨을 건 사투가 벌어지고 있었다. 밍크고래는 감각기관을 통해 몇 십 킬로미터 밖에 있는 변종 백상아리의 존재를 이미 알고 있었다. 그래서 이동경로를 바꾸는 중이었다. 하지만 회색눈은 만만치 않았다. 점박이의 사냥속도까지 통제하고 있었다. 암컷고래가 새끼를 둘러싸고, 몸집이 큰 수컷 두 마리가 무리의 앞쪽과 뒤쪽을 지키고 있었다.

회색눈은 먹잇감을 오른쪽에서 왼쪽으로 천천히 몰면서 치명적인 일격을 가할 기회를 노렸다. 밍크고래 수컷의 덩치도 만만찮았다. 회색눈은 점박이에게 사냥법을 교육하듯 천천히 몰아붙였다. 밍크고래 떼는 쇳조각이 부러지는 것 같은 고주파를 연신 쏘아댔다. 본능적으로 터져 나오는 공포의 외침이었다. 그 소리는 한동안 길게 이어졌다.

회색눈이 꼬리를 세차게 흔들었다. 그것을 신호로 점박이가 밍크고래를 노렸다. 대장 밍크고래는 무리를 이탈해 방향을 틀었다. 비록 날카로운 이빨은 없었지만 단단한 머리뼈를 가지고 있었다. 그것만으로도 충분한 무기가 될 수 있었다. 밍크고래의 단단한 두개골에 부딪힌다면 점박이도 치명적인 부상을 입을 수 있었다. 회색눈은 사냥을 서두르지 않았다. 허기지지 않은 것이 분명했다. 어쩌면 다른 곳에서 주린 배를 채웠는지도 몰랐다. 그때 장보고 3번함의 함장인 지민 대령의 목소리가 스피커에서 터져 나왔다.

"이해모수 대위! 지금 상황은 어떤가?"

"대장 밍크고래가 놈들에게 대항하는 데 변종백상아리가 공격을 하지 않고 있습니다."

"뭐라고? 그럴 리가 없는데. 무슨 꿍꿍이지! 아무튼 이만수 대령에게 연락했으니까 우리와 공조작전을 펼칠 거야. 조금만 기다려!"

"예, 알겠습니다."

그는 수중카메라로 바다 상황을 관찰했다. 이동경로를 변경한 밍크고래 떼는 변종백상아리의 추적을 벗어나기 위해 제주도해협 쪽으로 방향을 바꾸고 있었다. 하지만 회색눈이 재빨리 길목을 차단했다. 대장 밍크고래가 달려들었다. 회색눈은 대장 밍크고래를 무리로부터 멀리 떼어 놓았다. 대장 밍크고래가 다시 무리에 합류하려고 방향을 튼 순간, 점박이가 대장 밍크고래의 옆구리를 정확하게 들이박았다. 그것도 잠시 뿐이었다. 놀랄 만한 민첩성과 엄청난 힘을 지닌 회색눈이 대장 밍크고래의 옆구리를 이빨로 찢어내곤 내장을 씹어 삼켰다. 고통을 느낄 시간도 없이 숨이 멎어 버렸다. 나머지 밍크고래 무리는 공포에 찬 고주파 음을 토해냈다. 그 소리가 아련해질 무렵 스피커에서 지민 대령의 목소리가 다급하게 터져 나왔다.

"이해모수 대위! 무슨 일이야? 음파탐지기가 요동치는데."

"변종백상아리 두 녀석이 공조작전을 펼치는 것 같아요. 순식간에 대장 밍크고래의 옆구리를 찢고 놓았어요. 정말 무시무시한 놈들입니다."

"그럴 줄 알았어. 우두머리가 다른 놈에게 사냥법을 교육하는 거야. 문제는 우두머리가 암컷인지 수컷인지 빨리 파악해야 해!"

그랬다. 회색눈은 고성능의 수중어뢰처럼 밍크고래 무리의 사이를 헤집고 곧장 돌진했다. 이해모수 대위와 대원들은 또 다른 변종백상아리를 추적했다. 대가리에 커다란 점이 보였다. 그때 녀석의 턱이 크게 벌어지며 톱니이빨이 드러났다. 이빨 사이엔 아무것도 끼여 있지 않았다. 먹잇감을 회색눈에게 양보하는 것 같았다. 그 순간, 회색눈의 주둥이가 열렸다 닫혔다. 숨통이 끊어진 대장 밍크고래의 몸통이 두 토막 났다. 엄청난 핏물이 흘러나왔다. 피 냄새를 맡은 점박이가 흥분하여 날뛰기 시작했다. 녀석은 밍크고래 무리의 중간 지점을 정확히 치고 들어갔다. 치명적인 공격이었다. 두 갈래로 갈라진 무리는 동시에 녀석들의 이빨에 물려졌다. 회색눈은 입을 크게 벌리고 살점을 씹어 삼켰다. 강력한 턱이 움직일 때마다 아가미에서 복부에 이르는 근육이 꿈틀거렸다. 그 여파로 여수소리도 바다엔 붉은 핏물이 넘실댔다. 뜨거운 핏물 때문에 열상레이더의 스크린이 온통 붉은색으로 바뀌어버렸다. 열상레이더는 더 이상 물체를 잡아낼 수 없었다.

이해모수 대위는 회색눈의 변종백상아리가 암컷이라 확신했다. 그는 대원들에게 명령을 내렸다. 대원들은 그의 의도대로 해양탐사선의 고물에 설치된 강철게이블을 물속으로 집어넣었다가 빼내기를 반복했다. 그 소리는 곧바로 녀석들의 감각기관으로 전달되었다. 회색눈이 고개를 돌려 점박이를 독려하듯 꼬리를 세차게 흔들었다.

"저건 뭐냐? 명령을 내리는 것처럼 행동하네. 그렇다면 지능이 높다는 뜻인데. 이런, 빌어먹을!"

이해모수 대위는 대원에게 엔진마력을 최대로 높이라고 명령했다. 점박이가 해양탐사선을 한입에 삼켜버리겠다는 듯이 입을 크게 벌리며 달려들었다. 그는 수중레이더와 음파탐지기를 확인해보았다. 음파탐지기에서 무슨 소리가 흘러나오고 있었다. 그 순간, 녀석들이 순식간에 모습을 감추어버렸다.

"왜지? 어디로 간 거야?"

그때 마린온 공격헬리콥터가 모습을 드러냈다. 호위함과 전투함에 탑재돼 대잠전 및 대함전과 해상정찰 임무를 수행하는 첨단 헬리콥터였다. 게다가 잠수함 공격을 위한 대잠어뢰인 청상어와 소형 표적물 공격을 위한 기관총을 장착하고 있었다. 미린온 공격헬리콥터의 등장으로 보아 멀지 않은 곳에서 이만수 대령이 지휘하는 율곡이이함이 작전을 펼치고 있는 것이 틀림없었다. 이해모수 대위는 재빨리 바다를 휘둘러보았다.

"정말 대단한 녀석들이야. 최첨단 전자기기의 탐지능력을 뛰어넘다니!"

변종백상아리들은 공격헬리콥터의 진동을 미리 감지한 것이 분명했다. 대원들은 조이스틱을 움직여 심해카메라를 작동시켰다. 수면 아래엔 밍크고래의 살덩어리들이 해류에 휩쓸려 다니고 있었다. 순간, 심해에서 엄청난 소용돌이가 일었다. 무언가가 빠른 속도로 움직이고 있다는 증거였다. 대원이 재빨리 무전을 날렸다.

"뭔가 이상합니다. 헬기는 고도를 높…"

대원의 말이 끝나기도 전에 점박이가 바닷속에서 곧장 수면 위로 솟구쳤다. 그리고 수면 위를 회전하고 있던 마린온 공격헬리콥터를 물고 늘어졌다. 이해모수 대위와 대원들은 붉은색의 잇몸과 거대한 이빨을 똑똑히 보았다. 두려움에 온몸이 마비된 채, 꼼짝할 수 없었다. 바닷물에 빠진 조종사가 사력을 다해 헤엄쳤지만 점박이의 입속으로 사라져버렸다. 이해모수 대위는 숨조차 제대로 쉴 수 없었다. 한참 뒤에야 간신히 장보고3번함과 율곡이이함으로 연락을 취했다.

"변종백상아리는 생각보다 영리하고 훨씬 큽니다. 한 놈은 회색 눈을 가지고 있고, 한 놈은 대가리에 커다란 점이 박혀 있습니다. 아마도 회색눈이 암컷이고, 점박이가 수컷 같습니다."

그랬다. 지민 대령은 2년 전, 변종백상아리의 존재를 목격했었다. 그는 해군의 미래를 위해 그 사실을 극비에 붙였다. 그 결정이 잘한 것인지 의문이 들었다. 좀 더 많은 가능성을 열어두지 않는 게 후회되었다. 그러나 후회는 언제나 한발씩 늦게 찾아오는 법이다.

이해모수 대위는 야간투시경으로 수면을 휘휘 둘러보았다. 여수소리도 바다는 밍크고래의 핏물 때문에 푸른빛으로 보였다. 예상했던 것보다 훨씬 더 강력한 놈들이었다. 게다가 김수지 대위가 목격했던 녀석들과 완벽하게 일치하고 있었다. 그때 조타실 스피커에서 다급한 목소리가 터져 나왔다.

"이해모수 대위, 여기는 율곡이이함이다. 빨리 그 위치에서 벗어나라. 다시 반복한다. 그 위치에서 벗어나라!"

해양탐사선은 엔진마력을 최대로 높이고 뱃머리를 돌렸다. 세찬 파도가 밀려들어 속도가 제대로 나지 않았다. 그나마 거대한 파도가 하늘 높이 솟구칠 때마다 뱃머리가 심하게 주억거렸다. 고물에 설치된 윈치도 힘겨운 소리를 내었다. 여수소리도 바다는 모든 걸 집어삼킬 듯이 위협적으로 날뛰었다.

바다가 환해졌다. 조명탄이 터지는 것을 신호로 엄청난 폭발음이 일었다. 이만수 대령이 지휘하는 율곡이이함에서 모든 화력을 동원하여 변종백상아리에게 쏟아붓기 시작했다. 잠항 중이던 장보고3번함도 어뢰를 발사했다. 그러나 놈들은 그 어떤 어뢰보다도 훨씬 더 빠르고 쉽게 방향을 바꾸고 자유자재로 헤엄쳤다. 더구나 회색눈은 자신에게 도전하는 상대는 결코 그냥 두지 않았다.

이해모수 대위는 바다를 응시했다. 굵은 이랑이 뱃전으로 밀려들 때마다 해양탐사선이 이리저리 흔들렸다. 그때 수중레이더에서 변종백상아리 한 마리가 사라져버렸다. 그는 수면 위를 둘러보았다. 점박이가 수면 위로 솟구쳐 올랐다. 율곡이이함에서 근거리 방어무기체계인 팰렁스가 불을 뿜었다. 열화우라늄탄과 텅스텐탄을 사용하는 무기로 분당 3,000발을 쏟아부었다. 자체에 레이더 장비가 부착되어 있어 근거리에서 미사일이나 물체가 접근하면 스스로 발견하고 요격하는 시스템이었다. 독도함 · 세종대왕함 · 광개토대왕급 · 이순신급에 모두 골키퍼가 장착되었지만, 이이율곡함엔 골키퍼와 팰렁스를 동시에 장착하여 운용하고 있었다. 그 무기체계는 날아오는 로켓, 곡사포, 박격포를 모두 요격할 수 있는 최첨단 전투시스템이었다. 그 사실을 모르는 점박이는 당장이라도 율곡이이함을 집어삼킬 듯이 면도날처럼 날카로운 이빨을 드러냈다.

수중에서는 회색눈이 엄청난 속력으로 장보고3번함으로 달려들고 있었다. 잠수함은 녀석의 추적을 받으며 재빠르게 방향을 전환했다. 수면 위에서는 점박이가 율곡이이함을 향해 돌진했다. 수중레이더를 살피던 대원이 머리를 숙이며 소리쳤다.

"충돌에 대비하라!"

이만수 대령이 지휘하는 율곡이이함의 선체가 휘청거리며 굉음을 내었다. 그것은 마치 고성능미사일을 맞고 거대한 폭발을 일으키는 소리와 같았다. 대원들은 그 충격으로 팔을 허공으로 휘둘러댔다. 수중에서는 지민 대령이 지휘하는 장보고3번함이 엔진마력을 최대로 높이며 방향을 틀었다. 하지만 회색눈은 잠수함을 앞질러 우회하고 있었다. 그 광경을 목격한 대원들은 비장한 눈빛으로 각자 맡은 무기시스템을 매뉴얼대로 조준했다.

지민 대령은 폭뢰 투하를 명령했다. 연이어 수중에서 폭뢰가 폭발을 일으키며 거대한 물줄기를 뿜어 올렸다. 세찬 폭발음이 변종백상아리의 감각기관을 부셔버리길 기대했지만 놈들은 만만치 않았다. 오히려 울부짖으며 미쳐 날뛰었다. 분노를 참지 못한 회색눈이 수면 위로 모습을 드러냈다. 순간, 함포에서 불을 내뿜었다. 곧이어 골키퍼에서 수천 발의 총알을 날려 보냈다. 회색눈은 자신도 어쩌지 못할 광기에 휩싸여 율곡이이함으로 달려들었다.

대원들은 침착하게 맞서 싸웠다. 골키퍼의 공격을 받은 회색눈의 정수리에서 핏물이 흘러내렸다. 엄청난 총알도 두개골은 뚫지 못했다. 회색눈은 찢어진 피부를 내보이며 최대의 속력으로 수면을 가르기 시작했다. 곧이어 두 번째 충격이 가해졌다. 율곡이이함은 충격을 이기지 못하고 휘청거렸다. 승조원들이 자리에서 굴러 떨어졌다. 그나마 외피와 내피의 강철판이 터져버렸고, 전력마저 끊어져버렸다. 곧바로 비상전력이 가동됐다. 그 상황을 주시하고 있던 장보고3번함 함장인 지민 대령이 심각한 표정을 지었다.

"이지스함도 오래 버틸 수 없을 것 같군. 신형무기의 성능을 시험해볼 기회야. 작전 개시해!"

"알겠습니다."

그는 대원들을 일사불란하게 지휘하며 방향을 틀었다. 잠수함의 스크루 진동을 감지한 회색눈이 사나운 눈길로 노려보았다. 상황이 촉박하게 돌아갔다. 더 이상 머뭇거릴 겨를이 없었다. 지민 대령이 단호하게 명령했다.

"대원들은 죽음을 각호하고 전투에 임하라! 이건 실전이다!"

장보고3번함은 20도 각도로 비스듬히 기운 채, 신형무기인 수중드론 30기를 발사했다. 드론은 해류를 거침없이 헤치며 변종백상아리를 향해 내달렸다. 순차적으로 거대한 폭발이 일어났다. 회색눈은 잠수함 주변을 빙빙 돌며 더 이상 접근하지 않았다. 수중드론의 공격으로 이빨 몇 개가 부러져 나갔지만, 또 다른 이빨로 대체될 터였다.

수면 위에선 율곡이이함이 심하게 흔들리고 있었다. 점박이도 만만한 상대는 아니었다. 더구나 도전자의 불경스런 행동으로 회색눈이 피를 흘리고 있었다. 점박이는 분노를 억누를 수 없었다. 율곡이이함을 향해 쏜살같이 달려들었다.

"우측에서 공격해 온다!"

작전장교가 손을 들어 우현을 가리켰다. 이만수 대령은 장보고 3번함의 함장인 지민대령에게 어뢰 공격을 요청했다. 그러나 이미 늦어버렸다. 점박이의 단단한 두개골이 엄청난 속력으로 함선을 강타했다. 다행히 2중구조로 설계되어 바닷물이 선체 내부로 들어오지는 않았다. 게다가 방수문이 자동으로 닫히는 최첨단 전투함이었다. 이만수 대령은 장보고3번함에게 서둘러 항로를 바꾸라고 연락했다. 강력한 전자기탄그물을 수중에 발사할 계획이었다. 전자기탄그물은 그물망에 무언가가 접촉하면 엄청난 전류를 내보내 상대방을 무력화시키는 무기였다.

장보고3번함의 스크루가 힘차게 돌아갔다. 이만수 대령은 수중 음파탐지기를 응시했다. 꼬리치는 소리가 세차게 터져 나왔다. 그는 눈을 부릅뜨고 손아귀를 그러쥐었다. 예상했던 대로 수면 위로 희끗한 것이 튀어나왔다. 함선에서 일제히 함포사격을 가했다. 장보고3번함에서 내보낸 수중드론이 총알처럼 수면 위로 튀어 올라 공중 폭발을 일으켰다. 그러나 점박이는 재빠르게 수면 아래로 피했다. 그 상황을 지켜보던 지민 대령은 어금니를 악물었다. 만만찮은 놈이었다. 예민한 감각기관으로 수중드론의 엔진소리를 파악하고 있었던 거였다.

"저 정도로 교활한 놈이라면 앞으로가 더 큰 문제야. 놈들에게 학습능력이 있는 게 분명해."

이만수 대령은 손아귀를 움켜쥔 채 안간힘을 썼다. 변종백상아리에게 농락당한 기분이었다. 그때 수중레이더에서 빠른 움직임이 포착되었다. 회색눈이 치명적인 일격을 가하려고 방향을 트는 순간이었다. 이만수 대령은 전자기탄그물 발사를 명령했다. 된바람 속에 허옇게 뒤집힌 바다에서 용오름이 일었다. 그 용오름과 함께 회색눈이 하늘로 치솟았다. 녀석은 허공에서 한 바퀴 빙그르르 돌고는 머리를 물속으로 처넣었다. 운동에너지를 높이려는 속셈이었다.

"대단한 녀석들이야! 하긴, 인간이나 동물이나 생존본능은 기적을 만들어내는 법이지!"

이만수 대령의 목소리가 음산하게 들렸다. 대원들도 가슴을 쓸어내렸다. 율곡이이함은 엔진마력을 최대로 올려 회색눈의 추적을 따돌리려 안간힘을 썼다. 녀석이 전속력으로 달려들었다. 투하된 전자기탄그물이 회색눈을 향해 쏜살같이 방향을 틀었다. 해류가 허옇게 거품을 토하며 회오리쳤다. 수많은 전자기탄그물이 회색눈을 감싸기 시작했다. 순간, 엄청난 전류가 몸통을 파고들었다. 회색눈이 꼬리를 세차게 흔들며 신음을 토해냈다. 강렬한 전류가 녀석의 감각기관을 파고들어 전율을 일으켰다. 회색눈은 순식간에 방향감각을 상실하고 머리를 세차게 흔들었다. 그도 그럴 것이 변종백상아리의 두꺼운 피부엔 무수한 수관이 퍼져 있었다. 그리고 수관엔 바닷물 속에서 감지되는 진동을 대뇌로 전달하는 또 다른 기관이 있었다. 이런 감각기관은 오히려 전자기탄그물 앞에서는 치명적인 약점으로 작용했다. 가까스로 위험에서 벗어난 변종백상아리들은 심해로 숨어들었다.

✣ ✣ ✣

그 시각, 미군 해군 소속의 2만 6,900톤급의 초대형 핵잠수함이 오키나와를 지나 이어도 해상으로 방향을 틀고 있었다. 핵잠수함의 항해는 평상시와 다름없이 비교적 평온했다. 더구나 일 년에 두 번식 정기적으로 펼치는 훈련이었다. 샤이엔핵잠수함은 두 개의 원자력으로 네 개의 터빈과 네 개의 샤프트로 기동하는 세계 유일의 핵잠수함이기도 했다. 무장능력과 기동성 또한 모든 종류의 핵잠수함을 압도하고도 남았다. 세계에서 가장 큰 전략핵잠수함은 러시아의 타이푼급 잠수함이라고 알려져 있지만, 사실은 샤이엔핵잠수함이었다. 그 핵잠수함은 수많은 잠항기록을 세웠고 그날 훈련 역시, 이어도를 경유해 모항인 하와이로 귀항할 예정이었다.

회색눈과 점박이는 함선이나 디젤잠수함은 피해 다녔다. 하지만 방사능에 대한 허기는 참을 수 없었다. 생각해보면 인간은 거의 모든 순간, 거의 모든 상황을 예측하고도 애써 외면해버렸다.

생태계의 훼손과 파괴는 한 지역이나 국가의 차원을 넘어 세계적인 쟁점이었다. 그럼에도 과학적 합리주의를 전 영역으로 확장시켜왔다. 문제는 이러한 현상의 이면엔 인간 중심적 사고에 기초한 논리가 숨어 있었다. 더욱이 그 논리는 지구공동체를 유지하고 지탱하는 보이지 않는 힘이기도 했다. 그 여파로 변종백상아리가 탄생되었다. 불행하게도 변종백상아리의 등장은 폐해의 일부에 지나지 않았다. 충분히 안전하다는 말, 충분히 괜찮다는 말, 충분히 극복할 수 있다는 말을 더 이상 믿지 못하게 되었다. 어쩌면 복구될 수 없을 지경으로 완전히 망가져버렸는지도 몰랐다. 인류도 멸종될 수 있다는 깨달음, 대개의 인간들은 그런 것들을 몇 번이나 겪은 뒤에야 진짜 멸종의 심각성을 깨달을 터였다. 그랬다. 회색눈과 점박이는 방사능에 허기져 있었다. 머지않아 대재앙은 현실이 될 터였다. 어쩌면 바다는 접근금지 구역으로 선포될지도 몰랐다.

4

극비 무기와 내부 갈등

이해모수 대위는 해양탐사선을 제주해군기지에 정박시켰다. 이만수 대령이 지휘하던 율곡이이함은 변종백상아리의 공격으로 몰골이 말이 아니었다. 변종백상아리의 괴력에 선체가 부서지고 이중갑판에까지 바닷물이 스며들었다. 그나마 함선의 옆구리가 길게 찢기는 바람에 칸칸이 물을 가두는 방수장치마저 너덜너덜해졌다. 간신히 침몰을 면했다. 발걸음을 돌리던 그는 흘낏 주위를 둘러보았다. 어디선가 울음소리가 들려왔다. 처음엔 미약했지만 점차 빈 공간을 흔드는 듯한 울림이 이어졌다. 돌고래였다. 바다는 모든 생명의 근원이지만 반드시 행복한 공간만은 아니라는 생각이 들었다. 거기에는 이성과 논리로 파악할 수 없는 불가사의

한 힘이 지배하고 있는 듯싶었다.

이해모수 대위는 제주해군기지의 중앙통제센터로 걸음했다. 경비대원이 앞을 가로막았다. 그는 비밀엄수 확약서에 서명하고 보안도어에 동공을 스캔받았다. 다섯 번의 보안검색대를 통과한 다음에야 중앙통제실로 들어갈 수 있었다. 중앙통제실의 대형스크린엔 심해산맥과 해구를 표시한 지도가 띄워져 있었다. 그 옆의 또 다른 스크린엔 백상아리의 내부기관을 해부학적으로 그려놓은 도표가 보였다. 중앙통제실 밖에는 크레인이 구조물을 옮기는 중이었다. 이만수 대령이 작업장을 지켜보곤 엄지와 검지로 터치스크린을 좌우로 움직였다. 백상아리 형태의 잠수함이 화면 위로 띄워졌다. 이해모수 대위는 잠수함의 디자인에 깊은 인상을 받았다. 두 개의 터보엔진이 달려 있는 잠수함은 해군특수전단장인 고수 장군이 국방 예산을 필사적으로 끌어모아 완성한 것이었다. 이만수 대령은 벅찬 눈길로 백상아리 형태의 잠수함을 응시하곤 아랫입술을 들어올렸다.

"우리 해군은 환상의 백상아리잠수함을 보유하게 된 겁니다. 그렇지 않습니까? 이걸 기회로 어떤 식으로든 해군이 주도적으로 변종백상아리를 섬멸해야 합니다."

해군작전사령부의 기철 장군과 잠수함사령부의 지민 대령이 고개를 끄덕였다. 그의 말에 공감하는 눈치였다. 대형스크린엔 극비 백상아리잠수함의 설계도면이 상세하게 표시되어 있었다. 엔지니어들이 일사분란하게 장비를 테스트하고, 그 결과를 저장했다. 그러니까 일정한 반경 이내에 물체가 출현하면 스크린에 초록색으로 표시되고, 관련 정보가 실시간으로 제공되는 전자장비였다. 지민 대령이 엔지니어에게 질문을 던졌다.

"시뮬레이션의 결과는 어떤가?"

"전자기탄그물은 잠수함의 함미에 설치하는 것이 제일 효과적인 걸로 판단됩니다. 그리고 함수에 달려 있는 티타늄그물은 잠수함발전기의 케이블에 연결되어 곧바로 고압전류를 흘러 보내게 설계되었습니다. 마지막으로 수중무인드론은 사출기를 통해 언제든지 발사할 수 있습니다. 그 외에도 극초음속어뢰와 극비해상무기의 성능 테스트를 끝냈습니다. 더구나 잠수함사령부연구소에서 개발한 고주파증폭장치는 엄청난 위력을 발휘할 겁니다."

지민 대령은 고개를 끄덕이곤 이해모수 대위를 응시했다. 백상아리잠수함은 공기 중에서는 음파보다 전자기파가 빠르고 멀리 전달된다는 현상에 착안해 개발된 신무기였다. 그 아이디어는 이해모수 대위가 제안한 거였다. 원리는 간단했다. 바다에서는 전자기파가 모두 흡수되어버리는 반면, 음파는 상대적으로 잘 전달되었다. 그러니까 음파를 사용해 적의 잠수함을 찾거나 해저지형을 파악하는 데 용이했다. 문제는 초음파 세기가 고래들의 고막을 찢을 정도로 강력하다는 거였다. 고래는 초음파를 쏘아 보내고 그 초음파가 반사되어 돌아오는 것을 감지함으로써 방향을 잡고 이동경로를 선택했다. 그런 고래의 음파반사기능은 먹이를 찾고 새끼를 돌보는 등 고래의 생존활동에 사용되었다. 따라서 초음파 자체로는 고래에게 해가 되지 않았다. 하지만 초음파가 굉음을 쏟아 낼 경우 음파반사기능에 이상이 생겨 고래의 생명에도 치명적인 영향을 미칠 수밖에 없었다. 때로는 고래 스스로 음파반사기능에 착각을 일으켜 해안으로 몰려들기도 했다. 그 여파로 대장 고래가 방향을 잘못 잡아 육지로 향하면 뒤따르던 고래들도 하나둘 해안 가로 올라와 죽음을 맞았다. 이유는 간단했다. 모래해안으로 음파 를 쏘아 보내면 고래에게 되돌아가는 음파가 모래에 흡수되어버 렸다. 고래는 깊은 바다로 착각하고 해안으로 올라오는 거였다.

잠수함사령부연구소에서는 그 원리를 이용해 초음파 세기를 극 한으로 높였다. 게다가 시간과 장소에 상관없이 모든 주파수를 감 지해내는 민감한 감지기도 모듈 행태로 만들었다. 일단의 잡음과 함께 불규칙한 주파수가 중앙통제장치의 감지기를 자극하면, 초 음파 세기가 자동으로 작동되었다. 아주 놀랍고 치명적인 무기였 다. 더구나 극비백상아리잠수함은 볼 때마다 느낌이 달랐다. 선체 가 티타늄합금으로 처리된 표면엔 무언가 어른거리고 있었다. 스 텔스전투기의 표면 같기도 했다. 작업장엔 엇비슷한 형태의 잠수 함 여섯 척이 놓여 있었지만 유독 대형스크린에 띄워진 극비백상 아리잠수함이 이해모수 대위의 시선을 붙들었다.

오십만 개가 넘는 부품들이 톱니바퀴처럼 일사분란하게 맞물려 있었다. 선체엔 밤색과 녹색 무늬들이 자연스럽게 섞여 있어 바다 환경과 유사하게 보이는 웨더링 기법도 뛰어났다. 그러나 이해모 수 대위는 씁쓸한 기분이 들었다. 바다 상황에 따라 출동을 알리는 긴급명령들, 변종백상아리의 이동경로를 집요하게 캐묻는 다급한 무전소리가 터져 나왔다. 그는 거미줄 같은 일정에 진저리가 쳐졌다. 게다가 대형스크린엔 전투함들이 물보라를 일으키며 쏜살같이 내달리고, 희읍스름한 하늘엔 공군전투기편대와 전투헬기들이 날아다니고 있었다. 그 상황을 배경으로 이만수 대령이 엄지손가락을 들어올렸다.

"다음 작업 진행하세요."

대원들이 조이스틱을 앞뒤로 움직였다. 곧이어 구조물이 하강하기 시작했다. 작업현장에서는 프로젝트팀이 제작한 전자기탄그물과 티타늄그물을 극비백상아리잠수함에 설치하는 중이었다. 극비백상아리잠수함은 마치 백상아리처럼 날렵하게 보였다. 그 옆에 고수 장군이 서 있었다. 그는 곤란한 처지에 놓여 있었다. 해군작전사령부에서 책임론이 들끓었다. 해군장교들은 그가 옷을 벗게 될 거라고 수군거렸다. 그는 심각한 표정으로 극비백상아리잠수함의 제작현장을 지켜보고 있었다.

극비백상아리잠수함의 레이더는 탐지능력과 정밀도 면에서 대단히 뛰어났다. 스마트 스킨(Smart Skin)기술을 적용해 선체 표면자체가 레이더 역할을 수행했다. 게다가 360도 방향에서 탐지가 가능해 적의 기습공격을 피할 수 있게끔 설계되었다. 그 기술은 미국의 최첨단 스텔스폭격기 정도에만 구현되어 있는 최첨단 기술이었다. 프로젝트팀은 거기에 만족하지 않고 엔진과 엔진배기가스 배출 방향을 자유자재로 바꿀 수 있는 추력편향노즐을 탑재한 이온엔진을 개발했다. 많은 예산과 인력을 투입해 극비리에 제작한 백상아리잠수함은 그 어떤 해상전력도 범접할 수 없는 최강의 전천후 전투체계를 자랑했다.

이해모수 대위는 극비백상아리잠수함의 전투능력에 마음이 편치 않았다. 더구나 기철 장군과 지민 대령이 나누는 대화에 갈증이 일었다. '섬멸·멸종'이라는 단어를 발음하는 그들의 목소리가 너무 건조해서 마른 침을 삼켜야만 했다. 그래서 목이 메었다. 이해모수 대위는 고개를 돌리던 이만수 대령과 눈길이 마주쳤다. 그가 근엄한 목소리로 인사말을 건넸다.

"이해모수 대위, 이번 작전에 큰 힘이 되었어."

"아닙니다. 대령님의 전술이 좋았습니다."

"빈말이라도 고마워. 이건 극비리에 건조한 백상아리잠수함이야. 조금 있다가 프레젠테이션이 있을 거야. 준비는 되어 있지?"

그는 선뜻 대답과 질문을 던지지 못했다. 경쟁의식이 강한 해군작전사령부의 기철 장군과 잠수함사령부 단장인 길동 제독이 고수 장군에게 변종백상아리 섬멸작전권을 위임한 것이 마음에 걸렸다. 다만 고수 장군이 처한 상황이 매우 위태롭다고 추측할 뿐이었다. 김수지 대위가 정기적으로 열리는 해군학술세미나에서 '동해바다, 방사능폐기물로 인한 대재앙'이라는 주제를 발표한 이후 많은 압력을 받아왔다. 이해모수 대위는 마음을 다잡고 질문을 던졌다.

"보내주신 자료는 충분히 검토해보았습니다만, 워낙 제한된 정보라 프레젠테이션을 잘 할 수 있을지 걱정입니다."

"일급기밀이라 어쩔 수 없었어. 잘 들어. 극비백상아리잠수함은 일종의 하이브리드야. 수상과 수중에서 작전이 가능해. 수심 1,200미터까지 잠수할 수 있어. 더구나 티타늄특수합금으로 만들어진 선체는 아주 단단하면서도 가벼워. 그래서 속력이 빠르고 방향전환도 쉽게 할 수 있지. 수상에서도 이지스전투함을 능가하는 작전을 펼칠 수 있고, 수중에서는 기존 잠수함의 능력을 훨씬 뛰어넘어. 괴물이라고 할 수 있지. 미국 방산업체도 여러 번 개발을 시도했지만 실전에서 제대로 된 성능을 발휘하지 못해 폐기된 적이 있어. 그걸 우리가 해낸 거야. CIA에서 낌새를 눈치 채고 온갖 수작을 다 부리고 있어."

"대단한데요. 무기체계는 어떤가요?"

"음속의 10배가 넘는 극초음속미사일이 장착되어 있어. 그리고 네가 제안한 아이디어로 잠수함사령부연구소에서 고주파증폭무기를 개발했어. 말이 나왔으니까 하는 말인데, 넌 전투체계보다는 해양생물학자의 입장에서 발표하는 게 좋을 거야. 그러니까 해양생태계의 심각성을 강조하란 말이지. 그래야 설득력이 더 있지 않겠어?"

이만수 대령은 스텔스기능까지 갖춘 극비백상아리잠수함의 당당한 위엄에 폭 빠진 눈치였다. 세계 최초로 잠수함의 기능과 이지스전투함의 기능을 하나로 합친 극비백상아리잠수함은 엄청난 무장체계를 갖추고 있었다. 게다가 잠수함 함수에 또 다른 잠수함이 모듈화되어 있었다. 가장 큰 특징이자 장점이었다. 필요에 따라 함수의 모듈이 떨어져 나가 독립적으로 작전을 수행할 수 있었다. 일명 모듈잠수함이었다. 처음엔 부품이 오십만 개가 넘는 복잡한 설계도면에 엔지니어들도 질려버렸다. 해군작전사령부의 기철 장군은 포기하자는 의견을 내놓기도 했다. 어쩌면 처음부터 무모한 프로젝트인지도 몰랐다. 괜한 예산 낭비만 한다고 비아냥거리는 국방부 소속의 장군들도 있었다. 하지만 길동 제독과 고수 장군이 필사적으로 설득했다. 그리고 이만수 대령과 지민 대령이 실무자 역할을 톡톡히 해낸 덕분에 극비백상아리잠수함을 완성할 수 있었다. 이해모수 대위는 극비백상아리잠수함을 지켜보는 낯익은 얼굴을 발견했다. 그는 깜짝 놀라 목소리를 높였다.

"이만수 대령님. 저기를 보세요."

"놀랄 필요 없어. 고수 장군님이 극비백상아리 함장에 김수지 대위를 발탁했어. 능력 있는 장교에게 맡겨야지. 국가안보가 걸린 문제니까. 잘해내리라 믿는다."

이만수 대령은 아랫입술을 비틀어 올리며 씁쓸하게 웃어 보였다. 이해모수 대위는 조심스럽게 눈치를 살피곤 말문을 열었다.

"그럼, 극비백상아리잠수함이 실전에 투입되는 건가요?"

"그렇게 결정됐어!"

이해모수 대위가 눈앞에 벌어진 상황을 판단하기까지는 오랜 시간이 걸리지 않았다. 내쫓은 사람을 다시 불러들일 때엔 뭔가 다급한 상황이 벌어진 게 틀림없었다. 더구나 잠수함사령부 단장인 길동 제독까지 나서서 힘을 보탰다. 그랬다. 해군참모총장은 시한폭탄의 초침처럼 예민해질 대로 예민해져 있었다. 청와대와 국방부의 질책 때문이었다. 잘못했다간 문책을 받거나 책임지고 불명예전역을 당하는 상황이 벌어질 수도 있었다. 국방부장관은 얼굴을 일그러뜨리고 해군참모총장을 몰아붙였다. 정말이지 선택의 여지가 없었다. 해군수뇌부는 해군특수전단장인 고수 장군에게 모든 책임을 묻겠다고 몰아붙였다.

✤ ✤ ✤

장군들이 중앙통제실로 모여들었다. 김수지 대위도 그 뒤를 따라 들어섰다. 중앙통제실에 있던 지휘관들이 일제히 일어나 차렷 자세를 취했다. 곧이어 기철 장군의 주도로 회의가 시작되었다.

"먼저, 헬리콥터조종사와 해군 희생자들에게 조의를 표합니다. 여러분도 알고 있다시피 이번 작전은 실패로 끝났습니다."

회의에 참석한 지휘관들의 얼굴이 일순 굳어졌다. 기철 장군이 비장한 표정으로 말을 이었다.

"우리가 할 일은 아주 막중합니다. 변종백상아리 섬멸작전은 해군특수전단을 중심으로 녀석들을 멸종시키는 겁니다. 구체적인 방안을 말해보세요."

김수지 대위는 불안한 눈빛으로 서로의 얼굴을 힐끗거리는 지휘관들을 둘러보곤 의견을 발표하기 시작했다.

"회색눈과 점박이는 동해심해에서 이동을 시작해 부산 앞바다를 지나 몇 시간 전 여수소리도 바다에서 주린 배를 채웠습니다. 지금은 제주해협을 벗어나고 있는 걸로 파악되었습니다. 최종 목적지는 태평양의 마리나 해구일 겁니다. 지구상에서 가장 깊은 해구로 숨어들면 인간의 추적은 어려워집니다. 그러니까 국제적인 문제입니다. 저 생각에 놈들은 꽃을 피우고 열매가 맺기를 기다리는 것이 틀림없습니다. 그리고 청와대나 국방부에서 알고 싶어 하는 점은 놈들의 개체수가 얼마인지와 변종의 정도일 겁니다. 확실한 건 피해는 계속 발생할 것이며, 해군과 해경과 민간의 위험은 증대될 것입니다. 이해모수 대위, 자료조사 가지고 왔지요? 보고 드리세요."

회의에 참석한 지휘관들이 일제히 이해모수 대위를 응시했다. 그는 회의장 앞에 설치된 대형스크린을 터치했다. 멀티터치라고 불리는 터치패드의 새로운 전자장비였다. 이해모수 대위는 손가락으로 화면을 확대했다. 멀티터치스크린은 민간전자회사에서 개발한 기술을 국방연구소에서 업그레이드시킨 화상회의 솔루션이었다. 그는 대형스크린을 빠르게 터치하며 지휘관들에게 바다 상황을 설명하기 시작했다.

"저는 변종백상아리가 대규모 사냥을 한 장소에서 샘플을 채취했습니다. 문제는 변종백상아리의 공격을 받은 것으로 보이는 밍크고래의 두개골에 400센티미터가 넘는 이빨 자국이 선명하게 남아 있는 걸 찾아냈다는 점입니다."

잠수함사령부 단장인 길동 제독이 흥분한 목소리로 질문을 던졌다.

"확실한가요? 회의장에서 발표한 내용은 객관적인 데이터와 검증된 물증에 의해 발표되어야 함을 강조합니다. 놈의 이빨이 확실한 겁니까?"

"물론입니다. 하지만 그것만이 아닙니다. 문제는 또 있습니다. 변종백상아리는 두 녀석입니다. 특히 회색눈이 급속도로 먹이의 양을 늘리고 있습니다. 그건 많은 영양분이 필요하다는 뜻입니다. 그러니까 회색눈이 암컷이고, 임신에 성공했다는 추측이 가능합니다. 일반 백상아리도 암컷이 수컷보다 훨씬 더 덩치가 크고 사납습니다. 또한 점박이는 닥치는 대로 회색눈에게 먹이를 공급하고 있습니다. 아마도 종족 번식에 사활을 걸고 있다고 추측됩니다."

길동 제독의 얼굴이 일그러졌다. 변종백상아리들은 거대했고, 엄청난 공격력을 갖추고 있었다. 기철 장군의 얼굴에도 긴장한 표정이 역력했다. 화면엔 검푸른 파도가 울뚝불뚝 융기하고 있었다. 변종백상아리가 그악스럽게 소리를 질러대는 것 같기도 하고, 물새 떼가 비명을 질러대는 것 같기도 했다. 길동 제독은 더는 참을 수 없다는 듯 질문을 던졌다.

"너무 앞서가는 것 아닙니까? 변종이 그렇게 쉽게 임신에 성공할 수는 없어요."

해군특수전단장인 고수 장군이 근엄한 목소리로 그를 자제시켰다.

"장군님, 끝까지 들어보시죠. 이해모수 대위는 해양생물학계에서 인정받는 학자 출신입니다. 또한 현장에서 직접 자료를 수집해 왔어요."

길동 제독은 애써 고수 장군의 시선을 외면하곤 미간을 좁혔다. 이해모수 대위는 손가락으로 화면을 밀어 올렸다. 장군들과 작전 참모들은 기다렸다는 듯이 대형스크린을 응시했다. 화면 속엔 이해모수 대위가 작업대 앞에 서서 메스를 들고 있었다. 그가 말문을 열었다.

"백상아리는 머리, 몸통, 꼬리, 지느러미의 4부로 구분됩니다. 체형은 방추형입니다. 수컷의 배지느러미엔 막대 모양의 교미기가 있고, 교미 때 정액의 수송로가 됩니다. 꼬리지느러미는 위아래가 비대칭입니다. 몸의 표면은 방패비늘로 덮여 있어 꺼끌꺼끌합니다. 입은 몸의 아랫면에 있고 그 앞쪽에 콧구멍과 입을 연결하는 비구구가 있는 종도 있습니다. 눈은 머리의 좌우에 있고, 그 뒤쪽에 5~7쌍의 아가미구멍이 위치하고 있습니다. 눈의 바로 뒤에는 분수공이 있습니다. 골격은 모두 연골로 되어 있고, 이 부분이 잘 발달되어 있어 분류학상으로 중요점이 됩니다. 혈관계는 혈액이 혈관 속으로만 흐르는 폐쇄혈관계이며 심장은 1심방 1심실입니다. 다음 화면을 참고해주십시오."

화면 속의 이해모수 대위는 백상아리의 턱과 목이 만나는 부분에 날카로운 메스 끝을 댔다. 그는 손의 감각을 따라서 턱밑에서 항문까지 단칼에 그었다. 그러고는 두꺼운 가죽을 양쪽으로 젖혔다. 검붉은 속살이 드러나면서 얼키설키 엉겨 있는 내장이 드러났다. 이해모수 대위는 칼날을 대어 백상아리의 내부조직을 조심스럽게 분리해냈다. 그는 장군들을 응시하곤 설명을 이어나갔다.

"백상아리는 바다에 널리 분포합니다. 일반적으로 온대, 열대에 종류가 많고 한대엔 상대적으로 적습니다. 고래상어, 귀상어 같은 회유성인 대형 상어는 태평양, 대서양에 널리 분포합니다. 상어가 사는 곳에 따라 천해에 서식하는 종, 해양의 표층에 널리 회유하는 종, 심해에 사는 종 등 세 종류가 있습니다. 천해상어는 그다지 이동하지 않습니다. 표층상어는 몸이 크고 헤엄을 잘 치며 성질이 난폭합니다. 심해상어는 퇴화현상이 두드러집니다. 결론적으로 말하자면 상어는 모두 육식성입니다. 특히 귀상어, 청상아리, 백상아리는 성질이 흉폭하고 시각과 후각이 발달되어 있습니다."

화면 속의 이해모수 대위는 백상아리의 생식기관을 잡아당겨 절개해나갔다. 핏물과 수분이 빠져나간 생식기관은 주글주글해 보였다. 생식기관은 유전적 특성을 완벽하게 복제해내는 중요 기관이었다.

화면이 바뀌었다. 회색눈이 밍크고래의 두개골을 단번에 부수어버리는 장면이 확대되었다. 밍크고래의 머리에서 핏물이 솟구치고 있었지만 녀석은 개의치 않았다. 곧이어 바닷물이 붉게 물들었다. 이해모수 대위는 그 장면을 최대한 느린 속도로 보여주었다. 몸통이 찢겨진 밍크고래는 더운 피를 콸콸 쏟아냈다. 회색눈은 밍크고래의 살점을 아가리로 물고 머리를 좌우로 흔들었다. 무엇인가 설명될 수 없는 악마적인 힘이 화면을 가득 채웠다. 이해모수 대위는 터치스크린을 밀어 올리곤 장군들을 응시했다.

"이론적으로 따지자면 길동 제독님의 말씀에도 일리가 있습니다. 불행한 일입니다만, 바다에서 벌어지고 있는 상황을 볼 때 임신 가능성을 충분히 뒷받침하고 있습니다. 여기에 계시는 지민 대령님 그리고 이만수 대령님도 똑똑히 목격했을 겁니다. 문제는 놈들의 사냥 패턴입니다. 점박이는 공격의 선봉에 나섰지만 회색눈은 최대한 공격을 자제하는 듯이 보였습니다. 아마도 점박이가 임신한 회색눈을 보호하며 영양분을 공급하는 것 같습니다."

화면엔 피투성이가 되어 죽어가는 밍크고래의 모습이 확대되었다. 지민 대령이 어금니를 악물었다. 그의 머릿속엔 2년 전에 목격했던 변종백상아리의 사냥 장면이 그려지고 있었다. 상부의 지시에 따라 모든 걸 비밀에 부쳤다. 머지않아 자연스럽게 멸종되리라 확신했다. 지민 대령은 주먹을 그러쥐었다. 그 당시 대비책을 세우지 못한 게 후회되는 순간이었다. 기철 장군이 비판적인 어조로 질문을 던졌다.

"암컷이 임신한 걸 어떻게 확신합니까?"

"여기 화면을 보아주십시오. 이 영상 자료는 이만수 대령님이 설치해준 심해카메라로 촬영한 것입니다. 일단 회색눈은 점박이보다 훨씬 더 커 보입니다. 바로 이 녀석입니다. 배가 거대하게 부풀어 있습니다. 상황을 유추해보자면 임신에 성공한 것이 틀림없습니다."

기철 장군과 길동 제독은 그의 의견에 동의할 수 없다는 표정을 지었다. 하지만 고수 장군과 지휘관들은 고개를 끄덕였다. 그랬다. 이해모수 대위는 변종백상아리의 행동 패턴을 역추적했고, 회색눈이 임신한 증거를 정확히 짚어냈다. 이만수 대령이 회의에 참석한 지휘관들을 휘둘러보며 다른 의견이 있는지 물었다.

김수지 대위가 자리에서 일어나 대형스크린 앞으로 걸어 나갔다. 그녀는 IC칩을 탑재한 유리기판 위에 특정 패턴의 투명 전극층을 배치하기 시작했다. 김수지 대위는 화면 위로 손가락을 터치하며 말문을 열었다.

"그동안 제가 연구한 결과를 토대로 추측하건데, 변종백상아리는 빛에 예민한 걸로 판단됩니다. 따라서 낮에는 수면 위로 모습을 드러내지 않았습니다. 그런데 최근에는 빈번히 목격된 걸로 보아 녀석들이 빛에 어느 정도 적응한 걸로 판단됩니다. 빠른 시간 안에 적응한 이유는 암컷의 보호와 종족번식에 필요한 에너지 때문입니다. 특히 임신한 회색눈은 많은 먹이를 섭취해야 합니다. 그런데 더 큰 문제가 있습니다. 화면을 참고해주십시오. 저는 그들을 1세대와 2세대로 구분해보았습니다. 1세대는 약 900미터에 460톤으로 추정합니다. 그런데 2세대는 생존경쟁을 높이기 위해 자이든 타의든 몸집을 키울 걸로 예상됩니다. 그러니까 제가 추정하는 2세대는 1,000미터 이상에 690톤이 넘는 거대 변종백상아리가 될 것입니다. 물론 조건이 있습니다. 변이에 필요한 방사능

이 있어야 합니다. 놈들은 방사능을 얻기 위해 감각기관을 총동원
할 겁니다. 그러니까 육지에 있는 원자력발전소엔 접근이 불가능
합니다. 결국 심해에서 활동하는 핵잠수함이나 바다 위를 항해하
는 원자력항공모함을 노릴 겁니다. 더 큰 문제는, 설령 핵잠수함
이나 원자력항공모함이 공격을 받았다 하더라도 그걸 공개하는
나라는 없다는 점입니다. 특히 핵잠수함이나 원자력항공모함을
보유하고 있는 나라들의 협조가 절대적입니다. 문제의 심각성을
깨닫지 못하고 비밀에 부친다면 인류는 영원히 바다를 잃게 될 것
입니다."

　고수 장군과 이만수 대령의 얼굴이 어두워졌다. 하지만 기철 장
군과 길동 제독은 김수지 대위의 주장에 공감할 수 없다는 표정을
지었다. 그녀의 주장은 객관적인 데이터에 근거한 거였다. 수온이
올라가고 출산이 다가오면 변종백상아리들은 미친 듯이 살기를
띨 터였다. 종족번식을 위해서라면 어떠한 자비도 없이 무자비하
게 행동할 것이 뻔했다. 김수지 대위는 쐐기를 박듯 단호하게 말
을 이었다.

　"문제는 삼면이 바다인 우리나라의 어민과 해군 그리고 해경의
피해입니다. 제가 걱정하는 건 변종백상아리의 출현으로 물고기
떼의 이동경로에 영향을 미칠 수 있다는 사실입니다. 안보와 외
교, 경제에 막대한 지장을 초래할 것입니다. 더 심각한 건 따로 있
습니다. 우리나라는 모든 에너지자원을 바다를 통해 들여오고 있
습니다. 바다가 봉쇄당하면 우리나라는 석기시대로 되돌아갈 겁

니다. 그 여파는 상상하기도 싫습니다."

기철 장군이 그녀를 응시하며 눈알을 부라렸다. 그는 자리에서 일어나 대형스크린 앞으로 걸음했다. 그러고는 화면을 손가락으로 밀어 올렸다. 변종백상아리의 해부도가 화면위로 띄워졌다.

"여기 모인 분들은 해양생물학과 심해탐사 임무에서 오랫동안 경력을 쌓으신 전문가들입니다. 그런데 가장 중요한 점을 간과하고 있습니다. 돌연변이는 종족번식이 어렵고, 설령 번식에 성공한다고 해도 DNA를 후손에 남기기 어렵습니다. DNA는 수십만 년 이상의 축적된 정보체계입니다. 그렇게 단정적으로 변종백상아리의 능력이 유전된다고 말하긴 어렵습니다. 우린 퇴로를 열어놓고 준비해야 합니다. 만약 해프닝으로 끝난다면 해군은 웃음거리가 될 겁니다. 최악을 상상하지 마세요. 차선책도 있다는 걸 명심하길 바랍니다."

장군들과 작전참모들은 묵묵히 경청했다. 이해모수 대위는 심각한 표정으로 휴대용 레이저빔을 꺼내들었다. 그는 투명한 막대모양의 입력장치를 대형스크린의 단자에 연결시켰다. 중앙통제장치와 데이터를 주고받는 컨트롤러 그리고 시스템응용에 필요한 여러 가지 정보를 저장한 소프트웨어였다. 키보드가 필요 없고 조작이 간단하기 때문에 언제 어디서나 정보 교환이 가능한 장비였다. 이해모수 대위는 심각한 표정으로 보조 설명을 덧붙였다.

"자료를 종합해보면 녀석들의 활동량은 폭발적으로 증가했습니다. 활동량이 많아졌다는 건 환경에 적응했다는 뜻입니다. 적응이 끝나면 교미는 당연한 수순입니다. 더구나 임신에 성공한 회색눈은 종족보호를 위해 수단과 방법을 가리지 않을 겁니다. 만약 놈들이 태평양으로 이동한다면 고래나 참치 떼는 변종백상아리의 공격을 피하기 위해 이동경로를 변경하겠지요. 그렇게 된다면 해양먹이사슬에 영향을 미치게 될 겁니다. 이는 어종 사이에 불균형을 초래하는 일입니다. 그 여파로 바다생물의 숫자는 현격하게 감소될 겁니다. 부족한 먹이 때문에 번식에도 변화가 올 것이며, 결국 몇 년 이내에 인류는 바다를 포기할 수밖에 없습니다. 사태의 심각성을 받아들여야 합니다. 문제는 핵무기를 보유한 나라들입니다. 만약 변종백상아리가 태평양으로 접어든다면 핵무기를 사용할 확률이 높습니다. 절대적으로 막아야 합니다. 인류를 대재앙으로 몰아넣는 비극을 초래할 겁니다.”

길동 제독이 기철 장군에게 귀엣말을 건넸다. 그가 고개를 끄덕이곤 질문을 던졌다.

“이해모수 대위, 지금의 상황을 정확하게 이해하고 싶습니다. 간단히 말해서 변종백상아리로 인해 국가의 미래안보가 직접적으로 영향을 받을 수 있다는 겁니까?”

“대재앙입니다.”

“다시 묻겠습니다. 대재앙이라고 말했습니까?”

“예! 그렇습니다.”

기철 장군이 책상을 치며 자리에서 벌떡 일어났다. 그리고 기회를 놓치지 않고 자신의 속내를 털어놓았다.

"대재앙이랍니다. 무슨 말이 더 필요하겠습니까? 모두 다 국방부로 갑시다. 그곳에서 작전지휘 받고 대책을 세울 것을 주문합시다. 해군참모총장님의 허락이 떨어졌다고 해도, 누군가는 책임져야 할 겁니다. 고수 장군이 작전을 지휘한다고 해도 현장에선 이만수 대령이 임무를 수행했어요. 결과는 참패였어요. 대령에게 책임을 맡길 일이 아닙니다. 너무 무책임한 것 아닙니까? 우리 해군은 국방부에 보고하고 군통수권자인 대통령의 지휘를 받아야 합니다. 만약 변종백상아리 섬멸작전이 실패로 끝나면 누가 책임집니까?"

기철 장군의 말이 끝나기 무섭게 회의장은 일순 조용해졌다. 고수 장군과 이만수 대령은 그의 돌연한 정치적 발언에 일격을 맞은 듯 눈빛이 심하게 흔들렸다. 그들은 한참 동안 열띤 토론을 벌였다. 그랬다. 은밀한 지지사항을 받고 회의에 참석한 해군작전사령부 단장인 기철 장군이 길길이 날뛰었다. 그가 목청을 높였다.

"잘못했다간 모두 사정의 칼날에 베입니다. 누가 책임지겠습니까? 해군참모총장님이? 아님 일게 대령이 책임지겠습니까? 정신들 차리세요. 상황보고를 받고도 사태 파악이 안 됩니까?"

"장군 계급이면 되겠습니까? 저 고수가 책임지겠습니다. 청와대와 국방부에 그렇게 전하세요. 권력의 눈치를 볼 수밖에 없는 게 현실이지만 군인이 군인다워야 할 때는 참모습을 보여줘야 합니다. 이제부터 해군특수전단이 모든 책임을 지고 작전을 수행하겠습니다. 해군은 바다에서 오는 적은 그것이 뭐든, 적이 어디에 있든 바다에서 막아야 합니다. 그건 해군의 자존심이고 의무입니다."

장군들과 작전참모들이 숨을 죽이며 그를 쳐다보았다. 그때 이만수 대령이 의자에서 벌떡 일어나 큰소리로 외쳤다.

"우리는 고수 장군님의 결심에 따라 변종백상아리를 기필코 섬멸할 겁니다. 믿고 힘을 보태주십시오! 부탁드립니다!"

잠수함사령부 단장인 길동 제독이 가느다란 신음소리를 토해냈다. 해군작전사령부의 기철 장군은 묘한 미소를 지어 보였다. 지민 대령은 고수 장군의 몸을 거칠게 돌려세워 힘차게 안아주고 싶었지만 차마 그럴 수는 없었다. 이만수 대령의 눈가에 눈물이 촉촉이 젖어 있었다. 기철 장군과 길동 제독은 고수 장군의 돌연한 행동에 당황하는 눈빛이 역력했다. 고수 장군은 단호하게 선언했다.

"저는 독불장군이라는 비아냥거림을 선배님들과 동기들에게 받아왔습니다. 잘 알고 있습니다. 하지만 국가와 해군의 미래를 위해 한목숨 바친다는 마음가짐으로 복무해왔다고 자부합니다. 저는 영웅심리가 없는 사람입니다. 단지 무능한 기회주의자들의 배척에 앞장서왔습니다. 그런 행동들이 많은 오해를 낳았습니다. 저는 최소한 해군의 명예를 걸고 변종백상아리의 섬멸에 모든 걸 걸겠습니다. 많은 지원과 협력을 부탁드립니다. 그러나 어떤 조직이든, 어느 누구든 책임을 모면하기 위해 술책을 부린다면 사주한자들과 행동한 자들을 반드시 처단하겠습니다. 이 말은 분명히 지켜질 겁니다. 이상입니다."

이만수 대령이 고수 장군의 그러쥔 손을 맞잡고 힘차게 껴안았다. 길동 제독의 입속에서 쇳조각 같은 신음소리가 터져 나왔다.
기철 장군이 표독스럽게 쏘아붙였다.

"좋습니다. 해군특수전단 주도로 작전을 펼치세요. 더 이상 반대
하지는 않겠습니다. 하지만 이것 하나만 지적하고 싶군요. 고수
장군님! 김수지 대위가 발표한 세미나 내용은 심해공포증으로 인
한 정신착란이나 환영을 본 거라고 결론 내렸습니다. 그땐 왜 가
만히 있었습니까? 무척 흥미롭군요. 우린 그만 갑니다."

고수 장군은 기철 장군의 신랄한 공격에 아무런 말도 하지 못했
다. 단지 얼굴을 찌푸린 채 바다를 응시할 뿐이었다. 잠수함사령
부 단장인 길동 제독과 지민 대령, 해군작전사령부의 기철 장군이
자리에서 일어나 중앙통제실을 빠져나갔다.

5
거듭된 작전회의와 감춰진 비밀

해군특수전단 본부에서 작전회의가 연이어 열렸다. 믿기지 않을 정도의 작전계획이 세워지고 있었다. 고수 장군은 꽤 걱정스러운 표정으로 고개를 끄덕였다. 해군작전사령부의 기철 장군이 작전계획을 들었다면 길길이 날뛸 터였다. 그러나 작전주도권은 해군특수전단에 있었다. 해군작전사령부와 잠수함 사령부에서 한발 뒤로 뺀 상황에서 해군특수전단의 작전주도권은 당연한 귀결이었다. 이해모수 대위와 김수지 대위는 고수 장군과 이만수 대령의 속내를 조금은 이해할 수 있을 것 같았다. 한동안 작전계획을 경청하고 있던 이만수 대령이 말을 덧붙였다.

"더 이상 고민할 필요 없습니다. 확실한 건 작전계획의 완성도와 무기체계를 갖추는 것이 중요합니다. 우리는 기필코 승리를 거둘 겁니다. 고수 장군님께서 길동 제독의 협조를 끌어내주십시오.”

그는 고개를 끄덕이곤 의자에 몸을 묻었다. 사실이 그랬다. 잠수함사령부의 협조는 절대적이었다. 실전 경험이 많은 엘리트 출신 장교들이 주축을 이루고 있었다. 게다가 잠수함사령부는 최상급 단위가 소장이었다. 초대지휘관은 해군 준장이었고, 잠수함사령관 직책은 해군 소장이 맡았다. 제독이 단장에서 함대사령관으로 올라가는 식으로 승계하며 힘을 키운 조직이었다. 고수 장군이 비장한 표정으로 입술을 달싹였다.

“변종백상아리를 어떻게 섬멸할 건지 구체적인 방안을 내놓으세요. 게다가 어업이 치명적인 타격을 입으면 어민들이 가만있겠습니까? 청와대와 국방부, 국회의원들은 또 어떻습니까? 전적으로 해군에게 책임을 돌릴 겁니다. 예산 삭감은 물론이고 지위자 문책이 시작되겠지요. 지금 당장 변종백상아리를 섬멸할 방안을 모색해야 합니다. 해군의 명예와 신뢰가 걸린 문제입니다.”

고수 장군은 날카로운 눈빛으로 변종백상아리의 해부도를 노려봤다. 이해모수 대위는 변종백상아리가 출몰한 지점을 기준으로 최근에 포착한 영상을 대형스크린에 띄웠다. 그의 손가락이 터치하는 방향으로 변종백상아리의 이동경로가 실시간으로 표시되었다. 회색눈과 점박이는 동해바다를 벗어나 부산 앞바다와 여수소리도 해상을 지나 제주도해협을 벗어나고 있음이 분명했다. 김수지 대위는 대형스크린 앞으로 걸음하며 보조설명을 덧붙였다.

"이건, 이해모수 대위가 음파탐지기에 잡힌 변종백상아리의 이동경로를 그래프로 만든 겁니다. 이상한 점은 이동속도가 매우 빨라지다가 갑자기 느려지는 경우입니다. 이점이 마음에 걸립니다. 이 부분은 잠수함사령부의 도움이 절실합니다. 수중수색과 수중매복에 필요한 장비는 잠수함사령부에서 보유하고 있습니다. 길동 제독의 협조 없이는 확인이 불가능합니다."

그랬다. 길동 제독은 해군무기설계 팀에서 오랫동안 무기체계를 연구한 경력의 소유자였다. 그는 잠수함작전 개념을 새롭게 정립한 사람이었고, 그가 연구한 전술과 전략으로 한미 해군군사훈련에서 미군 항공모함전단을 전멸시켜 미국 해군을 경악시킨 장본인이었다. 김수지 대위는 길동 제독의 협조를 강조하곤 구체적인 변종백상아리의 섬멸 계획을 설명하기 시작했다.

"이만수 대령님이 지휘하는 율곡이이함은 변종백상아리의 공격으로 더 이상 작전 투입이 불가능합니다. 7,600톤급 이지스구축함인 서애류성룡함의 투입이 절실합니다. 4,400톤급 구축함인 왕건함과 문무대왕함까지 공동작전을 펼친다면 많은 도움이 될 겁니다. 장보고3번함을 지휘하는 지민 대령님과 214급 잠수함이 최소 5척은 작전에 투입되어야 합니다. 또한 모든 전투함과 잠수함엔 수중무인드론과 전자기탄그물, 티타늄그물이 장착되어야 할 것입니다. 극비백상아리잠수함엔 극초음속수중미사일을 최대한 많이 배치하되 절반 이상은 강력한 마취제를 탑재한 미사일로 대체될 겁니다. 다시 한번 말씀드립니다. 잠수함사령부의 협조가 절대적으로 필요합니다. 다행히 일차적으로 고주파증폭무기를 극비 백상아리잠수함에 탑재했습니다. 변종백상아리를 상대하려면 화력이 아니라 생물학적 대응 무기가 필수입니다. 기존의 무기체계로는 절대 변종백상아리를 이길 수 없습니다."

고수 장군은 시뮬레이션을 바라보며 고개를 끄덕였다. 그리곤 비장한 표정으로 아랫입술을 들어올렸다.

"그 문제는 잠수함사령부 단장인 길동 제독과 상의해보겠습니다. 하지만 넓은 바다에서 놈들을 추적하기란 쉬운 일이 아닐 텐데? 구제적인 경로를 설명해보세요."

이해모수 대위는 재빠르게 스크린을 확대하곤 좌중을 둘러보았다. 김수지 대위가 요점만 설명하라는 눈짓을 보냈다. 연구 자료를 수집하고 분석한 내용에 집중하라는 충고였다. 그는 좌중을 둘러보곤 심각하게 말문을 열었다.

"시뮬레이션을 보아주십시오. 일반 백상아리는 봄과 여름에 걸쳐 교미와 출산을 합니다. 하지만 심해성이나 열대성은 특정 계절을 가리지 않는 종이 많습니다. 변종백상아리도 그렇다고 추정됩니다. 임신기간은 10~12개월이 보통입니다. 물론 예외적으로 2년 가까이 걸리는 종도 있습니다. 한배에 두 마리를 출산하는 환도상어의 예도 있지만, 대체로 열 마리 이하입니다. 때로는 100마리 넘게 출산하는 녀석들도 있습니다. 문제는 백상아리의 타고난 특성입니다. 후각과 시력이 매우 발달되어 있습니다. 머리와 옆구리에는 옆줄이 발달해 있어 감지능력이 뛰어납니다. 특히 머리 부분엔 로렌치니세포가 다수 분포하고 있어 수압과 수온에 예민합니다. 체내의 삼투압을 외계의 삼투압보다 다소 높게 유지하기 위해 신장으로부터 요소를 배출하지 않고 혈액 속에 다량의 요소를 함유합니다. 백상아리의 살코기에서 독특한 악취가 나는 원인은 요소 때문입니다. 특히 백상아리는 체내수정을 합니다. 그것이 문제입니다. 우리는 변종백상아리가 출산에 성공하기 전에 모든 걸 끝내야 할 겁니다. 최소한입니다. 개체수가 많아지면 인류의 미래는 없습니다."

이만수 대령은 고개를 끄덕이곤 대형스크린 앞으로 걸음했다. 그는 점박이가 먹잇감을 회색눈에게 양보하는 영상을 확대해 보여주었다. 그 순간, 회색눈의 주둥이가 열렸다 닫혔다. 거대한 톱니이빨에 밍크고래의 몸통이 두 토막났다. 치명적인 완력이었다. 회색눈은 입을 크게 벌리고 살점을 씹어 삼켰다. 강력한 턱이 움직일 때마다 아가미에서 복부에 이르는 근육이 꿈틀거렸다. 그 여파로 붉은 핏물이 넘실댔다. 이만수 대령이 보조 설명을 덧붙였다.

"변종백상아리를 발견하기란 결코 쉽지만은 않을 겁니다. 또한 발견한다고 해도 섬멸까지는 많은 희생이 뒤따를 겁니다. 게다가 놈들이 빛에 적응되었다고는 하지만 가급적이면 낮 동안엔 수면 위로 떠오르지 않을 겁니다. 주로 어두운 밤에 수면 가까이에서 이동하는 고래 떼를 공격해 주린 배를 채울 확률이 높습니다. 다행이 7,600톤급 이지스구축함인 서애류성룡함엔 잠수함이나 대형 어류의 위치를 정확히 파악할 수 있는 최첨단 탐지장비가 설치되어 있습니다. 그나마 변종백상아리의 피부는 흰색이어서 빛을 잘 반사합니다. 그러므로 심해카메라나 수중무인드론으로도 추적이 가능하리라 생각됩니다."

이만수 대령은 유도장치가 부착된 소형탄두를 집어 들었다. 변종백상아리가 어디로 이동하는지 어떻게 사냥하는지에 대한 의문을 풀어줄 열쇠였다. 그 탄두가 없다면 작전 차질은 불가피했다. 그가 입술을 달싹였다.

"이 탄두는 길동 제독이 이끄는 잠수함사령부연구소에서 심혈을 기울여 개발한 겁니다. 전투함과 잠수함에서도 발사관을 이용해 쏠 수 있는 작살탄두입니다. 만약 우리가 이 탄두를 변종백상아리의 몸뚱어리에 명중시킬 수 있다면 녀석들을 추적할 수 있을 뿐만 아니라 여러 가지 정보를 수신 받을 수 있습니다. 그러니까 피의 성분을 통해서 암수구별은 물론이거니와 임심상태까지 정확하게 파악할 수 있습니다. 또한 심장의 박동 수, 속도, 이동경로까지도 예측이 가능합니다."

이만수 대령은 터치스크린위로 손가락을 빠르게 움직였다. 그의 손가락이 스칠 때마다 화면이 실시간으로 바뀌었다. 해군 전용으로 개발된 스크린은 물 묻은 손으로 만져도 오류가 거의 없었다. 기술적 난이도가 상당히 높은 장비였다. 고수 장군이 손을 들었다. 그의 얼굴엔 복잡한 감정이 배어 있었다.

"이만수 대령, 해군특수전단이 보유한 무기체계로 충분하지 않습니까? 길동 제독은 해군작전사령부의 의중에서 자유롭지 않은 사람인지라. 적극적인 협조를 해준다는 보장도 없고. 그게 마음에 걸립니다.”

이만수 대령은 기회를 놓칠세라 단호하게 말을 받았다. 사실 지민 대령을 대신해 속내를 털어놓은 거였다.

“그렇지 않을 겁니다. 어쩌면 길동 제독이 주도적으로 문제를 해결하기 위해 나설 확률이 높습니다. 머리회전이 빠르고 대단한 정치 감각까지 갖춘 사람이니까요. 더구나 잠수함사령부연구소에서 개발한 작살탄두는 보통 탄두가 아닙니다. 추력이 고체화약인데다가 정교한 전자칩의 부착은 물론이거니와 경우에 따라서는 강력한 마취탄두로 갈아 끼울 수도 있습니다. 일단 많은 작살탄두의 확보가 중요합니다. 변종백상아리와 싸워 승리를 거두기 위해서는 그 탄두가 꼭, 필요합니다. 왜냐하면 그 외에도 적외선 발광다이오드(LED)를 탄두 내부에 설치해 적외선 격자를 만들어 접촉하면 적외선이 가로막히는 것을 감지해 접촉 위치를 알아낼 수 있습니다. 그 정보를 토대로 극비백상아리잠수함의 강력한 내구성으로 결정적 한방을 날릴 수 있습니다. 저는 요나작전을 김수지 대위와 검토했습니다. 그 벼랑 끝 전술만이 확실한 승패를 결정짓는다고 확신하고 있습니다.”

고수 장군은 적의에 찬 눈으로 놈들의 예상경로가 그려진 시뮬레이션을 응시했다.

“요나작전이라! 좋아요. 잠수함사령부연구소에서 개발한 작살탄두가 변종백상아리의 추적과 섬멸에 꼭 필요하다면 협조를 끌어내겠습니다."

고수 장군은 변종백상아리 영상을 한참 동안 노려봤다. 당장이라도 변종백상아리의 몸통이 으스러질 것만 같았다.

✢ ✢ ✢

변종백상아리의 출현을 목격한 건 2년 전이었다. 비밀리에 울릉도·독도 심해를 탐사하던 러시아 잠수정이 엄청난 현장을 목격했던 것이다. 러시아 탐사대원이 심해협곡으로 접어들었을 때였다. 놀라운 광경이 눈앞에 펼쳐졌다. 거대한 변종백상아리 암컷이 경련을 일으키고 있었던 것이다. 곧 새끼 두 마리가 연이어 어미의 뱃속에서 튀어나왔다. 새끼들의 몸통은 하얗고 몸길이는 30미터 정도, 무게는 1톤 정도 되어 보였다. 고통으로 몸부림치던 어미가 다시 한 번 몸을 뒤틀었다. 새끼의 꼬리가 몸 밖으로 먼저 나왔다. 마지막 진통과 함께 양수를 쏟던 어미가 연이어 두 마리의 새끼를 낳았다. 네 번째에 태어난 새끼는 한눈에 보기에도 매우 기형적이었다. 척추뼈가 심하게 돌출되어 등지느러미를 흔들지 못했다. 어미는 처연한 눈길로 새끼를 바라보았다. 그러고는 살점하나 남기지 않고 먹어 치워버렸다.

러시아 탐사대원은 어미가 지쳐 있는 틈을 이용해 협곡을 빠져나왔다. 그 끔찍하고 음험한 정보는 대한민국 정부도 입수했다. 특히 국방부 장관은 그 사실을 확인하고 싶었다. 대한민국 해역에서 벌어진 일이기도 했다. 한데 그 무렵 국가안전보장회의에서 토론된 의제는 러시아 잠수정이 목격한 것보다 훨씬 잔혹한 거였다. 국방부장관은 잠수함사령부 단장인 길동 제독에게 탐사를 명령했다.

독도함이 동해바다로 급파되었다. 잠수함사령부엔 능력 있는 장교들이 많았지만 길동 제독은 지민 대령에게 탐사 임무를 맡겼다. 그리고 극비 임무를 따로 지시했다. 지민 대령은 심해협곡으로 숨어들었다. 그는 챌린저호에 장착된 심해영상카메라로 구석구석을 촬영했다. 얼마간의 시간이 흘렀다. 심해협곡에서 아스라하게 물결치는 소리가 잡혔다. 지민 대령은 수중레이더를 살폈다. 물체 두 개가 빠르게 움직이고 있었다. 곧바로 물체 하나가 레이더에서 사라져버렸다. 회색눈이 동족의 두개골을 부수는 순간이었다. 지민 대령은 잠시 멍해졌다. 잠수함사령부 단장인 길동 제독의 속내가 뭔지 알 것 같았다. 극비 명령엔 숨은 뜻이 있었다.

회색눈과 점박이는 다시 사냥을 시작했다. 먹기 위해서가 아니라 살아 남기 위한 선제공격이었다. 한 떼의 변종백상아리가 모습을 드러냈다. 회색눈과 점박이는 오래전부터 기습 계획을 세우고 있었던 듯 양쪽에서 포위망을 좁히며 옥죄어 들어갔다. 회색눈과 점박이는 변종백상아리를 협곡으로 밀어붙여 도망갈 수 있는 길을 차단했다. 점박이는 동굴 입구에서 이빨을 드러낸 변종백상아리의 두개골을 단번에 부셔버렸다. 협곡은 뜨거운 핏물로 뒤덮였다. 회색눈과 점박이는 차례대로 변종백상아리의 숨통을 끊어버렸다. 궁지에 몰린 변종백상아리들은 필사적으로 덤벼들었다. 이빨로 물어뜯기도 하고, 거대한 머리로 들이받기도 했다. 하지만 회색눈과 점박이는 순식간에 변종백상아리를 살육해나갔다. 마지막까지 버티던 변종백상아리 한 마리가 안간힘을 쓰며 액체를 쏟아냈다. 연이어 새끼들이 뛰어나왔다. 어미는 꼬리지느러미를 힘껏 구부리며 안간힘 섞인 소리로 울부짖었다. 협공을 펼치던 점박이가 달려들려는 순간, 회색눈이 가슴지느러미로 가로막았다. 인간과 별반 다르지 않은 행동이었다. 지민 대령은 그 장면을 보면서 두려움을 느꼈다. 러시아 잠수정이 촬영한 영상보다 훨씬 심각한 거였다.

해군작전사령부는 즉시 그 영상을 국방부로 전송했다. 그 장면을 본 지휘관들은 경악에 차서 입을 다물지 못했다. 세상에 어떻게 그럴 수가 있느냐고, 어쩌면 인류가 바다를 잃을지도 모른다고 고개를 내저었다. 대한민국 정부는 군사 교류를 맺은 우방국에 그 영상을 보냈다. 그것으로 끝난 게 아니었다.

한국, 미국, 러시아, 중국, 일본은 극비리에 동해바다를 탐사했다. 방사능폐기물과 변종어류의 상태는 매우 심각했다. 하지만 그 어느 나라도 전면에 나서길 꺼렸다. 국가 간의 이해관계가 맞물려 있는 탓이었다. 게다가 미국 국방해양연구소의 발표는 큰 위안거리였다. 변종백상아리가 심해를 벗어날 근거가 없다는 거였다. 또한 둥지를 벗어날 땐 목적지가 있어야 하는데 녀석들에겐 목적지가 없다는 결론을 내렸다. 그 발표는 은밀하게 통용되어온 공공연한 비밀이기도 했다. 한국 정부도 그 결론을 따를 수밖에 방법이 없었다. 하지만 그건 인간의 희망사항일 뿐이었다.

생존경쟁에서 살아남은 회색눈과 점박이는 지능이 매우 높았다. 인간이 보낸 심해잠수정을 보곤 새로운 세상이 있다는 걸 확신했다. 동족들의 몸에 기형적인 뼈가 돌출되고 더러는 뱃살에 눌눌한 털까지 자라났다. 회색눈은 몸을 뒤치며 잠수정을 응시했다.

그렇게 2년이 흘렀다. 회색눈은 머리에 점이 박힌 점박이를 앞세워 새로운 세계를 찾아 나섰다. 회색눈은 이동 중에 점박이를 훈련시켰다. 교육의 효과는 빠르게 나타났다. 점박이는 회색눈의 명령대로 사냥하고, 먹이의 우선권을 양보했다. 더러는 사냥감이 눈앞에 올 때까지 기다렸고, 더러는 강력한 힘으로 들이받는 연습도 게을리하지 않았다. 게다가 회색눈은 인간의 공격 패턴을 정확히 감지해냈다. 그건 대단한 능력이었다. 해류의 흐름이 바뀌는 심해, 해류를 타고 전해오는 주파수, 갖가지 스크루 소리는 언제나 인간과 함께 나타난다는 걸 알고 있었다. 아주 특별한 재주이거나 아주 특별한 저주였다.

지민 대령은 모든 걸 지켜봤다. 국방부와 군관계자들이 소망하던 기적은 일어나지 않았다. 심해에선 끔찍한 일이 벌어지고 있었다. 인간에겐 믿기 힘든 일인지 모르겠지만 회색눈의 분노는 거대한 용오름보다 컸다. 녀석은 의심의 눈초리로 심해협곡에 쌓여 있는 방사능폐기물을 바라보았고, 뭔가 잘못됐다는 것을 알아냈다. 회색눈은 소망했다. 하룻밤이 지나면 아무 일도 없었던 듯 어제의 삶이 이어지기를. 아무 일도 없었던 듯 병든 동족들이 건강해지고, 아무 일도 없었던 듯 훼손된 터전이 복원되기를. 그러나 오염된 심해협곡에선 그 어떤 생명체도 살아남을 수 없었다.

6
바다 제왕의 맞수

이어도 종합해양과학기지 근처에서 거대한 물체가 빠르게 움직이고 있었다. 물새들이 주둥이를 있는 힘껏 벌려 울부짖었다. 회색눈과 점박이는 최고의 사냥꾼답게 먹잇감을 감지해냈다. 그것은 미군 해군 소속의 최신예핵잠수함 샤이엔이었다. 회색눈은 감각세포로 전달되는 정보를 종합해 핵잠수함의 출현을 단번에 알아차렸다. 게다가 전파소리의 길고 짧음의 정도가 서로 상응하고 있었다. 그건 인간만이 부릴 수 있는 기교였다. 그 소리에 맞춰 회색눈과 점박이의 반응속도도 빨라지기 시작했다.

회색눈은 감각세포를 모으고 심해를 응시했다. 해류가 밀려가 깨어지면 그 뒤를 따라서 또 다른 해류가 똑같이 부셔졌다. 얼핏 보면 똑같은 해류 같지만 전혀 그렇지 않았다. 해류꼭지가 감기면서 거꾸러지지 않았다. 분명 인간의 물체가 만들어내는 해류였다. 회색눈은 본능적으로 느낄 수 있었다. 그랬다. 해류의 흐름을 거슬러 앞으로 나아가는 소리가 또렷하게 들려왔다. 회색눈과 점박이의 심장이 단거리 경주를 하듯 빠르게 뛰었다. 핵잠수함은 오래지 않아 심해협곡으로 들어섰다.

회색눈은 심해협곡으로 들어서려는 점박이를 막아섰다. 무수히 일어나는 소용돌이의 물살이 협곡에서 솟구친 탓이었다. 모든 상황이 회색눈의 판단대로 흘러가고 있었다. 회색눈은 작은 물방울의 흐름만으로도 바다 상황을 읽어냈다. 거대한 핵잠수함은 제법 이골이 난 듯 해류를 가르며 항해하고 있었다. 덩실거리는 너울이 생기면 좁은 협곡을 지나간다는 증거였고, 간드러질 만큼 여린 너울이 밀려들면 넓은 협곡을 지난다는 신호였다. 심해협곡에선 짙푸르거나 희부연 물갈래가 여럿 생겼고 너울파도가 이리 굼실거리고 저리 굼실거리다가 협곡을 빠져나왔다. 회색눈은 제 한몸 뜬어서 철퍼덕 하고 쓰러지는 너울파도 소리를 또렷이 느끼고 있었다. 녀석은 점박이의 등짝을 꼬리지느러미로 쓸어주었다. 핵잠수함이 내뿜는 강력한 에너지에 감전될 정도였다. 오로지 인간의 물체에서만 느껴지는 파동이었다.

회색눈과 점박이도 잘 알고 있었다. 심해의 동족들은 인간들이 버린 방사능드럼통에 오염되었고, 그 방사능오염이 변이를 일으켰다는 것을. 시퍼런 바닷물이 들이찬 회색눈의 눈동자엔 핏발이

서 있었다. 변한 건 없었다. 인간들이 만든 물체는 지치지도 않았다. 세찬해류가 밀려들어도 상관없었다. 회색눈과 점박이는 인간만 생각해도 문득문득 심해바다에서 죽어간 종족들이 떠올랐다.

그랬다. 오염된 심해바다에 채이고 낙담한 점박이에게 바다 삶을 드잡이하는 방법을 알려주건 회색눈이었다. 점박이의 애환을 말없이 보듬어주었고 희망을 주기도 했다. 점박이가 기억하는 한, 무모한 계획을 실현시켜준 최초의 동족이 회색눈이었다. 다른 동족들은 새로운 세계가 있다는 걸 몰랐다. 아무도 몰랐다. 점박이는 모든 걸 지켜봤다. 결국 멸종했다. 동족들은 죽어가면서 무슨 생각을 했을까. 요동치는 심해해류에 몸을 내맡긴 채, 눌눌한 방사능물질이 새어나오는 드럼통을 씹어 삼켰다. 그뿐이었다. 점박이는 방사능에 죽어간 동족들의 횅한 눈동자를 못내 잊을 수 없었다. 정말 그랬다. 심해바다는 지상의 바다보다 훨씬 매서웠다. 동족이 동족을 잡아먹는 모습을 목격한 뒤로 등지느러미를 떠는 버릇이 생겼다. 만약 회색눈을 따라 대항해 길을 열어젖히지 않았더라면 벌써 잡아먹혔을 터였다. 바다생태계가 나름의 질서를 잡길 소망했지만 결코 이루어지지 않았다. 결국 점박이는 회색눈을 따라 터전을 버려야 했다. 동족들은 의아해하지 않았다. 그러나 점박이는 의아해했다. 왜냐하면 삶의 터전에선 아프고 쓰라려 견딜 수가 없었기 때문이다. 그나마 동족들은 방사능드럼통을 부수고 씹어 먹기까지 했다. 점박이가 기억하는 한, 동족들은 언제나 병들어 있었다. 그런데 언제부터인가 점박이의 지느러미와 머리도 변형되어버렸다.

점박이는 회색눈을 물끄러미 바라보았다. 등뼈가 심하게 굽어 있었다. 등뼈에도 방사능의 더께가 쌓여 있었다. 웬만한 일에는 눈 하나 깜짝하지 않던 회색눈도 처절하게 울부짖곤 했다. 방사능 후유증 때문이었다. 회색눈의 핏발선 눈동자는 핵잠수함에 머물러 있었다. 바다에서의 삶은 너무 팽팽하지도, 너무 느슨하지도 않은, 적당한 당김이 중요했다. 회색눈은 핵잠수함에서 시선을 떼지 못했다. 회색눈은 고집스러우리만치 단단해 보이는 머리를 내밀고 해류의 흐름을 읽어내고 있었다. 핵잠수함을 노려보는 눈빛이 거친 나무 작대기처럼 뻣뻣했다. 회색눈이 처음부터 인간에게 증오심을 품었던 건 아니었다. 회색눈이 태어나기 전부터 협곡에 방사능드럼통이 쌓이기 시작했다. 동족들은 호기심을 보였다. 드럼통에서 눌눌한 물이 새어나왔다. 심해바다엔 뼈가 돌출된 어종이 생겨나기 시작했다. 동족도 예외는 아니었다. 게다가 먹이사슬이 급격히 붕괴되어버렸다. 시푸른 바닷물에 물든 동족들의 몸통엔 파르스름한 물혹이 생겨났다. 눌눌하게 물든 심해바다엔 동족들이 울부짖는 소리만이 외로웠다.

회색눈은 방사능오염 속에서 어녹이치며 터전을 둘러보았다. 황량한 심해바다에서 피고름이 터져 나올 것만 같았다. 게다가 심해물고기는 사라져버렸다. 그 여파로 동족이 동족을 사냥하기 시작했다. 살점이 뜯긴 종족의 뼈가 심해협곡을 뒤덮었다. 더는 꾸물거릴 시간도 미련도 남지 않았다. 결국 죽음의 바다가 되어버렸다. 회색눈은 삶의 터전을 벗어나고 싶었지만 방법이 없었다. 수 많은 질문을 던졌지만 바다는 대답이 없었다. 점박이도 별반 다르 지 않았다. 아무리 먹잇감을 찾아다녀도 주린 배를 채울 수 없었 다. 입에 들어오는 건 고작 병든 물고기뿐이었다. 그래도 동족의 살점은 거들떠보지 않았다. 마음이 편치 않았다. 한 가지 확실한 건 회색눈의 의지와 행동은 다른 종족들과 다르다는 사실이었다. 그것은 새로운 삶의 터전을 찾고자 하는 열정이었다. 하지만 지상 의 세계는 온통 창백했다. 꿈꾸었던 희망을 되새겨볼 시간이 필요 했다. 긴장할 건 없었다. 조금도 두렵지 않았다. 그렇지만 심장의 피돌기가 빨라졌다.

하늘과 바다와 심해는 인간들이 빽빽이 지키고 있었다. 게다가 불쾌할 정도로 대항해 길을 방해했다. 예의 같은 건 없었다. 허약 해져가고, 썩어 문드러져가는데, 그게 누구의 잘못이란 말인가. 인 간들은 왜 그렇게 배배 꼬인 거냐고 묻고 싶었다. 실제로 물어보 기도 했다. 그런데 이상한 일이 일어났다. 대답도 없이 불꽃을 내 뿜었다. 지독한 종족임이 틀림없었다. 회색눈과 점박이는 당황스 러웠다. 인간들은 백상아리가 바다에서 영원히 사라지길 바라는 것 같았다. 인간 외에는 모두 죽어야 하며, 아니, 태어나지도 말았 어야 했고, 아니, 존재하지도 말았어야 한단 말인가. 그런데 그게 백상아리의 잘못이란 말인가. 그 이후로 더는 참을 수 없었다. 엄 청난 폭발음과 뾰족한 파편들과 뜨거운 불꽃이 피부를 찢고 들어 와 살갗을 찢어발겼다. 참아야 할 이유는 없었다. 조금만 더 참으면 회색눈의 뱃속에서 자라나고 있는 새끼들의 미래가 암울할 거라는 생각이 들었다.

회색눈과 점박이는 핵잠수함 샤이엔과 적당한 거리를 유지하면서 끈질기게 기회를 노렸다. 회색눈은 서두르지 않았다. 게다가 점박이의 행동을 노려보며 통제시켰다. 회색눈은 단 한 번도 사냥에 실패해 본적이 없는 냉혹한 포식자였다. 그도 그럴 것이 회색눈은 많은 먹이가 필요했다. 방사능만 충분히 섭취한다면 심장은 계속해서 피를 뿜어낼 터였다.

✢ ✢ ✢

잠항 중이던 미군 해군 소속의 2만 6,900톤급의 핵잠수함 샤이엔호도 잠깐 물체를 탐색해냈지만 순식간에 사라져버렸다. 수중음파탐지기 대원과 수중레이더 담당대원은 잠시 망설이다가 보고를 하지 않았다. 이어도 해역은 해상포유류동물과 다양한 어류의 이동경로였다. 대형고래는 몸길이가 30미터가 넘은 것이 보통이었다. 탐지기 담당대원들은 대형 고래 떼의 이동일거라 추측했다. 핵잠수함은 아무 일도 없다는 듯 천천히 시계방향으로 회전했다. 항해는 평상시와 다름없이 순조로웠다. 더구나 일 년에 두 번씩 정기적으로 펼치는 훈련이기도 했다. 그나마 2만 6,900톤급의 초대형 핵잠수함 샤이엔은 세계 최강이었다. 두 대의 핵 발전기를 가지고 네 개의 터빈과 네 개의 샤프트로 기동하는 세계 유일의 핵잠수함이기도 했다. 무장능력과 기동성 또한 타국의 핵잠수함을 능가했다. 게다가 수많은 잠항 기록도 세웠다. 그날 역시 오키나와와 이어도를 경유해 모항인 하와이로 귀항할 예정이었다. 물론 미국해군사령부와 한국해군작전사령부로부터 변종백상아리의 이동경로를 통보받았지만 신경 쓸 이유가 전혀 없었다. 고작 백상아리 때문에 최신예 핵잠수함의 훈련이 취소된다는 것 자체가 웃음거리라 판단했다.

함장은 변종백상아리가 나타난다면 부대원들의 식재료로 공급하겠다며 킬킬거렸다. 작전참모장교들도 웃음을 흘리며 고개를 끄덕였다. 하지만 변종백상아리는 그냥 물고기가 아니었다. 회색눈은 점박이를 일사불란하게 통제하며 훈련시켰다. 점박이는 회색눈의 명령대로 물결의 파장을 따라 방향을 틀었다. 함장은 그 사실을 간과하고 있었다. 설사 포악한 물고기가 나타난다 해도 어뢰 한발이면 쉽게 해결되리라 믿었다. 더구나 극한의 훈련으로 어떤 상황이 발생하더라도 어떻게 격퇴해야 하는지 훈련되어 있었다. 변종백상아리는 기껏해야 덩치가 좀 더 큰 물고기 정도로 여겼다. 함장은 물론이고 참모들도 같은 생각이었다.

함장은 핵잠수함의 출력을 최대로 올려 모항으로 귀항할 것을 명령했다. 스크루가 세차게 돌아갔다. 그 파동은 즉각 변종백상아리의 감각기관으로 전달됐다. 녀석들의 머리 부분과 체측엔 측선이 있었다. 측선은 물고기가 일으키는 작은 진동을 감지하거나 몸의 균형을 유지하는 역할을 했다.

회색눈은 핵잠수함의 스크루를 노려보았다. 진동소리가 마치 도전자의 포효로 들렸다. 더 이상 참을 수 없었다. 회색눈은 핵잠수함의 함미를 노려보곤 신호를 보냈다. 점박이는 회색눈의 의도대로 행동에 나섰다.

'뚜! 뚜! 뚜!'

수중음파탐지에서 선명한 소리가 울려 퍼졌다. 대원은 헤드셋을 낀 채, 화면을 유심히 살폈다. 일정한 반경 이내에 물체가 출현하면 소리를 찾아내 이미지를 실시간으로 띄워주었다. 화면엔 백상아리의 형상이 띄워져 있었다.

"함장님! 적군의 잠수함은 아닙니다. 백상아리로 추정됩니다."

"음, 그렇군. 해로를 따라 매뉴얼대로 잠항한다!"

핵잠수함이 천천히 방향을 틀었다. 미국이 만든 핵잠수함 중 가장 조용하고 최상의 대응수단을 갖춘 잠수함이기도 했다. 또한 적군의 함대에 대한 타격능력 및 해안 시설에 대한 공격능력도 갖추고 있었다. 더구나 핵잠수함 샤이엔은 선체가 이중구조를 이루고 있었으며 특이하게 후방 핀이 매우 높았다. 외장은 180칸으로 구분되어 있었고, 외장(장갑)에 가해질지 모르는 손상을 최대한 줄이기 위해 심혈을 기울여 설계되었다. 무기로는 다섯 개의 어뢰발사관을 갖추고 있었다. 더욱 강력한 무장체계는 잠수함발사탄도미사일이었다. 핵잠수함의 가장 큰 장점은 은밀성으로 한 번 잠항한 잠수함을 탐지해낸다는 건 모래밭에서 바늘 찾기에 비유될 정도로 매우 어려운 일이었다. 핵잠수함 샤이엔에 장착된 잠수함발사

탄도미사일(SLBM)은 정확도뿐만 아니라 대기권을 뚫고 지구 어느 곳이든 선제공격이 가능했다.

미국과 러시아를 포함해 군사강대국들은 탄도미사일탑재잠수함을 개발하는 데 전력투구해왔다. 중국의 잠수함전력은 65~70척 규모로 알려졌으며, 사거리 8,000킬로미터 이상인 JL-2탄도미사일을 탑재한 진(Jin)급을 배치했다. 일본은 신방위전략에 따라 기존 18척의 잠수함전력을 22척으로 늘렸다. 하지만 디젤잠수함이었다. 러시아는 배수량 1만 8,500톤에 길이 177.7미터인 타이푼급 잠수함을 운항한 지 오래였다. 세계 최대 규모의 잠수함으로 북극해에서 얼음을 깨고 부상하여 미사일을 발사할 수 있는 능력을 자랑했다. 러시아는 거기에 만족하지 않았다. 1만 9,400톤급의 전략핵잠수함 두 척을 건조해 태평양함대에 추가로 배치했다. 더구나 최신형 SLBM 불라바를 장착해 오대양 심해를 누비고 다녔다. 어쩌면 심해의 모든 핵잠수함은 변종백상아리의 먹잇감인지도 몰랐다.

핵잠수함 샤이엔의 수중음파담당 대원이 레이더를 응시했다. 심해에서 무언가가 엄청난 속력으로 치솟아 오르고 있었다. 화면엔 여전히 백상아리의 형상이 껌벅였다. 함장은 잠시 머뭇거리곤 명령을 내렸다. 그러나 그의 목소리에는 긴장감이 전혀 묻어 있지 않았다.

"비상사태 발생! 모든 대원은 즉각 전투 태세로 돌입한다!"

대원들은 함장의 명령에 따라 어뢰를 근거리 발사로 조준하기 시작했다.

"함장님, 이걸 좀 보십시오."

수중음파탐지기 담당자가 자리에서 벌떡 일어났다. 화면에는 거대한 백상아리의 이미지가 샤이엔으로 곧장 달려들고 있었다. 함장은 수신되는 음파를 좀 더 명확하게 듣기 위해 헤드셋을 귀에 바싹 갖다댔다. 불길한 예감이 들었다. 그는 고개를 돌려 참모들을 바라봤다. 작전참모가 장난 어린 눈빛으로 함장이 원하는 대답을 내뱉었다.

"한국해군작전사령부에서 전송한 변종백상아리라면 더 좋겠습니다. 대원들이 특별 간식을 먹겠군요. 사냥이나 해볼까요?"

"그럴까?"

그랬다. 회색눈과 점박이는 핵잠수함 샤이엔을 먼저 잠지해냈다. 녀석들은 머리를 좌우로 흔들며 감각기관을 총동원했다. 핵잠수함에 장착된 추진용 회전날개의 소리가 회색눈을 자극했다. 그건 세상에서 제일 은밀하게 돌아간다는 스크루였다. 하지만 녀석의 감각기관엔 도전자의 포효로 들렸다. 회색눈은 자신에게 도전하는 상대를 결코 그냥 두지 않았다. 흥분한 녀석이 머리를 이리저리 휘저으며 샤이엔으로 곧장 달려들었다. 음파탐지기 담당자가 소리를 내질렀다.

"함장님, 괴물체가 빠른 속도로 다가옵니다."

"거리는 얼마인가?"

"1,000미터입니다. 점점 더 가까워지고 있습니다."

"30도 하강하고 전속력으로 벗어난다! 대원들은 모든 화력을 쏟아부어!"

핵잠수함 샤이엔은 변종백상아리의 추격을 받으며 재빠르게 경로를 변경했다. 그러나 변종백상아리는 만만한 상대가 아니었다. 인간이 만든 그 어떤 잠수함보다 훨씬 더 쉽게 방향을 바꾸고 자유자재로 해류를 타넘을 수 있었다. 게다가 회색눈은 지능이 아주 높았다. 순식간이었다. 최첨단 장비를 갖춘 핵잠수함 샤이엔도 속수무책이었다. 점박이는 회색눈의 작전대로 심해협곡에 몸을 숨기고 있다가 엄청난 속력으로 솟구쳤다. 일종의 협공이었다.

"충돌합니다!"

수중레이더를 응시하던 대원이 머리를 숙이며 소리쳤다. 핵잠수함 샤이엔은 충격을 이기지 못하고 휘청거렸다. 그 여파로 특수제작된 합금외피가 찢겨져 나갔다. 잠시 뒤, 붉은 비상등이 깜박거렸다. 잠수함은 45도 각도로 비스듬히 기운 채, 물속을 회전하기 시작했다.

회색눈이 찢어진 핵잠수함의 외피를 물고 늘어졌다. 강도가 엄청난 알루미늄특수합금이었지만 녀석의 이빨에 구겨지고 있었다. 핵잠수함 샤이엔은 SLBM을 비롯하여 각종 핵무기를 탑재하고 있었다. 함장과 승조원들은 믿어지지 않는다는 표정으로 내장된 증폭광학카메라를 이용해 상황을 살폈다. 거친 해류의 파고가 핵잠수함의 선저 밑으로 밀려들었다.

함장은 다급하게 경고방송을 내보냈다. 하지만 승조원들은 두 눈을 부릅뜬 채 꼼짝할 수 없었다. 그도 그럴 것이 엄청난 괴력을 가진 변종백상아리들이 핵잠수함 선체를 이빨로 찢어내고 수시로 들이받았다. 그나마 거대한 해류가 회전하면서 일으킨 물살이 소용돌이가 되어 핵잠수함을 휘감았다. 처참하게 유린당하고 있는 곳은 원자력엔진룸이었다. 회색눈과 점박이는 집중적으로 원자력엔진이 설치된 동체를 들이받고 물어뜯었다. 그와 동시에 핵잠수함 샤이엔은 한쪽으로 기웃해지는가 싶더니, 잇달아 덤벼드는 거대한 해류로 말미암아 46도로 기울어져버렸다. 그 충격으로 전력 공급이 끊어졌다. 승조원들은 재빨리 비상용 발전기를 가동했다. 그때 세찬 파도가 상황실로 밀려들었다. 그렇지 않아도 물에 질펀하게 젖어 있던 상황실은 밀려든 바닷물로 말미암아 잠겨버렸다.

함장과 작전장교들은 물살을 뚫고 가까스로 상황실을 빠져나왔다. 원자력엔진의 내부온도가 빠른 속도로 올라갔다. 문제는 비상용디젤발전기였다. 바닷물에 침수되면서 가동을 멈추어버렸다. 함장은 당황스러웠다. 사실이 그랬다. 몇 분 전까지만 하더라도 심해바다는 조용히 일렁거렸다. 그나마 잔물결 깔린 해류자락은 안온하기까지 했다. 인간의 능력과 첨단장비는 거기까지였다. 고래와 참치 떼는 변종백상아리의 출현을 미리 알고 멀리 달아나버렸다. 하다못해 잡어도 바위틈으로 몸을 사렸다. 세계 최강의 핵잠수함 샤이엔만 몰랐을 뿐이었다.

담당승조원은 원자로를 긴급 정지시켰다. 그러나 원자로 주변의 송전선로와 변전시설은 작동불능이 되어 외부전력이 차단되어버렸다. 자동시스템에 의해 비상용 디젤발전기가 가동되었지만, 바닷물이 발전소를 덮치면서 침수되어버렸다. 승조원들은 다급하게 움직였다. 그때 심해에서 불끈불끈 용트림 치던 해류에 이상 흐름이 일어났다. 거대한 해류는 심해에 깊고 무른 늪을 만들었다. 세찬 소용돌이는 모든 걸 빨아들였다. 갈라지고 쪼개진 심해의 해류는 한없이 허기져 있었다. 그나마 흥분한 변종백상아리의 거대한 꼬리가 휘둘러졌고, 해류가 토해낸 물살이 핵잠수함을 심해로 밀어붙였다. 마치 핵잠수함을 악물고 꿈틀거리는 것 같았다. 변종백상아리는 인간이 만든 기술문명을 사정없이 후려쳤고, 그것에 맞아 쓰러지면 물어뜯어버렸다.

핵잠수함 샤이엔의 통제실은 블랙아웃 상태에 빠져버렸다. 아날로그방식을 버리고 디지털터치 입력방식으로 바뀌었지만 비상상황에서는 무용지물이었다. 디지털방식은 기계가 처리하는 과정에서 생기는 오차를 엉뚱한 지점으로 인식하거나, 터치 후 몇 초뒤에 반응하거나, 아예 터치 입력을 인지하지 못하는 것이 문제였다. 심지어 유령터치 현상까지 일어났다. 터치 입력이 전혀 이루어지지 않았음에도 불구하고 제멋대로 터치한 걸로 반응하는 경우였다. 핵잠수함 샤이엔에 승선한 대원들은 숙련된 아날로그 대원들이 아니었다. 터치스크린에 익숙한 디지털세대였다. 손의 촉감으로 각종 기기를 사용하는 대원들은 비상시에 허수아비나 마찬가지였다. 승조원들은 우왕좌왕할 수밖에 없었다. 그 여파로 원자로 냉각을 위한 냉각수펌프를 가동할 수 없게 되었다. 원자로 내부온도와 압력이 가파른 속도로 상승했다. 그뿐이 아니었다. 원자로의 냉각수가 증발하면서 노심온도가 섭씨 1200도까지 치솟았다. 그로 인해 핵연료가 바다로 퍼져나가기 시작했다. 심각한 상황이었다. 더구나 푸릇푸릇한 오염수가 갈라진 핵잠수함 동체의 틈새를 비집고 쏟아져 내리기 시작했다. 승조원들은 죽음을 각오하고 누수를 저지하려 시도해보았지만 헛일이었다. 게다가 거세게 밀려든 바닷물이 승조원들을 휩쓸어버렸다. 성난 변종백상아리의 공격 앞에서 인간은 좀스럽고 하잘것없는 존재였다.

사실이 그랬다. 섬뜩할 정도로 영악한 녀석들이었다. 회색눈은 신경세포를 곤두세웠다. 촘촘히 얽히고설킨 신경세포가 신호를 보냈다. 점박이는 흥분하여 어찌할 바를 몰랐다. 회색눈은 몸통을 모로 비튼 채 꼬리지느러미를 뻗었다. 신경세포들이 미세하게 떨렸다. 그 신호는 꼬리에서 척추를 지나 뇌까지 빠른 속도로 전달되었다. 시야가 환해졌다. 몸속의 아드레날린 호르몬이 왕성하게 분비된 탓이었다. 게다가 종속번식을 위해서라도 방사능을 싣고 다니는 사냥감을 그냥 보내고 싶지 않았다.

회색눈이 머리를 좌우로 흔들었다. 신호를 감지한 점박이가 해류를 휩쓸며 무서운 기세로 달려들었다. 녀석이 꼬리를 휘저을 때마다 거센 물살이 일었다. 함장은 날카로운 이빨을 드러내며 달려드는 점박이의 모습에 정신을 차릴 수 없었다. 순식간이었다. 점박이가 핵잠수함의 스크루를 물고 이리저리 머리를 흔들어댔다.

공격은 정확했다. 스크루는 힘없이 떨어져 나가버렸다. 녀석들은 이미 방사능 흡입을 시작했고, 방사능은 곧바로 아드레날린을 자극했다. 함장과 장교들은 공포에 질린 눈을 부릅뜨고 화면을 응시했다. 그들은 일그러뜨린 근육 하나 꿈쩍하려 들지 않았다. 회색눈과 점박이는 원자력엔진룸을 집중적으로 물어뜯었다. 방사능누출이 점점 많아지고 있었다. 믿을 수 없는 상황이었다. 함장은 패닉 상태에 빠진 사람처럼 울부짖었다.

"오! 이것은 미국의 권위에 도전한 빌어먹을 악마의 테러다!"

함장과 승조원들은 연신 기도문을 외웠다. 그것은 오만한 인간들이 궁지에 몰렸을 때 지껄이는 오래된 후회와 별반 다르지 않았다. 그들은 공포에 질린 나머지 숨도 재대로 쉴 수 없었다. 함장과 승조원들은 돌연 신 앞에 무릎이라도 꿇고 싶었지만 이미 때는 늦어버렸다. 함장은 급변한 사태를 어떻게든 수습하려 소리쳤다.

"빌어먹을 물고기들! 미국의 권위에 도전한 대가를 톡톡히 치를 것이다!"

그러나 회색눈과 점박이는 미국의 권위를 물어뜯듯 주둥이를 쳐들고 샤이엔의 원자력엔진룸을 씹어 삼켰다. 예상치 않은 일격을 받은 함장과 승조원들은 정신이 혼미해져가는 것을 느꼈다. 그와 동시에 원자력엔진룸으로 바닷물이 밀려들었다. 세계 최강의 핵잠수함 샤이엔은 변종백상아리의 일격 앞에 전의를 상실하고 말았다. 허망한 상황이었지만, 세계 최강이라는 안일함이 그런 결과를 초래했는지도 몰랐다. 회색눈과 점박이는 미친 듯이 날뛰었다. 아드레날린의 왕성한 분비로 인해 힘이 배가된 녀석들은 방사능을 배불리 먹어댔다. 무려 2만 6,900톤급의 초대형핵잠수함 샤이엔을 자잘한 잡어 사냥하듯 다뤘다. 함장은 비장하게 명령을 내렸다.

"모든 어뢰를 동원해 놈들을 섬멸하라!"

작전장교는 얼굴이 새파랗게 질린 채 소리쳤다.

"함장님, 놈들이 잠수함 선체를 물어뜯어 어뢰 사출기가 모두 망가졌습니다. 보조전력도 끊겼습니다."

"뭐? 세계 최강의 핵잠수함이 이렇게 허망하게 당할 수 있단 말인가?"

함장은 도무지 믿어지지 않았다. 장교들은 놀라고 당황스럽다는 표정으로 함장의 명령을 기다렸다. 함장은 비장하게 말문을 열었다.

"방법이 없다. 모두 비상탈출한다. 어서 서둘러!"

핵잠수함 샤이엔은 심해 속으로 가라앉고 있었다. 장교들과 대원들은 구명조끼를 입고 허리에 끈을 묶은 채, 비상탈출을 시도했다. 곧이어 차례대로 비상잠수정이 솟구쳤다. 회색눈은 기분 나쁜 소리에 잠시 멈칫거렸다. 하지만 별로 먹음직스러운 것도 아니었다. 회색눈과 점박이는 원자로에서 쏟아져 나오는 뜨거운 물줄기 주변을 빙빙 돌면서 최대한 입을 벌려 방사능오염수를 흡입했다. 녀석들은 방사능에 목말라 있었다. 마지막까지 남아 있던 작전장교가 소리쳤다.

"함장님, 시간이 없습니다. 빨리 탈출해야 합니다."

"아니야. 난 저 악마들에게 최후의 일격을 안겨주고 싶어. 함께 해서 고마웠다고 전해줘. 어서 가!"

"함장님을 두고 갈 순 없습니다."

"명령이다! 탈출해!"

함장은 잠수함의 내부를 휘휘 둘러보았다. 마지막까지 남아 있던 장교와 대원들이 거수경례를 붙였다. 함장은 고개를 끄덕이곤 자폭암호를 입력했다. 자폭경보음이 세차게 울려 퍼졌다. 회색눈은 기분 나쁜 소리에 머리를 돌렸지만 다시금 원자로에서 쏟아져 나오는 방사능을 들이마셨다. 핵잠수함 샤이엔은 마지막 보루인 원자력엔진룸까지 녀석들에게 빼앗기고 말았다. 함장은 방수문을 닫지 않았다. 핵잠수함 샤이엔은 오른쪽으로 기운 채, 심해 밑바닥으로 가라앉았다. 전자기기의 절반은 이미 작동이 중단된 상태였다. 함장은 비장한 표정으로 비상탈출 중인 잠수정을 응시했다. 그들은 험난한 해류와 수압을 받으며 필사적으로 수면 위로 부상하고 있었다.

점박이는 갈라진 틈새로 주둥이를 집어넣었다. 이미 부서진 특수합금의 외피와 내피는 더욱더 간격이 벌어졌다. 녀석은 단단한 주둥이를 들이밀고 방사능을 흡입했다. 함장은 더 이상 머뭇거릴 시간이 없었다. 변종백상아리의 이빨에 갈기갈기 찢겨죽는 건 두렵지 않았지만 세계 최강의 핵잠수함에 탑재된 최첨단무기와 정보는 지켜야만 했다. 게다가 방사능을 흡입한 변종백상아리들은 더욱더 미쳐 날뛰고 있었다.

함장은 자폭스위치를 눌렀다. 순항미사일이 연속적으로 폭발하기 시작했다. 회색눈과 점박이는 동시에 지느러미를 파르르 떨었다. 순항미사일의 폭발 파장은 강렬했다. 회색눈은 점박이에게 고주파를 보냈다. 녀석은 재빨리 반응했다. 낫처럼 생긴 꼬리지느러미로 바닷물을 휩쓸며 멀리 달아났다. 짧은 순간이었지만 폭발의 충격을 최소화했다. 놀라운 능력이었다. 그랬다. 폭발의 순간, 녀석들의 심장박동은 빨라졌고 모든 신경세포는 예민하게 반응했다. 물결에 파동이 발생하는 그 순간부터 감각세포는 강약에 따라 촉급해지기도 하고, 느려지기도 했다.

핵잠수함 샤이엔은 산산이 부서졌다. 비상탈출에 성공한 대원들은 어쩔 줄 몰라 비명을 내질렀다. 변종백상아리들은 부서진 핵잠수함을 응시했다. 시퍼런 바닷속이라든지, 끝없이 푸른 바다 저쪽이라든지, 절대 사냥감을 놓치지 않는 녀석들이었다. 변종백상아리는 심해에서 해체된 핵잠수함을 노려보며 날카로운 톱니이빨을 드러냈다. 회색눈과 점박이는 방사능을 싣고 다니는 사냥감을 그냥 보낼 줄 마음이 없었다. 그건 본능이었다. 그나마 녀석들의 위는 비틀리고 팽팽하게 조여진 근육으로 구성되어 있었다. 그 근육은 끊임없이 움직이면서 바닷물과 음식물을 힘차게 뒤섞고 소화시켰다. 게다가 핵잠수함에서 뿜어져 나온 방사능은 녀석들을 더욱 흥분시켰다. 심해는 온통 눌눌한 오염수로 물들었다. 기절할 듯 놀란 심해물고기들은 서둘러 바위틈 사이로 몸을 숨겼다.

심해어류들은 지느러미를 움직이지도 않았다. 서서히 퍼지는 방사능오염수가 몸통을 스치는 순간, 더러는 죽어나갔고, 더러는 미세하게 심장이 뛰었다. 끔찍한 생존 전쟁은 언제까지나 지속될 터였다. 어쩌면 예측하기 힘든 먼 미래를 좇아 헤맬지도 몰랐다. 살아남은 심해어류들은 비치적거리며 협곡을 향해 꼬리를 흔들어댔다.

탈출에 성공한 승조원들이 눈을 부릅뜨고 부르르 떨었다. 심해에서 희끗한 해류가 솟구쳤다. 비상탈출용 잠수정은 해류이랑에 말린 채 뒤집혔다. 승조원들은 손을 맞잡고 안간힘을 썼다. 하지만 성난 바다는 모든 잠수정을 삼키기 시작했다. 그 서슬에 승조원들이 탑승한 잠수정은 검푸른 심해 속으로 빨려들었다. 그것으로 끝난 게 아니었다. 허옇게 뒤집힌 해류 아래에서 또다시 거대한 폭발이 일었다. 해류는 마치 산등성이 같이 커졌다. 더러는 용오름과 함께 수면 위까지 치솟았다. 마지막까지 버티던 비상탈출용 잠수정은 형체도 없이 사라져버렸다.

7
한국 해군과 오키나와

중국 국적의 유조선이 5,300만 갤런의 원유를 싣고 항해하고 있었다. 낮게 드리워진 해무 속에서 오키나와가 어렴풋이 보였다. 불길한 조짐은 앞서 벌어졌다. 세계 최강의 미국 핵잠수함 샤이엔이 변종백상아리에게 당해버렸다. 그것도 보통 잠수함이 아니라 최신 무기체계와 첨단장비를 갖춘 원자력잠수함이 말이다. 중국 해경국은 자국의 모든 선박에 그 사실을 통보했다. 불행한 일이었다. 그러나 모든 일들은 작은 시작에 불과했다. 오키나와 공해상이 심상치 않았다. 바람이 어찌나 몰아치는지 수면 위의 모든 것들을 날려버릴 기세였다. 중국 국적의 유조선은 일본 오키나와 본섬과 미야코지마(宮古島) 사이 공해를 통과해 상하이로 항로를 변경했다.

일본 방위성의 발표에 따르면 변종백상아리가 미야코지마 동북쪽 약 100킬로미터 해상을 지나 태평양으로 향하는 것을 해상자위대 P3C 초계기가 확인했다. 백상아리들이 오키나와 본섬과 미야코지마 사이의 해역을 통과한 거였다. 일본 해상자위대는 사상최대 규모인 25척의 군함과 23기의 전투기, 오야시오급 잠수함 14척을 동원해 오키나와 해역에서 사격 훈련을 실시하고 있었다. 중국 국적의 유조선통신담당은 상하이 항구에 5시간 후에 도착한다는 긴급암호문을 전송했다. 선장과 선원들은 만약의 사태에 대비해 레이더의 움직임을 주시하고 있었다. 그때 엄청난 물보라가 피어올랐다. 고개를 돌리던 선원들은 약속이라도 한 듯 뒷걸음질쳤다. 상황은 순식간 돌변했다. 거대한 파도덩이가 뒤틀리면서 하얗게 물보라를 일으켰다. 선원들은 두 눈을 부릅뜨고 바다를 응시했다. 허옇게 뒤집어진 바다는 거대한 이랑을 만들어냈다. 파도등성이의 각이 예리하고 드높았다. 그 여파로 유조선의 이물이 허공으로 치솟았다. 선장과 선원들은 숨을 죽인 채 부풀어 오르는 바닷물을 응시했다. 하나가 밀려와 뱃머리를 타넘으면, 그 뒤를 따라서 또 하나의 거대한 파도가 유조선을 집어삼켰다.

선장은 눈을 부릅떴다. 일단의 굉음과 함께 희끄무레한 물체가 요동치는 것이 보였다. 그의 입에서 들릴 듯 말 듯 변종백상아리라는 말이 새어나왔다. 어떤 움직임이 수면을 갈랐고, 순간적으로 유조선이 기울어지는 것을 느꼈다. 그때 선원 한 명이 공포에 질린 표정으로 외마디 비명을 내질렀다.

"거대한 백상아리다!"

선장과 선원들은 불길한 예감에 심장의 피돌기가 빨라졌다. 선원들이 우왕좌왕하는 사이 변종백상아리의 거대한 몸통이 느닷없이 수면 위로 솟구쳐 올랐다. 점박이는 머뭇거림 없이 그대로 유조선을 들이받았다. 한순간에 시커먼 원유가 바다로 꽐꽐 쏟아지기 시작했다. 유조선은 5,300만 갤런의 원유를 싣고 있었다. 그 중 1,080만 갤런이 눈 깜짝할 사이에 유출되고 말았다. 점박이는 마치 놀이를 하듯 강력한 이빨로 선원들을 낚아챘다. 붉은 살점과 핏물이 사방으로 튀었다. 선원들은 동료들이 변종백상아리에게 잡아먹히는 장면을 목격하곤 진저리쳤다. 하지만 그것으로 끝난 게 아니었다. 주린 배를 채우지 못한 회색눈이 수면 아래를 계속 맴돌고 있었다. 두꺼운 피부 밑엔 무수한 수관이 퍼져 있었고 수관 윗부분엔 예민한 감각세포가 등줄기를 돌아 뇌까지 연결되어 정보를 실시간으로 전달했다. 그런 감각기관과 미세한 신경세포 덕분에 주위의 진동을 마치 눈으로 보는 것처럼 감지할 수 있었다.

처참한 광경을 목격한 선원들은 추위와 두려움 때문에 부들부들 떨었다. 더구나 거대한 변종백상아리가 수면 위로 지느러미를 드러내고 있었다. 헤엄을 쳐서 오키나와까지 갈 엄두가 나지 않았다. 계속 허우적거린다면 녀석들의 예민한 신경을 자극하는 꼴이었다. 그렇다고 무작정 구조를 기다릴 상황도 아니었다. 공포에 질린 선원이 비명을 지르며 허우적거렸다. 점박이가 곧바로 반응했다. 수면 위로 높이 솟아오른 하얀 지느러미가 수면을 가르고 쏜살같이 달려들었다.

그 순간, 하늘에서 대한민국 국적의 마린온 해상작전헬기가 모습을 드러냈다. 한국해난구조대(ssu)는 만약의 사태에 대비해 일본 해상보안청 함정과 공조작전을 펼치고 있었다. 그러나 기상상태가 좋지 않아 구조엔 한계가 있었다. 더구나 거대한 파도가 하늘 높이 솟구쳤다가 떨어질 때마다 일본 해상보안청 함정의 이물이 심하게 주억거렸다. 엔진도 힘겨운 소리를 냈다. 바다는 당장이라도 일본 함정을 집어삼킬 듯이 위협적으로 날뛰었다. 일본 해상보안청 함장이 다급하게 무전을 날렸다.

"생존자 발견! 한국해난구조대는 신속히 구조 활동에 임해주십시오."

마린온 해상작전헬기가 비바람을 뚫고 바다 위를 선회하기 시작했다. 살아남은 중국선원들은 파도에 휩쓸려 허공으로 치솟고 있었다. 헬리콥터 조종사는 성난 바다를 응시했다. 예리한 바늘 같은 빗방울들이 날아와 헬리콥터 동체를 두드려댔다. 프로펠러도 제대로 회전할 수 없을 정도로 세찬 바닷바람이었다. 헬리콥터 조종사는 동체가 심하게 흔들렸지만 허옇게 뒤집힌 수면 아래로 조금씩 내려갔다. 뒤집힌 바다가 헬리콥터를 씹어 삼킬 듯이 달려들었다.

마린온 해상적전헬기에 탑승한 해난구조대원이 바다로 뛰어들었다. 단 한 번의 시도로 중국선원 한 명을 붙잡았다. 그랬다. 해난구조대원들은 인명 구조, 선체 인양 등 해상에서 발생하는 다양한 사고 해결을 전담하는 부대였다. 그들의 심해잠수능력은 상상을 초월했다. 해난구조대의 군복엔 '심해잠수'라는 표식이 붙어 있었다. 그것은 해군해난구조대의 특성을 그대로 드러내는 거였다. 또 다른 구조대원이 줄사다리를 움켜쥐고 중국선원에게 접근했다. 파도가 일제히 꼭지를 말아 올렸다. 성난 바다는 모든 걸 깨부수고 있었다. 그 서슬에도 해난구조대원은 중국선원을 끌어올려보려고 애를 썼다. 그러나 큰 파도가 달려와 대원을 덮치는 바람에 다시 고도를 높였다. 그도 그럴 것이 거대한 지느러미가 선원의 주변을 맴돌고 있었다. 구조대원이 몇 번의 구조를 시도해보았지만 실패하고 말았다. 구조대원은 거대한 파도덩이를 턱 끝으로 가리켰다.

"저 너울파도에 몸을 맡기세요. 그 방법밖에 없어요. 꼭 몸을 맡겨야 합니다. 시간이 없어요."

선원은 고개를 끄덕였다. 허연 거품이 너울파도 위에 앉혀 밀려들었다. 선원은 파도를 향해 헤엄쳤다. 파도등성이와 등성이 사이를 건너기도 하고, 깊은 파도 골짜기 속으로 떨어졌다가 아슬아슬하게 솟아오르기도 했다. 구조대원이 선원을 향해 두 손을 뻗쳤다. 엄청난 파도줄기가 선원과 구조대원 사이를 벌려놓았다. 바다는 비릿한 물보라를 머리카락처럼 풀어내고 있었다. 선원은 유일한 끈인 구조대원의 손길을 잡으려 안간힘을 썼다. 구조대원은 핏발이 서도록 파도 쪽으로 시선을 던졌다. 거대한 지느러미가 어른거렸다. 어떤 강한 힘을 가해도 흠집조차 나지 않을 것 같았다. 구조대원은 변종백상아리가 그를 주시하고 있다는 생각에 머리카락이 쭈뼛 일어섰다. 그렇다고 구조를 포기할 수는 없었다. 그때였다. 바람의 끝자락에 어떤 울림이 끌려오는 것 같았다. 그것은 끊어지다 이어지기를 반복하며 귓가를 스쳤다. 구조헬기가 고도를 낮출수록 그 진폭이 넓게 퍼져왔다. 휘둥그레진 선원의 눈이 보였다. 그도 놀란 모양이었다. 해난구조대원은 눈을 크게 뜨며 정신을 바짝 차리려고 애썼다. 거대한 산맥 같은 파도덩이가 물보라를 밀어붙이는 소리였다. 구조대원은 선원에게 파도등성이를 가리켰다. 터무니없는 판단은 아니었다. 선원은 가파른 파도에 몸을 실었다. 왜소하다 싶은 체격의 선원은 믿기지 않을 정도로 파도를 타넘었다. 맹렬한 물보라가 일어 선원과 대원을 집어삼켰다. 그 물보라 사이로 구조대원의 말이 선명하게 울려 퍼졌다.

"구조 완료!"

일본 해상보안청 대원들과 중국선원들이 환호성을 질렀다. 그 상황을 지켜보고 있던 해상보안청 함장이 거수경례를 붙이곤 어금니를 악물었다.

"연료는 충분한가?"

"30분 후에는 돌아가야 합니다."

함장은 해상용 망원경으로 해면을 살폈다. 세찬 파도가 출렁거릴 때마다 빠른 움직임이 포착되었다. 함정엔 열감지기가 설치되어 있었다. 열감지기장비는 물체가 발산하는 전자기방사선을 통해 물속에 있는 물체를 추적할 수 있도록 고안된 장비였다. 차가운 바다와는 달리 내부 온도가 높은 온혈동물은 화면에 붉은 빛의 형태로 보였다. 함장은 바다 위에서 어지럽게 출렁거리는 이랑에 현기증을 느꼈다. 하마터면 망원경 속으로 거대한 물체가 슬쩍 지나가는 것을 관찰하지 못할 뻔했다. 수면 위로 물체가 하얗게 빛나고 있었다. 일본 해상보안청 함장은 열감지기대원에게 질문을 던졌다.

"변종백상아리와 어느 정도 떨어져 있나?"

"2000미터입니다. 아주 가까운 거리입니다."

구조를 마친 마린온 해상작전헬기는 북쪽을 선회하곤 곧장 오키나와 공해상에서 작전을 펼치는 독도함으로 기수를 돌렸다. 함장은 눈알을 부라리곤 사격 명령을 내렸다. 갑판에서 함포소리가 울려 퍼졌다. 그와 동시에 수면에 커다란 물보라가 피어올랐다. 진동을 감지한 변종백상아리들이 미쳐 날뛰었다. 날카로운 음파는 녀석들의 감각기관을 자극해 본능적인 분노를 불러일으켰다.

"함장님, 변종백상아리 한 마리가 엄청난 속도로 다가옵니다."

"놈들이 도망쳐야 정상 아닌가? 어떻게 이런 일이!"

"상식을 벗어난 행동이 분명합니다."

그랬다. 날카로운 음파는 회색눈과 점박이의 사나운 본능을 일깨웠다. 회색눈이 고성능어뢰처럼 일본 해상보안청 소속의 함정을 향해 곧장 달려들었다. 음파탐지기대원이 소리를 질렀다.

"함장님, 빨리 결정해야 합니다."

"전속력으로 최대한 떨어져!"

일본 함정은 변종백상아리의 추격을 받으며 재빠르게 달아났다. 하지만 녀석들은 일본 해상보안청 함정보다 훨씬 더 쉽게 방향을 바꾸고 자유자재로 헤엄칠 수 있었다. 게다가 회색눈은 도전하는 상대는 결코 그냥 보낼 생각이 없었다. 그건 녀석의 본능이었다. 아드레날린이 최대로 분비된 녀석은 망설임 없이 함정으로 돌진했다. 함장이 다급하게 외쳤다.

"전 대원은 충돌에 대비하라!"

함정이 충격을 이기지 못하고 휘청거렸다. 그 여파로 전력이 끊어졌다. 잠시 뒤, 비상등이 깜박거렸다. 함장은 해상용 망원경으로 수면을 살폈다. 함정을 들이박은 회색눈이 머리를 좌우로 흔들었다. 핵잠수함 샤이엔의 공격으로 이빨 몇 개가 부러져 나갔지만 크게 문제되지 않았다. 이빨은 또 다른 이빨로 대체될 터였다. 함장은 침착하게 명령을 내렸다.

"대원들은 피해 상황을 보고하라!"

"엔진룸에 물이 스며들고 있습니다. 발전기는 가동이 중단되었습니다."

"이런, 빌어먹을! 모든 화력을 쏟아부어!"

함포가 일제히 불꽃을 뿜어냈다. 거대한 폭발음과 함께 물기둥이 치솟았다. 그때 음파탐지기대원이 새파랗게 질린 채 소리쳤다. 바닷속에서 거대한 물체가 빠른 속도로 움직이고 있었다.

"백상아리가 우리를 향해 달려…"

음파탐지기대원의 말이 미처 끝나기도 전에 변종백상아리가 탄도미사일처럼 바닷속에서부터 곧장 솟구쳤다. 일본 해상보안청 함장은 느린 화면을 보듯이 점박이의 어마어마한 이빨을 똑똑히 보았다. 함장이 손으로 만질 수 있을 정도로 가까운 거리였다. 함장과 대원들은 두려움에 온몸이 마비되어 꼼짝할 수가 없었다. 함장은 한참 후에야 간신히 말을 내뱉었다.

"해상보안청에서 보내준 정보보다 훨씬 커!"

"함장님, 전기배전기가 충격으로 망가졌습니다. 그리고 엔진룸은 모두 바닷물에 잠겨버렸습니다. 작전 수행이 더 이상 불가능합니다."

함장은 심각한 표정으로 함정을 둘러보았다. 대원들이 함포사격과 자동화기로 맞서 싸우고 있었다. 함장은 어금니를 깨물었다. 그의 머릿속엔 대원들의 얼굴이 그려지고 있었다. 자신이 우물쭈물하는 사이에 대원들의 목숨이 위태로울지도 모른다는 생각이 들었다. 게다가 함정 내부로 바닷물이 쏟아져 들어오고 있었다. 오래지 않아 위험상황이 벌어질 건 뻔했다. 함장은 비장한 목소리로 탈출명령을 내렸다. 지름 3미터의 구명보트 두 척이 바다 위에 띄워졌다. 일본 해상보안청 대원들은 사납게 날뛰는 바다와 맞서 보트의 균형을 잡으려고 애를 썼다. 함장은 보트에 타지 않았다. 대원들의 얼굴엔 안타까운 표정이 역력했다. 함장은 조타실에서 그 상황을 건너다보고 있었다. 대원들은 세찬 파도를 헤치며 함장의 이름을 불러댔다. 보트는 파도가 밀려들 때마다 5미터 높이까지 치솟았다가 떨어지곤 했다. 그와 동시에 한쪽으로 기웃해지는가 싶더니, 잇달아 돌진해 덤벼드는 거대한 파도로 말미암아 보트한 척이 뒤집혀버렸다. 다른 보트에 타고 있던 대원들이 튜브를 던졌다. 그 순간, 엄청난 파도가 구명보트를 번쩍 들어올렸다. 그 충격으로 대원들이 바닷물로 떨어졌다. 함장은 그 광경을 보곤 눈물을 흘렸다. 그는 비장한 표정으로 힘껏 외쳤다.

"꼭, 살아남아라! 명령이다!"

대원들은 어지러운 분탕질 속에서 거수경례를 붙였다. 함장에 대한 마지막 예의였다. 바닷바람은 더욱 드세어졌고 그 드센 바람에 날려 온 빗방울이 그들의 얼굴을 후려쳤다. 그때 굵은 빗줄기 사이로 휘황한 빛이 쏟아졌다. 대원들은 눈을 가늘게 뜨고 두리번거렸다. 한국 해난구조대의 미린온 해상작전헬기였다. 일본 해상보안청 대원들이 환호성을 질렀다. 해난구조대원은 열감지기장치를 확인했다. 바다 위에서 어지럽게 출렁거리는 이랑에 현기증을 느꼈다. 하마터면 열감지기에 비친 붉은 빛을 관찰하지 못할 뻔했다. 수중에서 작은 움직임이 일고 있었다.

"생존자 발견!"

해난구조대원은 목표를 확인하고 수면 아래로 몸을 날렸다. 검푸른 파도 덩이가 산맥처럼 솟아올랐다. 구조대원은 파도를 헤치고 일본 해상보안청 함장의 몸을 감싸고 있는 구명조끼를 붙잡았다.

"구조 완료!"

그때, 물보라 사이로 빛줄기가 보였다. 또 다른 한국 해난구조대의 마린온 해상작전헬기였다. 헬리콥터는 바다 위를 선회하며 탐조등을 비췄다. 빛의 세례였다. 그 빛 안에서 일본 해상보안청 대원들이 서로 얼싸안고 있었다.

✤ ✤ ✤

제주해군기지의 하늘엔 별들이 하나둘씩 눈을 부릅뜨고 있었다. 해군특수전단장인 고수 장군과 잠수함 사령부의 길동 제독이 바다를 응시하곤 어금니를 악물었다. 바다는 거대한 짐승이 입맛 다시는 소리를 내고 있었다. 조금 있으면 역사적인 사건이 될 만한 위험스런 작전이 펼쳐질 터였다. 그랬다. 청와대 지하벙커에서 대통령 주도로 국가안전보장회가 연이어 열렸다. 국무총리, 각 부처장관 그리고 대통령비서실장 등이 대책을 논의했다. 미국 핵잠수함 샤이엔과 일본 해상보안청 함정의 침몰 그리고 중국 유조선의 원유 유출 파장은 대단한 사건이었다. 생각해보면 모든 국가의 정보기관은 거의 모든 순간, 거의 모든 징후를 몰랐다. 그 여파로 바다는 충분히 안전하다는 말, 충분히 자정능력이 있다는 말, 해상교통로는 언제나 확보된다는 말은 수정되어야 했다.

특히 미국 핵잠수함 샤이엔에서 쏟아져 나온 방사능은 엄청난 재앙이었다. 한국, 미국, 러시아, 중국, 일본 정부도 특수부대를 출동시켜 대응했지만 어느 유출 사고보다 많은 비용과 인내심이 요구되었다. 그 여파로 바다에 서식하는 미생물도 살아남지 못했다. 사고 지역은 불모의 바다로 변해버렸다. 한국 대통령은 국가안전보장회의에서 즉각적인 태평양 전투를 명령했다. 국방부는 해군전력을 제주해군기지로 집결시켰다.

김수지 대위는 극비백상아리잠수함에서 주변을 휘휘 둘러보았다. 장보고3번함과 7,600톤급 이지스구축함인 서애류성룡함, 4,400톤급 구축함인 왕건함과 문무대왕함 그리고 214급 잠수함 5척이 정박해 있었다. 그 옆엔 이순신급보다는 크고 세종대왕급보다는 작은 신형 이지스함정이 줄지어 떠 있었다. 한국 해군의 새로운 주력 이지스함이기도 했다. 그 사열을 배경으로 해군참모총장이 연단 위로 올라섰다. 지휘관들과 대원들이 일제히 차렷 자세를 취했다. 이윽고 단호한 명령이 떨어졌다.

"출정이다! 변종백상아리는 아주 불길한 징후다. 주변국도 그렇고 국민들이 불안해한다. 우리 해군은 상황을 빨리 마무리해야 한다. 이젠 대한민국 해군의 진가를 발휘할 때가 왔다. 대한민국은 삼면이 바다인 반도국가다. 바다에서 오는 적은 바다에서 막아야 한다. 더구나 바다에선 대재앙이 벌어졌다. 국가와 국민의 안전을 위해 바다를 사수해야 한다. 명심하기 바란다. 반도국가가 바다를 잃으면 미래는 없다. 기필코 변종백상아리를 섬멸하고 돌아와라. 건투를 빈다. 이상!"

지휘관들과 대원들은 일제히 함성을 질렀다. 해군특수전단장인 고수 장군과 잠수함사령부 단장인 길동 제독도 감격에 겨운 듯 절도 있게 박수를 쳐댔다. 해군참모총장은 환호하는 지휘관들과 일일이 뜨거운 악수를 나눴다. 해군작전사령부의 기철 장군은 기회를 놓치지 않고 핏대를 세웠다.

"해군은 선배님들이 피땀으로 이룬 결과물입니다. 무슨 말이 더 필요하겠습니까? 죽음으로 바다를 지키겠습니다."

해군참모총장은 미소를 지어 보이곤 기철 장군에게 악수를 청했다. 그들의 마음속엔 한국 해군의 명예를 걸고 바다를 지켜야 한다는 간절함이 있었다. 그동안의 모든 노력에도 불구하고 변종백상아리는 여전히 건재했다. 국가안전보장회의에서 바랐던 기적은 아무리 기다려도 올 줄 몰랐다. 변종백상아리와 제대로 싸워보지도 못하고 일방적으로 당해버렸다. 그렇게 난폭하고 거대한 적은 처음이었다. 해군참모총장이 지휘관들과 대원들에게 거수경례를 붙였다. 전투함에서 일제히 고동소리가 울려 퍼졌다.

김수지 대위와 대원들은 극비백상아리잠수함으로 승선했다. 여기저기서 엔진 소리가 커지고 전투함들이 파도를 갈랐다. 그녀는 자꾸만 변종백상아리 생각을 거듭하고 있는 자신을 깨달았다. 무엇인가 설명될 수 없는 악마적인 힘이 바다를 지배하고 있다는 생각을 떨칠 수 없었다. 극비백상아리잠수함은 출렁거리는 바닷속으로 내려갔다.

바다 위엔 이만수 대령이 지휘하는 7,600톤급 이지스구축함인 서애류성룡함과 이지스전투함들이 엔진마력을 높였다. 지민 대령이 승선한 장보고3번함과 214급 잠수함 5척도 뒤따라 잠항했다.

잠수함은 약 20도 각도로 회전하며 심해로 방향을 틀었다. 불과 몇 분 만에 완전한 어둠 속으로 숨어들었다. 그때 고수 장군과 길동 제독이 조타실 스크린에 모습을 드러냈다. 이만수 대령과 지민 대령의 모습도 보였다. 고수 장군이 비장한 표정으로 말문을 열었다.

"사태가 아주 심각하다. 최선을 다해 놈들을 섬멸하고 돌아와라. 작전 상황은 실시간으로 국가안전보장회의에 보고될 것이다. 놈들이 태평양 마리나해구로 이동하면 인류는 바다를 포기해야 한다."

스크린엔 제주해협을 중심으로 오키나와 공해상을 지나 태평양 마리나해구까지 화살표로 이어져 있었다. 고수 장군이 말을 이었다.

"만약 작전이 실패한다면 우리 해군의 입지는 좁아질 것이다. 성공한다면 대양해군으로 발전할 것이다. 알겠나!"

지휘관들은 숨을 죽이며 스크린을 응시했다. 잠수함사령부 단장인 길동 제독이 말을 거들었다.

"패배는 없다! 해군에서 모든 걸 책임지고 결사적으로 임해야 한다. 지민 대령, 이만수 대령, 김수지 대위의 어깨에 한국 해군의 미래가 달려 있다. 영웅이 되어 돌아와라! 건투를 빈다!"

지휘관들이 일제히 거수경례를 붙였다. 그들은 사태를 어떻게 수습해야 하는지 아는 잘 훈련된 군인이기도 했다. 게다가 해양생태계의 위험성을 제대로 인지하고 있었다. 전문성과 패기를 갖춘 전형적인 군인이었다. 특히 극비백상아리잠수함의 작전 투입은 큰 성과였다.

　수상에서는 이만수 대령이 지휘하는 이지스함대가 줄지어 파도를 가르고 있었다. 바로 눈앞의 이어도 종합해양과학기지는 비안개에 뿌옇게 흐려 있었다. 해류의 흐름이 빠른 바다는 당장이라도 집어삼킬 듯 세차게 일렁였다. 이만수 대령은 아랫입술을 꼭 깨문 다부진 표정으로 이어도를 응시했다. 이어도 종합해양과학기지가 없었으면 이어도는 중국으로 넘어갔을 터였다. 그 기지 덕분에 이어도 주변은 사실상 대한민국의 바다가 된 거였다. 이만수 대령은 중국과 한국의 방공식별구역 확대로 새삼 주목받고 있는 이어도 문제만 나오면 감개무량했다. 당초 이어도기지는 순전히 과학적 필요에 의해 건설되었다. 하지만 대한민국 정부가 이어도까지 포함되도록 방공식별구역을 확대해 명실상부한 대한민국의 바다와 하늘이 되었다. 이어도에서 가장 가까운 유인 섬은 마라도였다. 이어도와 마라도의 거리는 140킬로미터이고, 이어도에서 가장 가까운 중국 섬은 둥다오였다. 이어도와는 약 247킬로미터 떨어져 있었다. 이만수 대령은 위관장교 시절부터 이어도기지 공사의 진척 상황을 체크해왔다. 이어도기지는 빈틈없이 만들어졌고 실용성이 뛰어났다. 기지가 들어선 암초의 토질과 강도를 완벽하게 파악했고, 공법도 거기에 맞도록 착공했다. 그러나 미국 핵잠수함 샤이엔과 중국 국적의 유조선 원유 유출 사건은 이어도와 오키나와 공해상을 황폐화시키고 있었다.

　이만수 대령은 고개를 돌렸다. 이물과 고물에 썰린 물결들이 선명하게 흰 거품을 내며 갈라지고 있었다. 그는 20년이 넘도록 바다에서 살았다. 어떤 날은 함대에서 먹고 잤다. 거기엔 험한 바다와 대거리하는 해군의 가쁜 숨결이 녹아 있었다. 더러는 파도를 보듬고, 혹은 폭풍우에 채이면서 바다를 지켰다. 이만수 대령은 멀어지는 이어도 종합해양기지를 보며 어금니를 깨물었다. 바람이 북동풍으로 변하고 있었다. 그 여파로 파도꼭지가 마구 뒤틀어 오르고 자욱한 물보라가 이내처럼 피어올랐다. 해면이 커다랗게 부풀어 올라간 순간, 마치 빙산이 물속에서 급속히 수면에 떠오를 때처럼 한꺼번에 솟아올랐다. 대원들은 숨을 죽였다. 파도덩이가 거품을 일으키며 소용돌이쳤다. 전투함의 엔진소리가 점점 커지기 시작했다. 이지스함대는 일본 오키나와 본섬과 미야코지마 사이의 공해상으로 접어들고 있었다.

✣ ✣ ✣

회색눈은 눈을 부릅뜬 채, 바다에서 벌어지는 상황을 노려보고 있었다. 솟아오르기만 하면 그대로 이지스함대를 한입에 삼켜버릴 기세였다. 보통 때 같았으면 점박이가 행동을 개시했겠지만 녀석은 꿈쩍도 하지 않았다. 그동안 훈련되어 있었다. 회색눈은 이런 때일수록 마음을 차분하게 가라앉히고 상대를 능청스럽게 대해야 한다고 충고하는 것 같았다. 점박이는 숨까지 아껴 쉬었다.

녀석들은 잠수함함대가 지나가길 기다렸다. 그랬다. 잠수함을 먼저 공격하면 이지스함대에게 협공당할 확률이 높았다. 회색눈은 영악했다. 잠수함이 지나가면 곧장 수면 위로 떠올라 이지스함대를 짓부수고 다음 목표를 공격할 생각이었다. 협공을 받는다는 건 자살행위와 다를 바 없었다. 회색눈은 그것까지 계산하고 있었다.

녀석들은 심해협곡 아래에서 엔진소리를 실시간으로 잡아내고 있었다. 점박이는 진저리를 치며 톱니이빨을 드러냈다. 멀지 않은 곳에서 고래 떼가 헤엄치고 있는 탓이었다. 점박이가 회색눈의 눈치를 살피며 꼬리를 휘청거렸다. 회색눈이 이빨을 드러냈다. 잇몸엔 누런 고름 덩어리가 군데군데 박혀 있었다. 회색눈은 점박이의 본능을 훤히 꿰뚫고 있었다. 하지만 점박이는 허기져 있었다. 위장이 뒤틀리고 시디신 침이 흘러나왔다. 감각세포는 고래 떼의 꼬리치는 소리를 실시간으로 감지해냈다. 점박이는 입맛을 다셨다. 사방으로 펴져 있는 대동맥의 핏줄과 옅은 보랏빛의 살점은 식욕을 불러일으켰다. 이빨로 살며시 깨물면 연하게 느껴지는 피 맛과 조금 더 힘을 주면 혀끝으로 밀려드는 감미로운 살점. 점박이는 허기가 밀려들었다. 위장에서도 후끈한 열기가 일었다. 무언가 아가리 속으로 넣지 않으면 위장의 열기를 감당할 수 없을 것만 같았다. 더구나 물결이 달려와 감각기관의 신경들을 쓸고 핥아댔다. 점박이는 미쳐버리기 일보직전이었다. 수억만 개의 미세한 물방울엔 고래 냄새가 고루 묻어 있었다. 물결이 밀려들 때마다 고래 핏물이 일렁이는 것만 같았다. 그 여파로 감각세포의 돌기가 아드레날린을 세차게 분비했다. 녀석은 잡어 몸에서 꿈틀거리는 기생충까지 느낄 수 있었다. 더 이상 참을 수 없었다. 그러나 회색눈은 음험하고 영악한 녀석이었다. 점박이의 사냥 본능을 최대한으로 끌어올리고 있었다. 점박이는 회색눈이 빨리 사냥을 허락했으면 하는 간절한 눈빛이었다. 하지만 회색눈은 잠수함함대와 이지스함대의 이동속도를 계산하고 있었다. 점박이는 꼬리지느러미를 감아올리며 안간힘 섞인 신음소리를 내뱉었다.

회색눈은 수면을 노려봤다. 불경한 사냥감이 곧 나타날 거라 짐작했다. 곧이어 허옇게 물살이 갈라지며 잠수함함대가 모습을 드러냈다. 점박이가 뛰쳐나갈 듯이 지느러미를 일자로 접었다. 회색눈이 꼬리로 점박이의 몸통을 쓸어내리며 자제시켰다. 해류의 출렁거림과 점박이의 입맛 다시는 소리가 상응하고 있었다. 그것은 멸종시키려는 인간과 살아남으려는 변종백상아리의 숨결이고 대결이었다. 인간에겐 받아들이기 힘든 일인지 모르겠지만 변종백상아리에게 있어 바다는 고향이었다. 바다는 인간만의 것이 아니었다. 공유해야 했다. 그러나 그러지 못했다. 어쩌면 변종백상아리는 분노하고 있는지도 몰랐다. 그 분노는 종잇장처럼 납작하지도 비겁하지도 않았다. 녀석들이 원하는 건 그 일련의 환경오염이 그저 하룻밤의 악몽으로 증명되는 거였다. 물때가 바뀌면 아무 일도 없었던 듯 깨끗한 이랑이 출렁거리길 바랐다. 아무 일도 없었던 듯 훼손된 터전이 복원되기를 소망했다. 하지만 그런 일이 일어날 가능성은 심해의 산맥이 모래알로 변하는 것보다도 희박한 일이었다. 심해바다엔 여전히 방사능오염수가 넘쳐났다. 그 여파로 변종백상아리는 변이를 일으키며 죽어갔다. 녀석들도 살아남아야 했다. 먼저 두꺼운 피부 밑에 희미하게 자라 있던 무수한 수관을 활성화시켰다. 그런 감각기관과 미세한 신경세포 덕분에 주위의 진동을 마치 눈으로 보는 것처럼 감지할 수 있었다. 인간이 만든 그 어떤 잠수함보다 훨씬 더 쉽게 방향을 바꾸고 자유자재로 해류를 타넘을 수 있는 능력도 갖추었다. 게다가 회색눈은 지능이 아주 높았다. 점박이도 만만찮았다. 물결 파동이 발생하는 순간부터 감각세포는 강약에 따라 촉급해지기도 하고, 느려지기도 했다.

점박이의 입에서 시디신 침이 흘러나왔다. 우물쭈물하는 사이 불경스런 사냥감을 놓칠 것만 같았다. 점박이의 물관은 물결 파동과 스크루 소리를 감지해냈다. 그 소리는 더욱 또렷해졌다. 회색눈은 숨을 죽인 채 노려보았다. 쫓아가면 협공을 당할 터였다. 잠수함함대가 지나갈 때까지 숨을 죽이고 기다렸다. 사냥감의 뒤쪽에서 달려들어 찢어발길 생각이었다. 오래지 않아 잠수함함대와 이지스함대가 협곡 위를 지나갔다.

회색눈이 세차게 꼬리를 흔들었다. 그걸 신호로 점박이가 협곡을 박차고 나갔다. 잠수함함대와 이지스함대의 음파탐지기가 일제히 경보음을 냈다. 수중레이더에도 포착되었다. 지민 대령은 언제 어디서 전투를 치러야 할지를 스스로 결정하는 군인이었다. 문제는 회색눈이었다. 심해에서 잠수함함대가 협공을 펴지 못하게 공격 태세를 갖추고 있었다. 점박이는 회색눈의 의도대로 소용돌이를 일으키며 빠르게 솟구쳤다.

7,600톤급 이지스구축함인 서애류성룡함을 지휘하던 이만수 대령은 공격 명령을 내렸다. 일제히 수중어뢰가 발사되었다. 순식간이었다. 점박이는 어뢰를 가볍게 피하곤 4,400톤급 구축함인 왕건함을 들이받았다. 문무대왕함에서 함포와 벌컨포를 퍼부었다. 녀석은 마치 유도미사일처럼 수면을 가르며 연거푸 왕건함을 공격했다. 모든 전함이 선회하며 빠른 속력으로 방향을 틀었다. 후미에서 경계작전을 펼치던 4,400톤급 구축함인 문무대왕함이 휘청거렸다. 하얗게 빛나는 점박이의 어마마한 주둥이가 함선의 선체를 찢어버렸다. 대원들이 화력을 뿜어댔지만 문무대왕함은 맥없이 가라앉기 시작했다. 이만수 대령이 지휘하는 서애류성룡함과 이지스함대에서 함포와 미사일을 쏟아부었지만 아무런 위협도 되지 못했다. 더구나 점박이는 불경스런 도전자에게 분노가 치밀어 올랐다. 녀석은 수면 위로 높이 솟구쳐 한국형 이지스함의 갑판으로 내리꽂혔다. 대원들이 널브러졌다.

하늘에서 미린온 공격헬기편대가 미사일을 연거푸 쏘아댔다. 점박이는 순식간에 모습을 감추어버렸다. 헬기조종사는 조종실 내부에 설치된 열상레이더를 응시했다. 온혈동물인 변종백상아리는 쉽게 포착되었다. 헬기조종사는 바다 위에서 어지럽게 출렁거리는 빛에 현기증을 느꼈다. 변종백상아리들은 바다와 하늘에서 벌어지는 상황을 실시간으로 감지하고 있었다. 점박이는 치명적인 일격을 가할 기회를 노렸다. 김수지 대위와 지민 대령은 수중미사일공격으로 엄호만 할 뿐 딱히 전면전을 치룰 상황이 아니었다. 회색눈이 극비백상아리잠수함과 5척의 잠수함을 노려보며 주변을 맴돌고 있었다.

헬기조종사는 수면 아래를 내려다보았다. 원유 덩어리 위로 이지스함이 널브러져 있었다. 그 순간, 수면이 소용돌이치며 물보라를 일으켰다. 바닷속에서 거대한 물체가 엄청난 속도로 솟구쳤다. 마치 극초음속미사일 같았다. 헬기조종사가 고도를 높이기도 전에 녀석의 입에 물려졌다. 헬기조종사는 어마어마한 녀석의 이빨을 똑똑히 보았다. 헬기도 불경한 도전자일 뿐이었다. 점박이는 헬기를 입에 물고 수면 아래로 머리를 집어넣었다.

이만수 대령은 결단을 내려야만 했다. 그는 모든 이지스함에 새로운 공격 명령을 내렸다. 곧이어 수많은 전자기탄그물이 연속으로 발사되었다. 점박이는 경련을 일으켰다. 전류가 불꽃을 일으킨 탓이었다. 녀석은 그 상황에서도 여러 방향에서 달려드는 전자기탄그물의 발사원점을 찾아냈다. 쏜살같이 방향을 틀었다. 전자기탄그물에서 뿜어져 나오는 전류가 점점 더 강렬해졌다.

점박이는 왕건함의 후미를 향해 돌진했다. 녀석은 좁은 공간에서 수중미사일보다 더 빠르고 자유자재로 방향을 바꾸거나 공격할 수 있는 바다의 제왕이었다. 인간이 만든 그 어떤 무기도 변종백상아리만큼 해류를 타넘지 못했다. 더구나 점박이의 두꺼운 피부에는 무수한 수관이 퍼져 있었다. 그건 인간이 만든 그 어떤 신경회로보다 예민했다. 점박이는 4,400톤급 구축함인 왕건함의 조타실을 후려쳤다. 형체도 알아볼 수 없을 정도로 부서져버렸다.

이만수 대령은 모든 상황이 아뜩하게 느껴졌다. 허망하게 가라앉는 함대와 고통스럽게 죽어가는 대원들의 울부짖음에 귀를 틀어막고 싶었다. 이만수 대령은 곧이어 점박이가 뛰쳐나오리라고 생각했다. 예상했던 대로 수면 위로 거대한 주둥이가 튀어나왔다. 이지스함에서 티타늄그물을 투하했다. 녀석은 티타늄그물을 피해 수면 아래로 숨어버렸다. 점박이는 팽팽하게 긴장하고 있던 대원들을 농락한 다음 바람처럼 빠져나가버렸다. 이만수 대령은 어금니를 악물곤 수면을 노려봤다.

"지능만 높은 게 아니냐. 아주 교활한 놈이야!"

그랬다. 그렇듯 영악한 변종백상아리라면 어떤 작전도 성공을 장담할 수는 없었다. 그 순간에도 대원들은 바다에 빠져 몸부림치고 있었다. 이만수 대령은 가슴이 아리고 쓰라렸다. 점박이는 수중무인드론의 공격과 티타늄그물까지 피해 다녔다. 하물며 그 어떤 미사일도 녀석을 명중시키지 못했다. 그도 그럴 것이 녀석은 미사일보다 빠르고 자유자재로 방향을 바꾸었다. 그때 수중음파탐지기대원이 울부짖듯 외쳤다.

"음파탐지기에 스크루 소리와 구별되는 무언가가 잡힙니다."

이만수 대령은 음파탐지기 앞으로 쏜살같이 달려갔다.

"잠수함함대 아래입니다. 아주 약하지만 분명합니다."

이만수 대령은 헤드셋을 두 손으로 감쌌다. 수중레이더 화면에도 붉은 점이 잠수함 바로 아래에서 천천히 움직이고 있었다. 그 순간, 수중에서 커다란 폭발음이 들렸다. 김수지 대위가 지휘하는 극비백상아리잠수함에서 녀석들의 공격을 저지하기 위해 선제공격을 시작한 거였다. 강력한 마취제가 장착된 극소음속미사일이 연달아 발사됐다. 그중 한발이 회색눈의 머리 위에서 터졌다. 녀석의 근육이 씰룩거렸다. 극초음속미사일엔 KIM와 LEE의 혼합제가 다량으로 들어 있었다. KIM은 녀석의 산소소비를 급격하게 저하시켰다. LEE은 코끼리도 꼼짝 못하게 만드는 강력한 마취제였다. 특히 LEE는 녀석의 근육을 빠르게 마비시키고 있었다.

김수지 대위는 회색눈의 움직임이 느려지는 걸 관찰했다. 또다시 극초음속미사일이 발사됐다. 강력한 KIM이 회색눈의 주둥이로 흘러들어갔다. 위험을 감지한 점박이가 회색눈을 수면 위로 유도하며 꼬리를 힘차게 휘저었다. 전투함에서 벌컨포가 불꽃을 피웠다. 변종백상아리를 자극하면 할수록 더 난폭해진다는 걸 알고 있었지만 그냥 당하고 있을 수는 없었다. 대원들은 수단과 방법을 가리지 않고 맞서 싸웠다. 여기저기서 수중폭탄이 터지고 함포가 불꽃을 피웠다. 모든 화력을 동원해 변종백상아리가 지쳐 나자빠질 때까지 쏟아붓는 방법밖에 없었다.

마취제에서 서서히 풀려난 회색눈이 7,600톤급 이지스구축함인 서애류성룡함을 향해 꼬리지느러미를 휘둘렀다. 엄청난 굉음과 함께 이지스함이 휘청거렸다. 이만수 대령은 녀석이 마취에서 완전히 깨어나기 전에 뭔가 대책을 세워야 했다. 서애류성룡함마저 침몰한다면 서해와 동해에 배치된 해군 전력이 투입될 건 뻔했다. 그러면 문제는 걷잡을 수 없을 만큼 커질 터였다. 이만수 대령은 전술을 바꾸었다.

"일단 뒤로 물러서서 방어에 집중한다. 수중엔 지민 대령과 김수지 대위가 지휘하는 잠수함함대가 있다. 남아 있는 전자기탄그물을 모두 쏘아 보내!"

그랬다. 바다엔 온전한 이지스함은 한 척도 없었다. 7,600톤급 이지스구축함인 서애류성룡함만이 근근이 버티고 있었다. 그나마 곳곳이 부서지고 찢겨져 더 이상 작전 수행은 불가능했다. 바다엔 살기가 가득했다. 이만수 대령은 심각한 표정으로 바다를 응시했다.

"이상해. 뭔가 노림수가 있는 것이 분명해. 그래, 그거야! 회색눈의 혈중헤모글로빈 농도가 높아진 거야. 그러니까 출산이 가까워졌다는 뜻이지. 이런, 환장할 일이군. 출산이 끝나면 미각이 예민해져 입맛이 돌기 시작할거고, 그럼 닥치는 대로 사냥할 거야."

바다 위엔 허옇게 뒤집힌 파도와 그 위를 달려오는 회색눈의 모습이 선명하게 보였다. 그 뒤를 따라서 점박이가 꼬리를 휘젓고 있었다. 녀석들이 일으키는 물살에서 용오름이 일었다. 그 용오름과 함께 파도덩이가 하늘로 치솟았다.

"빌어먹을! 이런 상황을 누가 믿겠어! 작살탄두 공격을 준비해!"

이만수 대령은 명령을 내리곤 어금니를 악물었다. 수면 위로 희끗한 것이 보였다. 그 모습이 음산한 분위기를 만들었다. 변종백상아리와의 거리는 3,300미터 정도 떨어져 있었다. 새로운 진동을 감지한 점박이가 세차게 꼬리를 흔들었다. 대원들은 망설임 없이 작살탄두를 쏘아댔다. 이만수 대령은 끔찍한 전쟁을 빨리 끝내고 싶었다. 그는 우현으로 방향을 돌릴 것을 명령했다. 대원들은 작살탄두를 반대 방향으로 돌려 초점을 다시 맞추었다.

"놈이 빠른 속도로 다가온다. 사격 개시!"

작살탄두를 변종백상아리의 몸뚱어리에 명중시킬 수만 있다면 여러 가지 정보를 수신받을 수 있었다. 그뿐만이 아니었다. 심장 박동 수, 이동속도, 이동경로도 예측이 가능했다. 기술적 난이도가 높은 탄두였다. 이만수 대령의 얼굴엔 복잡한 감정이 배어 있었다. 그는 강력한 LEE가 들어 있는 마취탄두도 준비해두었다. 녀석의 몸통에 꽂히면 고물에 설치되어 있는 티타늄그물로 섬멸할 계획이었다. 이만수 대령은 적의에 찬 눈으로 변종백상아리의 공격 패턴이 그려진 시뮬레이션을 노려보았다. 예상했던 대로 수면에서 거대한 녀석의 머리가 솟구쳤다. 대원들은 일제히 작살탄두와 전자기탄그물을 발사했다. 동시에 대원들이 비명을 내질렀다. 점박이가 스크루를 물어뜯으며 꼬리를 세차게 후려졌다. 차가운 바닷물이 대원들의 머리 위로 쏟아졌다. 전자기탄그물에 휩싸인 점박이가 세찬 경련을 일으켰다.

회색눈이 수중으로 머리를 집어넣었다. 그러고는 지민 대령이 지휘하는 장보고3번함을 노렸다. 잠수함의 수중음파탐지기가 경보음을 울렸다. 김수지 대위는 장보고3번함과 거리가 너무 가까워 수중어뢰를 발사할 수 없었다. 대신 수중무인드론을 쏘아 보냈

다. 치명적인 무기는 아니었지만 부상을 입힐 수는 있었다. 회색
눈은 수중무인드론이 날아오는 방향을 가늠해 꼬리를 후려쳤다.
세찬물살이 수중무인드론을 날려버렸다. 지민 대령은 회색눈의
공격을 피하기 위해 급격하게 방향을 틀었다. 그러나 녀석은 정확
하게 잠수함방향타를 들이받곤 수면 위로 치솟았다. 장보고3번함
은 운이 좋았다. 회색눈의 공격 목표는 잠수함이 아니었다. 하지
만 장보고3번함은 방향타가 부러져버렸다. 회색눈은 부상당한 점
박이를 밀어내곤 정면으로 달려들었다. 이만수 대령은 작살탄두
를 연속으로 발사했다. 작살탄두 한 발이 회색눈의 꼬리지느러미
가죽을 찢으며 살점 안으로 파고들었다. 회색눈이 경련을 일으키
며 7,600톤급 이지스구축함인 서애류성룡함의 선체를 들이받았
다. 이만수 대령의 몸이 허공으로 솟아올랐다. 그때 하늘에서 마
린온 해상작전헬기가 바람을 뚫고 이지스함 위를 선회했다. 프로
펠러도 제대로 회전할 수 없을 정도로 세찬 물보라가 피어올랐다.
헬리콥터에 탑승한 한국 해난구조대 대원이 이지스함 갑판으로
줄사다리를 내렸다. 뒤이어 따라온 마린온 전투헬기가 미사일과
기관총탄을 퍼부었다. 회색눈은 거대하게 부풀어 오른 배를 재빨
리 수면 아래로 밀어 넣었다. 모성은 분노를 압도했다. 점박이는
회색눈의 방패막이 역할을 하며 세찬 파도를 밀어 올렸다.

　수면 아래에서는 극비백상아리잠수함이 협곡을 가로지르고 있
었다. 회색눈과 점박이는 불경한 사냥감의 움직임을 노려보았다.
수면 위에서는 서애류성룡함의 대원들이 해난구조헬기에 차례로

탐승하고 있었다. 이만수 대령은 맨 마지막에 헬기의 구조사다리를 붙잡았다. 회색눈의 꼬리에 박힌 작살탄두에서 보낸 정보는 해군작전사령부와 잠수함함대로 송신되기 시작했다.

이해모수 대위는 터치스크린 위로 손가락을 빠르게 움직였다. 그의 손가락이 스칠 때마다 화면 위로 변종백상아리의 위치가 실시간으로 표시되었다. 그의 얼굴엔 복잡한 감정이 배어 있었다. 해군작전사령부의 건물 옥상엔 최첨단레이더가 24시간 회전하며 정보를 수집하는 중이었다. 중앙컴퓨터와 연결된 전자기기는 중앙통제실의 대형스크린으로 정보를 띄워주었다. 스크린엔 빠른 속도로 이동하는 회색눈의 이미지가 보였다. 태평양 마리나 해구 방향이었다. 이해모수 대위는 변종백상아리가 태평양의 시푸른 해류를 타넘는 모습을 응시했다. 그랬다. 결정적인 증거가 스크린에 띄워지고 있었다. 헤모글로빈의 농도로 보아 출산은 하루나 이틀 뒤로 추측되었다. 게다가 심장의 피돌기와 맥박은 1분에 180으로 정상에 가까웠다. 이해모수 대위는 그 사실을 해군작전사령부에 보고했다.

8
태평양 해전

해군참모총장은 긴급회의를 소집했다. 해군작전사령부의 기철 장군과 해군특수전단장인 고수 장군, 잠수함사령부 단장인 길동 제독이 참석했다. 해군참모총장이 무겁게 입술을 달싹였다.

"이대로 가다간 섬멸작전이 실패로 끝날 것 같습니다. 도대체 몇 번째의 실패입니까? 대안을 제시해보세요."

고수 장군이 말문을 열었다.

"7,600톤급 이지스구축함인 서애류성룡함과 4,400톤급 구축함 두 척 그리고 한국형 이지스함대가 당했습니다. 그러나 김수지 대위가 지휘하는 극비백상아리잠수함과 지민 대령이 지휘하는 장보고3번함과 214급 잠수함 5척은 건재합니다. 수중에 있는 적은 수중에서 맞서 싸워야 합니다. 아무리 이지스함이라도 해도 변종 백상아리를 상대하기란 처음부터 벅찼습니다."

해군참모총장은 더는 참을 수 없다는 표정을 지었다. 그의 눈빛은 고수 장군과 길동 제독의 가슴팍을 찢고 들어와 심장이라도 도려낼 것만 같았다. 기철 장군이 대형스크린으로 고개를 돌렸다.

"저 화면은 왜 띄운 겁니까?"

"제가 준비시켰습니다. 이해모수 대위, 브리핑 시작하세요."

고수 장군은 비장한 눈빛으로 화면을 응시했다. 그간 작전에 들였던 공력을 생각한다면 변종백상아리의 섬멸이 아니라 생포를 한다 해도 시원찮을 판국이었다. 이해모수 대위는 회의에 참석한 장군들에게 변종백상아리의 섬멸작전을 설명하기 시작했다.

"극비백상아리잠수함엔 극초음속수중미사일이 탑재되어 있습니다. 절반 이상은 강력한 마취제를 탑재한 미사일로 교체했습니다. 김수지 대위의 강력한 건의가 반영되었습니다. 지금 스크린에 보이는 붉은 점은 녀석들의 이동경로입니다. 이만수 대령이 추적용 작살탄두를 회색눈의 몸에 명중시킨 덕분에 실시간으로 추적이 가능해졌습니다. 놈들은 오키나와 해협을 벗어나 태평양으로 접어들었습니다. 심장박동도 힘찹니다. 그래서 녀석들의 활동량을 줄일 방안을 준비해두었습니다. 극초음속미사일엔 KIM과 LEE의 혼합제가 대량으로 들어 있습니다. 녀석을 명중시킨다면 심장박동을 현저하게 느리게 만들 겁니다. 하지만 주변국의 대응전략이 염려됩니다."

장군들이 동시에 한숨을 내쉬었다. 대형화면엔 한국, 미국, 러시아, 중국, 나토, 일본 해상자위대의 전투함들이 일제히 태평양으로 내달리고 있었다. 미국의 태평양함대는 악에 받힌 듯 달려오는 파도를 향해 엄청난 화력을 퍼부었다. 게다가 원자력을 추진동력으로 삼는 항공모함까지 동원되었다. 해군참모총장과 장군들이 허탈한 표정을 지었다. 원자력엔진을 탑재한 항공모함을 출동시킨 미국 정부의 판단이 걱정되었다. 장군들은 고개를 처박고 쓰러져 뒹구는 커다란 파도덩이를 응시했다. 하나가 밀려와 항공모함이 물에서 깨지면, 그 뒤를 따라서 커다란 파도덩이가 깨지곤 했다. 그 모습이 변종백상아리의 그악스런 몸부림 같았다. 어쩌면 바다의 분노인지도 몰랐다. 이해모수 대위는 호흡을 가다듬고 브리핑을 이어갔다.

"전투함도 문제지만 미국 해군의 항공모함의 출정을 막아야 합니다. 녀석들과 부딪힌다면 해양 쓰레기로 변할 겁니다. 물론 방사능 누출을 피하지 못하겠지요. 대한민국 정부가 미국의 핵추진 전력 투입을 자제시켜도 거부할 겁니다. 방법은 하나뿐입니다. 미국 항공모함이 변종백상아리와 전면전을 벌이기 전에 최대한 빨리 작전을 마무리해야 합니다. 극초음속미사일에 내장된 KIM과 LEE가 변종백상아리의 몸속에 퍼지면 그때 기회를 노려야 합니다. 모든 건 김수지 대위에게 달려있습니다. 성공 확률이 전혀 없는 건 아닙니다. 문제는 미국, 러시아, 중국입니다. 그들은 핵무기 사용을 검토할 겁니다. 그건 불난 원전에 백린탄을 쏘는 격입니다. 무조건 막아야 합니다."

해군참모총장은 얼굴을 일그러뜨린 채 눈을 부릅떴다. 길동 제독과 기철 장군 그리고 고수 장군의 얼굴에도 그늘이 서려 있었다. 해군참모총장은 무쇠처럼 강한 목소리로 의견을 피력했다.

"저 나라 지도자들이 우리말을 들으려 할까요? 비극을 두려워하면서도 늘 무슨 일이 일어나길 바라는 나라들이 아닙니까! 자국에 이익이 된다면 비참한 일들을 서슴지 않고 벌여왔습니다. 두 장군들은 어떻게 생각하십니까?"

"…."

"죽고 죽이는 일보다 비열한 욕망이 어디 있어요. 특히 미국과 중국은 주도권을 잡으려고 혈안이 되어 있어요. 큰일입니다."

해군참모총장은 꾹꾹 눌러 은폐시켜 놓았던 불만을 터뜨렸다. 장군들은 헛기침을 내뱉곤 대형스크린을 응시할 뿐이었다. 푸르스름하게 빛을 내고 있는 바다 위엔 전투함과 전투기들이 굉음을 내며 날아다녔다. 이해모수 대위는 그 풍경에 현기증이 일었다. 또 한 번의 살육 전쟁이 벌어질 건 뻔했다. 지루하고도 끔찍한 전쟁은 계속될 것이고 변종백상아리는 하루하루를 버텨갈 터였다. 해군참모총장은 고수 장군에게 다른 의견이 있는지 물었다. 그가 심각한 얼굴로 말문을 열었다.

"김수지 대위가 기획한 요나작전은 변화무쌍한 바다에 맞춰 적응해야 할 겁니다. 우린 지민 대령과 김수지 대위를 믿고 기다려보는 수밖에요. 이대로 이틀 이상 지속된다면 인류는 바다를 영원히 포기해야 합니다. 총력전으로 대응하겠습니다."

잠수함사령부 단장인 길동 제독이 심각한 표정으로 지휘관들의 눈치를 살폈다. 그들의 눈빛도 심상찮았다. 길동 제독이 단호하게 말문을 열었다.

"에너지 수급 문제로 국가 경제는 심각한 타격을 받고 있습니다. 만약을 대비해야 하지만 지민 대령과 김수지 대위의 작전이 실패한다면 우린 내밀 카드가 없습니다. 그게 염려됩니다."

길동 제독은 더 이상 머뭇거리지 않고 속내를 털어놓았다. 기철 장군이 흘낏 해군참모총장의 눈치를 살폈다. 그는 심각한 표정을 짓고 고개를 끄덕였다. 이해모수 대위는 지휘관들을 둘러보곤 말을 이었다.

"저도 장군님들의 의견에 공감합니다. 아주 심각한 상황이 벌어지고 있습니다. 참모총장님! 제가 극비백상아리잠수함에 승선하도록 허락해주십시오. 한시가 급합니다."

"뭐요? 긴박한건 잘 알지만…. 장군들의 생각은 어떻습니까?"

잠수함사령부 단장인 길동 제독이 생기를 되찾는 듯 말문을 열었다.

"미국은 심리학자들까지 전쟁에 동원하는 실정입니다. 심리전을 학자들에게 맡기는 거죠. 효과가 확실했거든요. 더구나 이해모수 대위는 이만수 대령의 아들이고, 해군에선 몇 안 되는 해양생물학자입니다. 이만수 대령도 승선에 동의했습니다."

"그래요? 그것 참! 결정이 쉽지 않았을 텐데."

이해모수 대위가 그렇게 적극적으로 지원할 줄은 해군참모총장과 기철 장군은 예상하지 못했다. 하지만 길동 제독은 만만한 위인이 아니었다. 그가 먼저 이해모수 대위를 설득했다. 터무니없는 판단은 아니었다. 그는 해양생물학 박사였다. 게다가 길동 제독은 아주 영특했고 상황 파악을 매우 잘하는 위인이었다. 그는 해군참모총장의 주도로 회의가 시작되기 전, 먼저 이해모수 대위에게 작전 참여를 권유했다. 그런 다음 이만수 대령을 설득했다. 길동 제독은 그렇게 명분을 만들었다. 해군참모총장은 두 손을 가지런히 책상 위에 얹고 위엄 있게 명령을 내렸다.

"더 이상 주저할 시간이 없습니다. 해군특수전단장인 고수 장군과 이만수 대령에게 변종백상아리 섬멸작전권을 주었으니 맡겨야 되겠지요. 또한 이해모수 대위의 승선으로 든든한 지원이 되리라 믿습니다. 모두들 사태를 마무리하는 데 힘을 보태주세요. 이만 마치겠습니다."

회의에 참석한 지휘관들은 해군참모총장에게 거수경례를 붙였다. 장군들은 내심 걱정되었다. 이해모수 대위의 극비백상아리잠수함의 승선을 추천한 게 잘한 일인지 확신이 서지 않았다. 의외로 길고 긴 싸움이 벌어질 것만 같았다.

이해모수 대위는 바다를 응시했다. 황금빛 태양이 수평선에 햇덩이를 담그기 직전이었다. 하늘로 솟지도 못하고 바다로 잦아들지도 못한 태양이 수평선 끝자락에 걸쳐진 채, 마지막 숨고르기를 하는 물때였다. 그는 회색눈의 암컷과 점박이 수컷을 떠올렸다.

처음엔 아무 일도 아닌 것 같았다. 하지만 시간이 지날수록 심각한 상황으로 치달았다. 얼마간만 버티면 나름의 질서가 잡힐 것이라고 생각했다. 그러나 그런 생각은 모두 희망사항에 불과했다. 단순한 변종이 아니라 거대한 몸집을 가진 변종백상아리였다. 녀석들은 주린 배를 채우기 위해 사냥에 목숨을 걸었다. 그 여파로 인간과 싸움이 벌어졌다. 방사능폐기물로 심해바다가 오염되고 어족자원이 말라버린 것이 화근이었다. 하긴, 녀석들도 더 나은 미래를 위해 동족을 지키고 번식할 공간을 찾아야만 했다. 한때는 심해어류가 해류를 따라 쏠려 다니고, 세찬 해류가 심해를 헤집어도 하루 이틀이면 덧난 상처를 치유할 수 있었다. 하지만 언제부턴가 바다는 생존이 불가능한 공간으로 바뀌어버렸다. 대를 이어 살아온 삶의 터전을 버리고 떠난다는 것이 마음에 걸렸지만 선택의 여지가 없었을 것이다. 점박이 수컷은 종족보존을 위해 회색눈의 암컷을 따라나선 것이 분명해 보였다.

이해모수 대위는 회색눈과 점박이의 휑한 눈동자를 못내 잊을 수 없었다. 녀석들을 떠올릴 때마다 많은 질문이 한꺼번에 쏟아졌다. 그런 날이면 불면의 밤을 맞이하곤 했다. 그 누구도 질문과 대답을 해주지 않았다. 심해바다에선 미처 생각할 수도 없는 온갖 형태의 죽음이 늘 있어왔지만, 그런 일이 벌어진 건 인류의 생존과 연결되는 문제였다.

이해모수 대위는 마음을 다잡고 바다를 휘휘 둘러보았다. 자그마한 이랑에 개나리꽃이 일듯 노란 포말이 기다랗게 부서져 내렸다. 그 풍경 위로 갈매기가 먹이를 찾아 쏠려 다니고, 수평선에 반쯤 몸을 묻은 태양이 보였다. 정말이지 바다는 한가로웠다. 그는 간절히 소망했다. 놀라운 반전이 일어나 인간과 변종백상아리가 공존하기를. 하지만 인간들은 오염된 심해생태계에서 죽어간 바다생물에 대해 결코 알지 못하며 알려고도 하지 않았다. 이해모수 대위는 바다에서 눈길을 떼지 못했다. 파도의 출렁거림은 더더욱 낯설었다. 수평선이 대왕문어의 손마냥 길게 출렁거리다가 수시로 기울어졌다. 미로 같은 길이랑. 아찔한 현기증이 밀려들었다. 심해바다와 지상의 바다는 전혀 다른 세상이 아니었다. 결국 멸종을 맞이하게 될지도 몰랐다.

변종백상아리들은 그 사실을 본능적으로 깨달았는지도 몰랐다. 그 여파로 스스럼없이 거대한 꼬리지느러미를 휘두르기 시작했다. 여기저기서 물살이 솟아오르고 살점이 터지기 시작했다. 사냥하는 기세가 드세었다. 굶주림 때문이었다. 이해모수 대위는 변종백상아리에 대한 의혹이 깊어졌다. 그는 수채화 같은 바다 풍경에 눈시울이 붉어졌다. 더러는 마음을 비우고 더러는 누군가를 그리워하며 짠 눈물을 흘렸다. 녀석들도 그랬을 것이다. 바다에 삶을 부리고 사는 생의 이면은 인간과 바다생물이 별반 다르지 않다는 생각이 들었다.

✤ ✤ ✤

 태평양은 비안개에 뿌옇게 흐려 있었다. 세종대왕함은 세찬 파
도를 헤치며 작전 해역으로 접어들었다. 이해모수 대위는 아랫입
술을 꼭 깨문 다부진 표정으로 마린온 해상작전헬기에 몸을 실었
다. 헬기의 메인로터가 회전하며 갑판 위를 떠올랐다. 태평양엔
한국을 비롯하여 각국의 전투함들이 파도를 가르며 내달리고 있
었다. 하늘엔 미국이 자랑하는 F-22스텔스전투기가 굉음을 내며
허공을 갈랐다. 멀지 않은 곳에 미국항공모함이 작전을 펼치고 있
는 것이 분명했다. 이해모수 대위가 우려했던 일이 벌어지고 있
었다.

 회색눈의 암컷과 점박이 수컷은 해류를 따라 항해하고 있었다.
깊은 바다엔 버려진 시간의 더께만큼 갖가지 쓰레기들이 쌓여 있
었다. 지상 바다 삶이 거칠거나 부드럽거나, 맞물린 짜임이 어그
러지거나 고르거나, 어차피 생은 육신과 함께 시들어가는 법이었
다. 무수히 날아오르는 칼날의 환영. 녀석들의 환영은 언제나 강
렬했다.

 그랬을 것이다. 심해에 방사능드럼통이 쌓이기 전까지만 해도
녀석들의 앞날은 창창했다. 이른 초봄 파릇한 색깔로 바다가 물들
면, 사시사철 먹이가 끊이질 않았다. 녀석들은 봄을 기다려 산란
하는 물고기처럼 장밋빛 꿈을 꾸었을 터이다. 하지만 거기까지였
다. 심해협곡에 방사능폐기물이 쌓이기 시작했다. 먹이가 집단 폐

사하고 심해백상아리들은 병들어 죽어갔다. 게다가 새끼들은 기형적인 모습으로 태어났다. 설령 지상의 인간들이 버린 치명적인 물질이라는 걸 알았다 해도 어쩔 수 없는 상황이었을 것이다.

이해모수 대위는 바다로 눈길을 옮겼다. 처음 보는 전투기가 작전 주변을 정찰하곤 다시 모함으로 방향을 틀고 있었다. 뭔지 모를 심란한 기운이 가슴 밑바닥에서 꿈틀거리며 올라와 지그시 목젖을 자극했다.

회색눈과 점박이 수컷도 그 상황을 응시하고 있었다. 그날, 녀석들은 절규를 들었다. 굶주림 앞에선 아무것도 꿈꿀 수 없었다. 동족들은 굶어죽거나 병들거나 사냥감이 되어갔다. 회색눈의 눈동자엔 핏발이 서 있었다. 더 이상 심해에선 살아남지 못할 거라는 걸 깨달았다. 그나마 흉측하게 변형된 내부 구조가 몸속 곳곳에서 변이를 일으켰다. 회색눈의 암컷은 물비늘 반짝이며 심해를 돌아나가는 물체를 보기도 하고, 더러는 심해협곡에서 배고픈 토막잠을 청하기도 했다. 그랬다. 인간들은 몰랐다. 심해바다는 더 이상 생명체가 살수 없는 공간이 되어버렸다. 방사능오염수가 목구멍을 통해 들어가면 등뼈가 으스러지고 혈관의 피마저 딱딱하게 들러붙어버렸다.

회색눈의 암컷과 점박이 수컷이 심해 탈출을 강행하던 날은 유난히 죽어가는 동족이 많았다. 동족의 운명이 간당간당했다. 살아남은 동족들은 굶주려 있었다. 그런 연유로 그악스럽게 살점을 씹어 삼켰다. 굶주림에 지친 회색눈의 암컷과 점박이 수컷은 탈출을 감행하기로 했다. 두려움이 밀려들었지만 개의치 않았다. 어차피 죽기는 마찬가지였다. 열악한 환경과 굶주림이 녀석들을 대항해의 길로 이끌었다. 상상하기도 싫은 배고픔에 반쯤 미쳐버릴 지경이었다. 지상의 바다를 찾는 일도 녹록하진 않았다. 그렇다고 심해바다로 다시 되돌아갈 수는 없었다. 그때마다 꼬리지느러미의 힘이 풀리고 헛구역질이 일었다. 가년스럽게 사는 것도 다 오염된 심해에서 태어난 탓이라고 자책했다. 더러는 알 수 없는 분노가 치밀어 올라 닥치는 대로 물어뜯고 싶은 충동을 참아내곤 했다. 그렇게 지상의 바다로 올라왔다. 비린내가 곳곳에서 진동했다. 정말이지 물고기를 삼킬 때마다 격한 감동에 사로잡혔다. 시간이 지날수록 배는 더욱더 부풀어 오를 터이고 많은 먹이가 필요할 터였다. 회색눈의 암컷은 아주 소소한 몇 가지 것들에 의미를 부여하며 항해를 시작했다. 첫 번째는 뱃속에서 자라고 있는 새끼들에 대한 아련함이었고, 두 번째는 점박이 수컷을 향한 가슴앓이였고, 세 번째는 새로운 터전을 찾아 정착하는 일이었다. 인간의 눈을 피하는 것이 관건이었다. 동족이 보내는 저주파는 더 이상 들리지 않았다.

회색눈의 암컷은 동족을 생각할 때마다 칼바람보다 더 차가운 냉기가 가슴을 옭아맸다. 부러 그런 건 아니었지만 동족을 데리고 심해를 빠져나올 수가 없었다. 동족들은 지상의 바다나 새로운 삶의 터전이 있다는 걸 생각하지 못했다. 오로지 본능에 따라 행동할 뿐이었다. 다행히 점박이 수컷은 달랐다. 선명하게 느껴지는 주파수를 통해 모든 걸 공유할 수 있었다. 지상의 바다를 증명할 수 있는 건 뜨거운 피도 심장도 아니었지만, 심해바다에 머물면 죽음뿐이라는 걸 깨달았다. 회색눈의 암컷에게 있어 심해바다는 그냥 버티고 그냥 지탱하던 공간이 아니었다. 점박이 수컷도 톱니를 갈아붙였다. 팽팽하게 당겨진 삶이란 그런 거였다. 그래야만 바다에서 날아오는 냄새를 맡을 수 있었다. 물비린내인지, 해감내인지, 향긋한 비린내인지, 아니면 자신의 몸뚱이에서 새어나오는 시큼한 내음인지 말이다. 그 냄새를 맡으려면 팽팽한 삶을 살 수밖에 없었다. 언제 끊어질지 모를 절박한 삶을 사는 변종백상아리만이 그 냄새를 구분할 수 있었다.

회색눈의 암컷은 점박이 수컷의 퀭한 눈동자를 못내 잊을 수 없었다. 그 눈빛엔 까닭 모를 슬픔이, 가슴 저리게 하는 무엇이, 찡하게 밀려오는 애달픔이 있었다. 오염된 심해바다는 늘 그렇게 물음표를 남겼다. 머릿속에 그렸던 낭만적인 바다는 더 이상 존재하지 않았다. 그나마 광활한 심해는 생존 전쟁터였다. 살기 위해, 종족 번식을 위해 몸부림칠 뿐이었다.

회색눈의 암컷이 수면 쪽으로 방향을 틀었다. 점박이 수컷도 수면 위로 머리를 내밀었다. 노을빛이 바다를 붉게 물들이고 있었다. 바다엔 이랑이 잘금잘금 일렁이고 탁한 물 위로 페트병과 과자 봉지가 떠다녔다. 크고 작은 이런저런 쓰레기들이 떠 있는 바다는 공기조차 혼탁해 보였다. 녀석들에게 있어 바다는 죽어서 묻힐 엄숙하고 두려운 공간이 아니라 세대를 이어 살아가야 하는 삶의 터전이었다. 점박이 수컷은 회색눈의 암컷이 무엇을 생각하는지 잘 알고 있었다. 암컷에게 있어 바다는, 그냥저냥 주린 배를 채우는 공간이 아니라 목숨줄을 걸고 종족을 보전해야 할 전쟁터였다. 점박이 수컷은 항해를 하는 동안 많은 물고기를 잡아 회색눈의 암컷에게 양보했다. 회색눈은 물고기 살점을 입에 넣고 달게 삼켰다.

회색눈의 암컷이 눈길을 돌렸다. 동공이 그렁하게 젖어 있었다. 점박이 수컷이 이해하지 못할 아픔이 서려 있는 듯했다. 어쩔 수 없는 노릇이었다. 암컷의 눈엔 여전히 걱정이 담겨 있었다. 무엇보다 어떤 사냥법이 더 안전한가에 대해 결론을 내리지 못하고 있었다. 그건 단순한 문제가 아니었다. 지상의 바다에서 하는 생존 사냥이란 조심스럽고 조마조마한 거였다. 점박이 수컷은 암컷의 굶주림에 대한 공포를 조금도 위로해주지 못했다. 물고기 몇 마리를 몰아주는 걸로 의무를 다했다고 믿는 수컷처럼 매일 먹이를 사냥해줄 뿐이었다. 회색눈의 암컷은 꼬리에 꼬리를 무는 생각과 앞으로 태어날 새끼들로 걱정이 밀려들었다. 새로운 터전을 찾을 때까진 어쩔 수 없는 일이었다.

바다위엔 MQ-1 프레데터와 MQ-9 리퍼무인항공기 그리고 무인전투기인 X-47B까지 하늘을 누비고 다녔다. 변종백상아리를 제대로 파악하지 못하고 있는 것이 분명했다. 미군의 전투 개념은 전장의 여러 전투 요소를 연결해 전장 상황을 공유한 다음 통합적인 전투력을 만들어내는 개념에서 벗어나지 못하고 있었다. 상대는 인간이 아니라 변종백상아리라는 점을 간과한 듯싶었다.

극비백상아리잠수함이 수면 위로 떠올랐다. 이해모수 대위는 헬기 중앙에 설치되어 있는 윈치사다리에 몸을 실었다. 극비백상아리잠수함의 함수엔 김수지 대위와 대원들이 마중 나와 있었다. 김수지 대위는 대원들에게 그를 소개했다. 그들은 인사를 나누고 해치를 통해 잠수함 내부로 내려갔다. 대원들은 계기판 위로 고개를 숙인 채, 바다 상황을 실시간으로 화면에 띄우고 있었다. 이해모수 대위는 잠수함의 함수·중앙·함미를 둘러보았다. 함수엔 소나장비와 어뢰발사관 등이 구성되어 있었다. 그는 작전장교의 안내로 전투에 관련된 모든 정보를 취급하는 전투정보실로 들어섰다. 전투 수행에 필요한 정보를 수집, 분석하는 심장과 같은 곳이었다. 조종실은 잠수함을 추진시키고 수상에서 수중으로 기동시키는 데 필요한 장비와 설비 등을 통제하는 곳이었다. 함미 부분은 대부분 전자장비와 기관실로 구성되어 있었다. 기관실은 발전기와 추진모터 등 많은 장비가 설치되어 소음이 심했다.

장보고3번함을 지휘하는 지민 대령과 214급 잠수함 5척은 태평양으로 작전 반경을 넓혔다. 한국 해군은 회색눈의 꼬리지느러미에 부착된 작살탄두에서 보낸 신호를 뒤쫓는 중이었다.

극비백상아리잠수함은 태평양 심해로 잠항했다. 이따금 기분 나쁜 소리와 함께 함체가 요동쳤다. 김수지 대위는 이해모수 대위를 응시했다.

"괜찮아?"

"웅. 아직까지는."

심해해류는 모든 걸 삼키려고 아우성이었다. 극비백상아리잠수함은 추적신호를 따라 태평양 해류를 가르며 나아갔다. 장보고 3번함과 잠수함함대도 뒤를 따랐다. 이해모수 대위의 임무는 변종백상아리의 이동경로와 해부 구조를 분석하는 일이었다. 그러나 불길한 조짐이 나타나기 시작했다. 회색눈의 꼬리에 박힌 작살탄두에 문제가 생긴 것이다. 위치추적이 끊어졌다가 연결되길 반복하고 있었다.

해군작전사령부에서도 추적신호가 끊겨버리면 어떻게 해야 하는지 토론을 거듭하고 있었다. 회색눈은 영악했다. 인간의 추적은 녀석들의 이동경로에서 벗어나지 않았다. 어쩌면 꼬리부분에서 깜박이는 작은 불빛 때문일 거란 생각이 들었다. 회색눈은 꼬리를 세차게 내리치길 반복했다. 그 여파로 추적 장치에 이상이 생겼다.

음파탐지기대원이 김수지 대위를 흘낏 쳐다봤다. 음파탐지기에서 무슨 소리가 들려오고 있었다. 처음에는 미약했지만 점차 해류를 흔드는 듯한 울림이 들려왔다. 소리의 방향을 쉽게 가늠할 수 없었다. 심해에서 터져 나오는 소리는 아니었다. 대원은 다시금 귀를 기울여보았다. 꼬리 치는 소리가 분명했다. 김수지 대위는 내장된 증폭광학카메라를 이용해 상황을 살폈다. 거무스름한 몸체가 솟구치는 것이 보였다. 향유고래 무리였다. 향유고래 떼는 낮고도 웅숭깊은 소리를 한동안 내었다. 그녀는 증폭광학카메라

의 배율을 확대해보았다. 봉우리 하나가 시야에 들어왔다. 심해산
맥은 울창한 숲이라도 숨겨져 있을 것처럼 깊은 계곡을 이루고 있
었다.

김수지 대위는 심해산맥에서 떨어져 잠항할 것을 명령했다. 심
해골짜기 안쪽에 무언가 은신하고 있다는 확신이 들었다. 그녀는
이해모수 대위를 응시하곤 입술을 달싹였다.

"아주 흥미로운 광경이야. 왼쪽으로 고래 떼가 보여. 그런데 뭔
가 이상해. 변종백상아리의 이동경로인데, 고래 떼가 너무 여유롭
게 이동하고 있어. 분명 변종백상아리가 지나갔다는 것을 알고 있
을 텐데 말이야."

"나도 그렇게 추측하고 있었어. 변종백상아리는 멀리 떨어진 곳
에서도 음파 소리, 물방울 터지는 소리까지 감지해내거든. 게다가
20킬로미터 밖에서도 단 한 방울의 피 냄새를 맡을 수 있어. 문제
는 후각이야. 가장 강력한 자극이 느껴지는 물체를 일차공격 목표
로 삼을 거야. 아마도 핵추진동력을 사용하는 잠수함이나 항공모
함을 노릴 확률이 높아."

"섬멸작전이 점점 더 어려워지겠어. 원자력을 추진동력으로 쓰
는 잠수함과 항공모함을 철수시키라고 해도 들은 척도 하지 않으
니 말이야. 방법이 없어."

"미국 항공모함이 녀석들의 사정권에 들어오기 전에 작전을 마
무리하는 수밖에 없어."

"그래야겠지? 그 방법밖에 없어. 그렇지 않으면 대재앙이 벌어

질 거야."

　잠수함함대는 소용돌이치는 해류를 벗어났다. 들리는 것은 스크루 소리뿐이었다. 캄캄한 심해엔 밝은 미생물들이 거대하게 뭉쳐져 갖가지 형상을 만들어냈다. 미생물은 마치 달빛을 받은 것처럼 휘황한 빛을 발했다. 김수지 대위는 그걸 보면서 처음으로 변종백상아리를 대면했던 동해 심해탐사를 떠올렸다. 환영동물들의 까물거림과 음산한 해류의 출렁거림이 그때 상황을 상기시켰다. 그것들은 점차 그녀의 들숨날숨이 되고 있었다. 문득 얼굴이 뜨거워지고 심장의 피돌기가 빨라졌다. 김수지 대위는 손아귀에 힘을 주었다. 변종백상아리들에게 더 이상이 당하지 않겠다고 마음을 다잡았다. 그때 음파탐지기대원이 흥분한 목소리로 말했다.

　"김수지 대위님, 음파탐지기에 강력한 고주파가 잡힙니다."

　"원점이 어디야?"

　담당대원이 대형스크린을 가리켰다. 초록색 화면 위로 나타난 붉은 점이 회색눈의 위치와 같았다. 김수지 대위는 이해모수 대위에게 의견을 물었다.

　"왜지? 이렇게 강력한 고주파는 처음인데."

　"인간이 추적한다는 걸 알고 있어. 놈들은 고주파로 잠수함을 떠보는 거야. 녀석들도 만만찮아. 잠수함사령부연구소에서 개발한 고주파증폭무기를 극비백상아리잠수함 함수에 장착했잖아. 그래서 내가 승선한 거야. 프로그램개발에 내가 참여했거든."

　"큰 힘이 돼줘서 고마워!"

"고맙긴. 국가안보가 걸린 문젠데."

음파탐지기에서 고주파 소리가 더욱 또렷하게 들려왔다. 수중 레이더에서도 무언가가 얼핏 잡혔다 사라졌다. 그들은 숨을 죽인 채 레이더를 응시했다. 그 물체는 희미하게 잡혔다 사라지길 반복했다.

김수지 대위는 속으로 탄성을 질렀다. 그것은 스텔스잠수함이었다. 미국, 러시아, 중국 잠수함이 틀림없었다. 그들도 변종백상아리의 이동경로를 꿰뚫고 있었다. 한국 해군처럼 정확한 위치추적은 어려웠지만 최첨단 추적위성을 동원하고 있었다. 김수지 대위는 이미 작전을 세워두었다. 곧바로 쫓아가면 녀석들은 더 깊은 심해로 숨어들 것이 뻔했다. 주린 배를 채우기 위해 사냥을 시작할 때까지 숨죽이고 기다리는 수밖에 없었다.

고주파 신호를 감지한 점박이가 오래지 않아 속력을 높이기 시작했다. 녀석의 모습이 물 위에 떠서 어른거리는 것처럼 수중레이더에 실시간으로 잡혔다. 점박이는 빠르게 꼬리지느러미를 흔들었다. 음파탐지기는 계속해서 꼬리 치는 소리와 해류의 출렁거림을 감지해냈다. 그 음파는 음험하게 앓아대는 해조음 같기도 했다. 김수지 대위는 보안채널로 연락을 취했다.

"지민 대령님! 상황을 보고 계십니까?"

"물론이야. 항로를 계속 유지하도록."

"알겠습니다. 모든 준비는 끝냈습니다."

"좋아. 기회를 만들어보자고."

지민 대령이 지휘하는 잠수함함대 이외에도 미국, 러시아, 중국, 나토, 일본의 스텔스잠수함들이 추적하고 있었다. 점박이는 잠시 이동을 멈추었다. 새로운 고주파를 감지한 탓이었다. 점박이는 재빨리 이동경로를 바꾸었다. 수면에서 작전을 벌이던 함대에서 무수한 전파가 쏟아져 나왔다. 그들도 이상한 낌새를 채고 있었다. 점박이는 방향을 돌려 엄청난 속력으로 협곡을 노렸다. 이해모수 대위가 목소리를 높였다.

"이런 빌어먹을! 협곡에 스텔스잠수함들이 은신하고 있어. 녀석들이 알아차렸어."

"우리가 할 수 있는 건 없어. 이 각도에서 극초음속미사일을 쏠 수는 없어. 그랬다간 협곡이 무너져 은폐하고 있는 잠수함들이 전부 매몰될 거야."

심해협곡에 은폐하고 있던 스텔스잠수함들이 일제히 우현으로 크게 기울며 속력을 높였다. 음파탐지기에 스크루 울림이 또렷하게 들려왔다. 그 소리는 끊어지다 이어지기를 반복했다. 가까이 접근할수록 그 진폭이 넓게 퍼져왔다. 어떻게 들으면 점박이가 일으키는 해류의 파동 같기도 했다. 김수지 대위는 놀랍다는 듯이 이해모수 대위를 응시했다.

"이건 분명 계획된 공격 패턴이야. 회색눈의 고주파에 따라 행동하는 것 같아."

"맞아. 전투함의 초음파 세기는 1백90~2백50데시벨이야. 고래는 1백1데시벨이 넘어가면 소리를 견디지 못하고, 1백80데시벨이 넘을 경우 고막이 파열되어버려. 그래서 잠수함사령부연구소에서는 초음파탐지기의 음파를 극단적으로 높이는 장비를 개발했어. 전투함에서 6백35데시벨과 7백22데시벨의 소음을 내는 음파탐지기를 작동시켰거든. 고래가 군함 바로 옆에서 굉음을 듣는다면, 사람이 TNT고성능 폭발음을 바로 옆에서 듣는 것과 같아. 어떤 생명체도 살아남지 못해. 모든 신경세포와 감각세포는 파괴되어버리니까. 백상아리와 고래들은 그들만의 초음파를 이용해 먹이를 찾는데 외부음파가 들리면 음파 발신을 중단해버려. 그러므로 당연히 백상아리나 고래의 초음파 소리가 묻힐 수밖에 없다는 얘기지."

음파탐지기대원이 눈을 휘둥그레 뜨고 이해모수 대위를 응시했다. 그는 고개를 끄덕였다. 이해모수 대위가 신형 백상아리잠수함에 승선한 이유 중 하나는 고주파증폭장치 때문이었다. 그때 음파탐지기대원이 고개를 내저었다. 무엇에 홀린 게 아닐까 하는 표정으로 김수지 대위의 얼굴을 쳐다보았다. 그녀는 최대한 멀리 협곡에서 벗어날 것을 명령했다. 지민 대령이 지휘하는 장보고3번함과 214급 5척이 신형 백상아리잠수함의 해로를 따라 심해언덕을 돌아나갔다. 협곡 안쪽으로 작은 산맥이 나타났다. 심해에서 흔히 볼 수 있는 지형이긴 했지만 협곡을 떠받치는 등성이가 다른 곳보다 높았고 은폐 장소로도 최적이었다. 김수지 대위는 직감적으로 알아차렸다. 승선한 장교들도 같은 생각이었다. 그들은 시선을 주고받았다. 음파탐지기대원의 얼굴이 서서히 굳어지기 시작했다.

그랬다. 갈라진 협곡에서 세찬 음파가 연속으로 잡혔다. 이해모수 대위와 김수지 대위는 숨을 멈추고 수중레이더를 들여다보았다. 푸른빛 테두리 안에 붉은 점이 선명하게 드러났다 다시 사라졌다. 러시아와 나토의 스텔스잠수함이 공격받고 있다는 증거였다.

심해협곡을 벗어난 김수지 대위는 스텔스잠수함과 교신해볼 것을 명했다. 불통이었다. 통신대원이 출력을 올리고 스텔스잠수함과 여러 차례 교신을 시도해보았지만 잡음만 일뿐 통신은 이루어지지 않았다. 심해협곡에 은폐하고 있던 러시아와 나토의 스텔스잠수함은 모든 무기체계를 동원하여 점박이의 공격을 막아내고 있었다. 그런데 러시아 잠수함에서 발사한 어뢰가 문제였다. 어뢰한 발이 점박이의 머리 위에서 폭발한 거였다. 녀석은 분노와 고통을 참지 못하고 계곡의 절벽을 엄청난 힘으로 들이받았다. 그 여파로 계곡의 바윗돌이 연속적으로 무너져내려 러시아의 스텔스잠수함 5척이 심각하게 파손되었다. 더 큰 문제는 그 일대에 은신해 있던 나토의 스텔스잠수함이 연속적으로 매몰되어버리는 결과로 이어졌다. 점박이는 세찬 해류를 일으키며 심해협곡을 계속 들이받았다. 거대한 절벽이 일제히 무너져 내리기 시작했다. 마치 수중에서 일어나는 거대한 눈사태 같았다. 그 결과 러시아와 나토의 최신예 스텔스잠수함은 연이어 폭발을 일으켰다. 더구나 위태롭게 서 있던 협곡이 무너져 내리기 시작했다. 그 사이로 러시아 스텔스잠수함 한 척이 아슬아슬하게 빠져나왔다. 점박이는 기다렸다는 듯이 거대한 머리로 들이받았다.

장보고3번함과 214급 5척의 잠수함에서 극초음속미사일을 동시에 발사했다. 미사일은 맹렬한 폭발을 일으키며 점박이의 꼬리지느러미의 가죽을 찢어놓았다. 김수지 대위는 전자기탄그물과 수중무인드론의 발사를 명령했다. 침묵 속에서 몇 초가 흘렀다. 심해에서 폭발음이 연속적으로 들렸다. 김수지 대위는 열화상감지기를 응시하고 있었다. 핏물을 흘리고 있는 것이 분명했다. 점박이는 그 상황에서도 강력한 고주파를 쏘아 보냈다. 음파탐지기 대원이 소리쳤다.

"함장님! 회색눈이 맹렬한 속도로 이동하고 있습니다. 여기 탐지기를 보십시오. 빨리 벗어나야 합니다. 바다 위에서 작전을 벌이고 있는 각국의 전투함들이 폭뢰와 수중미사일을 퍼부을 겁니다."

"빌어먹을! 결정적인 순간인데. 오히려 방해가 되고 있어. 잠수함함대는 작전구역을 재빨리 벗어나라!"

회색눈은 엄청난 물살을 일으키며 이동하고 있었다. 수중음파탐지기대원이 헤드셋의 신호음에 귀를 기울였다.

"음파가 잡히지 않습니다."

김수지 대위는 회색눈의 꼬리에 박혀 있는 송신기로부터 전달되는 심장박동을 확인해보았다.

"수면 위로 솟아올랐어. 거의 미쳐있군. 맥박수가 1분에 300을 넘어섰어. 대참사가 벌어질 거야."

"잡혔습니다. 수면 위로 솟구쳤다가 다시 수면 아래로 떨어진 모양입니다."

이해모수 대위는 녀석이 다시 뛰어오르리라 짐작했다. 예상했던 대로 수중음파탐지기에서 녀석의 신호가 사라졌다. 침묵 속에서 몇 초가 흘렀다. 갑자기 쾅 하는 소리와 함께 수면 아래로 이지스전투함들이 차례로 가라앉기 시작했다. 잠시 후, 희끗한 것이 수면 아래로 처박혔다. 나토해군의 이지스전투함들이 수중미사일과 폭뢰를 발사하기 시작했다. 곧이어 폭뢰의 충격파가 심해로 퍼져나갔다. 그러나 그들의 공격은 아무런 쓸모가 없었다. 회색눈은 끓어오르는 울분을 삭이지 못한 채 곧바로 수면 위로 치솟아 올랐다. 산맥 같은 파도가 바다를 뒤덮었다. 그때였다. 수중음파탐지에서 어떤 울림이 세차게 들려왔다. 그것은 끊어지다 이어지기를 반복했다. 시간이 갈수록 진폭이 넓게 퍼져왔다. 물살 때문만은 아니었다. 어떻게 들으면 굉음 같기도 했다. 대원들의 눈이 휘둥그레졌다. 머릿속에 두서없는 생각들이 자꾸 이어지는 것을 어쩌지 못했다. 그럴 리가 없다고 고개를 내저으면서도 전에 마주쳤던 변종백상아리의 낮고 굵직한 울음이 되살아났다. 이해모수 대위와 이수지 대위도 무엇에 홀린 게 아닐까 하는 표정으로 서로의 얼굴을 한동안 마주보았다. 그것은 커다란 악기 소리 같았다.

회색눈의 암컷은 어둠에 삼켜진 심해바다를 휘둘러보았다. 그 풍경 속으로 기억 하나가 떠올랐다. 방사능폐기물로 동족이 죽어가던 심해협곡으로 낯선 수컷이 어슬렁거렸다. 동족과 마주쳤지만 아무도 눈길을 주지 않았다. 녀석의 머리엔 커다란 점이 박혀있었다. 회색눈은 그 수컷에게 시선을 고정시켰다. 점박이의 몸에서 너무도 이질적이고 곤혹스러운 냄새가 풍겨왔다. 게다가 몸엔 피고름이 흘러내리고 있었다. 점박이 수컷이 천천히 고개를 돌렸다. 눈동자가 강렬해 보였다. 그러나 군데군데 터진 상처 사이로 돌출된 살점은 심각하게 보였다. 회색눈의 암컷은 심해협곡을 어슬렁거리는 점박이 수컷을 계속 관찰했다. 굶주려 있는 것이 틀림없었지만 죽어 늘어진 동족의 살점엔 입을 대지 않았다. 다만 멀뚱히 수면 위를 응시할 뿐이었다.

회색눈의 암컷은 점박이 수컷에게 대항해를 권하고 싶었지만 건강 상태가 썩 좋아 보이지 않았다. 그런 사실을 잘 알고 있던 동족들은 가까이 다가서는 것도 꺼렸다. 하지만 점박이의 눈빛만은 살아 있었다. 회색눈은 기회를 엿보곤 점박이에게 대항해를 제안했다. 점박이는 망설임 없이 동행을 받아들였다. 회색눈은 실제로 많은 동족들에게 제안했지만 무슨 뜻인지, 무얼 의미하는 알아듣질 못했다. 그러나 머리에 커다란 점이 박힌 점박이는 달랐다. 심해협곡에 머물면 병들어 죽거나 동족에게 잡아먹히거나 둘 중 하나라는 사실을 잘 알고 있었다. 회색눈의 암컷은 점박이 수컷과 구체적인 항해계획을 세웠고, 때마침 인간이 승선한 잠수정을 목격했다. 인간의 이동경로를 따라가면 새로운 세상을 찾을 수 있다는 확신이 들었다. 생각만 해도 뇌파가 소용돌이쳤다. 그것은 지능이 높은 포식자만이 느낄 수 있는 흥분이었다. 그랬다. 인간이 심해협곡을 휘돌고 다시 지상의 바다로 솟구치는 모습은 가히 대단한 거였다. 회색눈의 암컷과 점박이 수컷은 모든 걸 지켜보았다. 대대로 살아온 심해바다를 떠나야 하는 이유는 간단했다. 거창한 이유는 없었다. 살고 싶었고 종족의 멸종만은 막아야 했다. 그나마 다행인 건 시간이 흐를수록 회색눈의 생각을 점박이도 이해하기 시작했다는 거였다. 생각이 거기까지 미친 점박이의 행동은 그 후로 많이 변했다. 아무런 의심 없이 회색눈의 암컷에게 충성을 바쳤다.

그랬다. 동족이 동족을 잡아먹기 시작했다. 먹잇감이 떨어진 탓이었다. 숨통이 끊어진 동족은 썩어갈 틈도 없었다. 참극이 벌어졌다. 동족 사냥은 생존 수단으로 자리 잡았다. 회색눈의 어미도 잡아먹혔다. 울퉁불퉁 융기하며 밀려와 철퍼덕, 재주를 넘는 심해바다. 그 바다는 낯설었다. 그때마다 회색눈과 점박이의 시선은 지상의 바다에 머물러 있었다. 녀석들은 숨을 죽이고 기다렸다. 해류가 세차게 솟구쳤다. 몸이 부르르 떨렸다. 그건 본능이었다. 예상했던 대로 해류가 지상의 바다로 용솟음쳤다. 어쩌면 심해 천 길 속, 한없는 공간이 지상의 세계와 연결되어 있는지도 모른다는 생각이 들었다.

회색눈의 암컷과 점박이 수컷은 세찬 해류에 몸을 맡기고 꼬리 지느러미를 힘차게 저었다. 거대한 용오름이 일었다. 그 용오름과 함께 희망이 치솟고 찬란한 햇빛을 보았다. 회색눈과 점박이는 쏟아져 내리는 햇살 아래서 무한한 해방감을 맛보았다. 지상의 바다엔 물결들이 허옇게 거품을 토하면서 뒹굴고 있었다. 더 이상 굶주림을 걱정하지 않아도 되었다. 심해바다에서 꿈꾸었던 세계를 목격하는 순간이기도 했다. 하지만 한편으로는 다행이었고 다른 한편으로는 걱정이 되었다. 그러나 회색눈은 점박이에게 말할 수는 없었다. 희망을 꺾기는 싫었다. 그런데 그런 징후들이 하나둘 나타나기 시작했다.

인간들은 포악하고 무서운 종족이었다. 바다를 휩쓸고 다니며 함부로 물고기를 쓸어갔다. 문제는 무서운 불을 내뿜는 배였다. 회색눈은 내색할 수 없었다. 그러나 사사건건 인간과 부딪쳤다. 점박이 수컷도 인간의 욕망을 충족시킬 수 없다는 것을 인지하기 시작했다. 욕심만 부리지 않는다면, 자연의 순리대로만 살아간다면 모자람이 없이 나누어주는 바다였지만 이미 엎질러진 물이었다. 바다 곳곳엔 인간들이 타고 다니는 잠수함과 함선들이 대항해 길을 가로막았다. 그 여파로 바다를 맘껏 누비며 내달리던 항해 길은 막히기 일쑤였다. 어쩌면 인간에게 죽임을 당할 수도 있었다. 회색눈과 점박이가 지상의 바다삶이 녹록치 않다는 것을 깨닫기까지는 오랜 시간이 걸리지 않았다. 인간들은 수시로 싸움을 걸어왔다. 모든 질서를 위반하는 행동이었다. 회색눈과 점박이는 견딜 수 없이 화가 치밀었다. 결국 맞서 싸우는 방법밖에 없었다. 더 큰 비극이 벌어지기 전에, 절대 그럴 일은 없겠지만, 뱃속에서 자라나는 새끼들이 위협을 받기 전에 인간이 만든 물체를 제거해야만 했다. 무슨 수를 쓰더라도 종족의 멸종만은 피하고 싶었다.

회색눈의 암컷은 오염된 심해바다 삶을 되뇌어보았다. 언제나 놀놀한 푸른 물빛이 휘돌았다. 그 물을 흡입한 수많은 종족들은 기형으로 변하거나 죽어갔다. 목숨과 맞바꿀 위험까지 감내하면서 지상의 바다를 향해 내달렸던 건 종족을 보전하기 위해서였다. 그런데 그 당연한 권리가 인간에 의해 위협받고 있었다. 아무도 위로해주지 않았고, 반기지도 않았다.

회색눈은 그런 생각을 할 때마다 마음이 무거워졌다. 머릿속에 요란한 쇠북이라도 매달린 것처럼 두통이 일었다. 점박이 수컷도 날카로운 눈빛으로 해류의 흐름을 살폈다. 바다를 바라보는 눈길이 예전 같지 않았다. 처음 꿈꾸었던 낭만적 이상은 인간들의 방해로 어그러졌다. 인간들이 곳곳에서 불꽃을 피워 올리는 행동을 상기한다면 사태는 좀 더 명확해졌다. 그렇다고 고향으로 돌아 갈 수는 없었다. 터전은 말끔히 지워졌다. 인간의 무책임한 행동만 아니었다면, 고향을 떠나올 이유는 더더욱 없었다. 누구 때문에 그런 일이 벌어졌는지, 그 원인을 기억하고 있었다. 심해협곡을 도망쳐 나온 순간, 모든 이유를 알았다. 머저리 같은 인간들. 더는 꾸물거릴 시간이 없었다. 그악스런 인간들과 대거리를 할 때마다 더럽고 누추한 기억들이 뚝뚝 떨어져 나왔다. 절대로 잊지 못할 상처였다. 인간들이 대항해 길을 방해한다면 모두 해치울 작정이었다. 그러나 인간들은 너무 강한 상대였다. 종족의 무리도 많았다. 어디서나 인간의 체취를 느낄 수 있었다. 하지만 새로운 삶의 터전을 찾아야 했다. 일 년이 아니라 십 년이 걸린다 해도 포기할 수 없었다. 회색눈과 점박이는 본능적으로 알고 있었다. 본능은 머릿속에 저장된 지식이 아니었다. 간절함이었다.

회색눈과 점박이도 본능이 별 볼 일 없는 희망뿐이라는 것을 충분히 알고 있었다. 그러나 그 희망이 우스꽝스럽다고 함부로 비웃지는 못할 터였다. 하지만 인간들은 달랐다. 하늘과 바다와 심해에서 무수한 주파수를 쏘아 보내곤 기회를 엿보았다. 새삼스러울 건 없었다. 중요한 건 인간들이 모르는 믿는 구석이 있다는 사실이었고, 인간들이 모르는 생존본능이 DNA 속에 있다는 사실이었으며, 그 가능성을 실현시키리라는 간절함이 있었다. 게다가 돌아갈 고향도 없었다.

9
극비백상아리잠수함과 백상아리

김수지 대위는 대원들에게 아쿠아전투복 착용을 명령했다. 더
이상 지체할 시간이 없었다. 아쿠아전투복은 해군 전용으로 개발
한 랜드워리어였다. 대원들도 아쿠아전투복 없이는 고난도 작전
수행이 어렵다는 걸 알고 있었다. 원래는 육군전투병을 위한 전투
슈트였다. 보병은 엄청난 무게의 군장을 짊어지고 먼 거리를 이동
해야 했기 때문에 보병의 기본적인 요구사항을 만족시켜주기 위
해 개발되었다. 전투용 슈트를 착용하면 어떤 종류의 지형에서라
도 90킬로그램의 군장을 별 무리 없이 착용할 수 있었다. 무려
48시간 동안 작동이 가능했고, 전력이 모두 소모된 후에도 하중
을 지지해주었다. 무게는 배터리를 포함해 24킬로그램에 불과했

다. 그걸 눈여겨보았던 해군특수전단장인 고수 장군과 잠수함사령부 단장인 길동 제독은 해군전투복슈트 개발을 군수업체에 의뢰했다. 수압과 고주파 그리고 외부의 충격은 물론이고 총알도 뚫지 못하는 고강도 해군전투복이었다.

김수지 대위는 심해로 잠수할 것을 명령했다. 심해엔 부서진 스텔스잠수함과 이지스전투함의 잔해들이 떠밀려 다니고 있었다. 물에 퉁퉁 불은 시체가 조타실 안에서 이리저리 흔들렸다. 그녀는 비장한 표정으로 보안채널을 열었다.

"지민 대령님, 변종백상아리 섬멸작전을 매뉴얼대로 시작하겠습니다."

"성공하길 빈다. 만약 작전이 실패로 끝난다면 인류는 바다를 영원히 잃을지도 모른다. 목숨을 걸어야 하는 작전이다. 꼭, 성공하길 빈다."

"예, 알겠습니다. 지금 수심 600미터입니다. 극비백상아리잠수함 외에는 더 이상 작전이 어렵습니다. 지민 대령님은 그곳에서 잠수함함대를 지휘해주십시오. 저는 심해로 내려가 놈들을 끌어내겠습니다. 협공을 하면 승산이 있습니다."

"건승을 빈다."

회색눈과 점박이는 심해에 몸을 숨기고 눈을 부릅뜨고 있었다. 점박이의 등지느러미와 꼬리지느러미가 너덜거렸다. 회색눈은 모든 감각기관을 곤두세우고 극비백상아리잠수함을 감지해내고 있었다. 잠수함은 회색눈의 꼬리에 박힌 작살탄두에서 발신된 음파

를 따라 심해로 잠항했다. 김수지 대위는 이해모수 대위에게 고주
파증폭기의 점검을 명령했다. 그는 컴퓨터통제장치를 단자에 연
결하곤 시뮬레이션을 테스트했다.

"이상 없어. 상태는 아주 좋아."

대원들이 몸을 부르르 떨었다. 극비백상아리잠수함은 협곡으로
방향을 틀었다. 점박이는 회색눈을 응시했다. 점박이가 대항해의
꿈도 못 꿀 때, 그 꿈을 꾼 동족이었다. 회색눈의 암컷은 서서히
허물어져가는 삶의 터전을 보고 울부짖었다. 점박이는 모든 걸 지
켜보았다. 회색눈의 행동을 다 이해할 수는 없었지만 생존본능과
종족번식의 욕망만큼은 대단했다. 그랬다. 모든 동족의 몸뚱어리
에선 항상 방사능 냄새가 풍겨왔다. 불순하면서도 거부하지 못할
마력이었다. 결국 방사능오염에 적응하지 못한 동족들은 무력하
게 죽어갔다. 회색눈은 이미 알고 있었던 것처럼 담담한 눈길을
보냈다. 달라진 것은 아무것도 없었다. 그건 풀리지 않는 수수께
끼였다. 회색눈에게 얼마간의 여유가 있었던 건 인간이 타고 내려
온 물체를 따라가면 새로운 세계가 있다는 희망 때문이었는지도
몰랐다. 회색눈은 줄곧 인간의 물체를 기다렸고, 관찰했다. 인간들
은 시시때때로 심해협곡으로 내려왔다. 회색눈은 그럴 때마다 무
얼 꿈꾸어야 하는지, 어떻게 행동해야 하는지, 어떻게 아파하고,
어떻게 빛나야 하지는 봐주는 동료를 찾았다. 회색눈을 웃게 할
수 있는 가족, 새끼들을 돌봐줄 수컷, 그런 가족을 이루고 싶었다.

회색눈이 눈여겨보았던 수컷이 있었다. 점박이였다. 녀석은 언

제나 회색눈의 주파수를 경청했다. 단 한 번도 무시하지 않았다. 새로운 계획을 세우고 전면적인 궤도수정을 하지 않으면 멸종을 면할 수 없었다. 늦기 전에 서둘러야 했다. 불길한 징조는 계속 벌어졌다. 심해바다는 모든 부정의 근원지이자 종착지처럼 썩어가고 있었다. 동족도 미쳐갔다. 우연찮게 마주치기라도 하면 덥석 물어뜯었다. 귀를 찢는 비명소리가 심해협곡을 뒤흔들었다. 회색눈은 어떻게 해야 할지 갈피를 잡기 힘들었다. 동족이 동족을 사냥하는 것도 결국엔 주린 배를 채우자는 건데 회색눈으로서는 납득이 가지 않았다. 하다못해 새끼들까지 입맛을 다셨다. 그런 광경을 볼 때마다 가슴이 먹먹해졌다. 방사능에 오염된 동족은 시력을 잃어버렸고 괴혈병으로 이빨이 썩어 내렸다. 몸통엔 부스럼이 번졌고, 혹 덩어리가 자라났다. 회색눈과 점박이는 그곳에서 4년을 버텼다. 영양실조로 피부에 주름이 생기고 각종 악성종양이 온몸으로 퍼지기 시작했다. 그렇게 시간은 흘러갔고, 녀석들은 마음을 다잡았다. 회색눈의 기억이 틀리지 않는다면 인간들은 일정한 해류의 흐름이 유지되는 물때를 맞추어 모습을 드러냈다. 그 이동경로를 따라나설 계획이었다. 그 계획은 동족의 운명에 대한 감수라고 해도 좋고, 사선을 넘는 통로라고 해도 좋았다. 그 계획에 대해 어떤 의미를 부여하든 상관없었다.

회색눈은 점박이에게 제안했다. 녀석은 망설임 없이 응답했다. 심해바다는 상상하기도 싫은 악취와 방사능드럼통으로 인해 더이상 살수 없는 공간이었다. 계속 머문다면 동족이 녀석의 살덩어리를 뜯어먹을 터였다. 녀석들이 지상의 바다로 오기까지는 많은 기다림이 필요했다. 만약 탈출에 성공하지 못했더라면 분명히 목숨 줄을 놓았을 터였다. 그러나 돌이켜 생각해보면 인간들은 수시로 대항해 길을 가로막았다. 미치기 일보 직전까지 몰아붙였다. 질식당하지 않고 호흡할 수 있는 공간을 찾아나서는 일이 그렇게 큰 위협인가 싶었다. 회색눈의 암컷과 점박이 수컷은 기로에 섰다. 살아야겠다는 희망으로 꼬리지느러미를 휘젓든지, 아니면 자포자기로 꼬리지느러미를 접어버리든지 둘 중하나였다. 종족번식의 꿈이 없었더라면 애초에 대항해도 없었을 터였다. 인간에겐 국경이 있고, 배타적 경제수역이 있지만 백상아리에겐 아무런 의미가 없었다. 인간들은 그 사실을 간과하고 있었다.

그 시간에도 바다 위에선 날카로운 경적이 울려 퍼졌다. 인간이 인간의 배로 뛰어내렸다. 또다시 경보음이 울렸다. 인간들이 설정해놓은 경계선을 두고 싸우는 중이었다. 찰박찰박 밀려드는 밀물처럼 고함소리가 바다를 가득 메웠다. 바다를 갈라놓는 것도 모자라 땅을 가르고, 하늘을 가르고, 바닷길마저도 동강내버린 인간들. 인간들의 오만함이 생생하게 느껴졌다.

회색눈과 점박이는 성난 눈으로 수면 위를 노려보았다. 흉물스럽게 썩어갈 족속임이 틀림없었다. 바다 곳곳에선 여러 종류의 쓰레기들이 썩어가는 중이었다. 인간들은 그것을 방치하고 있었다. 썩어가고 있는 것들을 두고 본다는 건 참으로 쓸쓸한 일이었다. 회색눈과 점박이는 부패하는 쓰레기 냄새를 맡으며 썩어가는 심해협곡을 떠올렸다. 인간들도 중국에 가서는 썩어 문드러질 터였다. 그러나 인간의 행동과 속내는 조금도 이해할 수 없었다. 그러니까 완벽한 착각이었다. 인간들은 그렇게 호락호락한 상대가 아니었다. 그래도 괜찮다고 생각했다. 그 정도는 충분히 참을 수 있었다. 하지만 인간은 그렇지 않았다. 턱없는 패악을 부렸다. 녀석들이 인간에게 원하는 것은 없었다. 다만 새로운 터전을 잡고 종족을 번식하고 싶을 뿐이었다. 그것 외에는 아무것도 원하지 않았다. 그러나 인간들은 일말의 미안함도 없었다. 놀란 건 오히려 회색눈과 점박이였다. 어떻게 그렇게 당당할 수 있는지. 그것은 인간이 사는 방식이었다. 필요하면 어디든, 무엇이든, 일단 파헤치고 버렸다. 믿어지지 않았다. 인간은 어떤 족속일까. 무슨 짓을 하면서 지구에 살고 있는 것일까. 이젠 어떡해야 되는지. 인간의 행동은 이해할 수 없는 것이었다. 그럼에도 인간들은 그런 일을 곳곳에서 벌였다. 놀라웠다. 적어도 뭔가 용서받지 못할 행동을 하는 재주는 타고난 족속이었다. 회색눈은 점박이를 바라봤다. 이제까지와는 다른 눈빛이었다. 게다가 톱니이빨이 앙다물어져 있었다. 험악한 독기였다.

✦ ✦ ✦

회색눈은 생각에 잠긴 듯 점박이의 몸을 꼼꼼히 관찰했다. 아주 영특한 녀석이었다. 녀석은 사특한 눈빛으로 꼬리지느러미를 점

박이의 눈앞으로 들이밀었다. 순간, 극비백상아리잠수함의 음파
탐지기에서 신호음이 끊겨버렸다. 음파탐지기대원은 당황한 표정
으로 김수지 대위에게 보고했다. 음파탐지기에선 해류 소리만 들
려오고 있었다. 이해모수 대위가 쓴웃음을 흘렸다.

"회색눈의 지능은 인간과 별반 차이가 없어. 우리가 계속 추적
한 이유를 알아낸 거지. 결국 자신의 꼬리지느러미에 추적 장치가
달려 있다는 걸 알고 떼어낸 거야. 녀석들은 오로지 종족번식에
모든 걸 걸고 있어. 신체적 특성과 지능이 유전된다면 인류는 바
다를 포기해야 할 거야. 어쩌면 먼 훗날엔 지상의 세계에도 호기
심을 갖겠지. 어쩌면 육지를 지배할 방안도 찾아낼지 몰라. 게다
가 원자력발전소는 대부분 해안에 위치하고 있어. 지금 당장 지구
상의 모든 원전을 해체한다고 해도 200년은 넘게 걸려. 200년이
라, 상상하기도 싫어져."

"누가 변종백상아리를 탄생시킨 걸까? 인간? 아니면 바다? 이해
모수 대위의 생각은 어때?"

"결국 인간이 뿌린 씨앗이지. 오래전부터 지구생태계는 환경오
염으로 하루가 다르게 파괴되고 있었어. 소위 말하는 산업근대화
로 인한 결과야. 환경문제를 소홀하게 취급했기 때문에 발생된 거
라 봐야지. 그 피해를 고스란히 우리 인류가 감내해야 하고 그것
을 회복시키기 위해선 엄청난 희생과 비용이 들어가야 한다는 점
에서 재앙이라고 볼 수 있지. 그런데 방사능폐기물이 결정적 한방
을 날린 거야."

김수지 대위는 고개를 끄덕이곤 해류를 응시했다. 물살이 허옇게 거품을 토하며 쓰러져 뒹굴고 있었다. 꼭 변종백상아리의 들숨날숨 같았다. 극비백상아리잠수함은 심해협곡에 도달했다. 대원들은 아쿠아전투복을 착용한 덕분에 수압이나 추위를 전혀 느낄 수 없었다. 심해수심은 1,050미터였다. 녀석들의 위치추적은 불가능한 상황이었다. 다만 이해모수 대위가 개발한 이동경로 시뮬레이션을 따라 천천히 이동할 뿐이었다.

김수지 대위는 심해협곡에서 밀려와 고개를 처박고 쓰러져 뒹구는 물살을 응시했다. 하나가 밀려와 뒹굴면 그 뒤를 따라서 또 하나의 물결이 마찬가지로 깨졌다. 얼핏 보면 똑같은 물결 같지만 전혀 똑같지 않았다. 첫 번째 물결과 두 번째 물결은 모양새며 크기가 비슷했지만 바다의 출렁거림으로 생겨난 것이 아니었다. 물결등성이의 각이 예리하고 드높았다. 게다가 협곡절벽에 다다르기도 전에 도르르 말리면서 깨졌다. 그것은 인위적인 힘에 의해 생겨난 물결파동이 분명했다. 해류에 의해 발생한 물결은 말리듯이 줄줄이 연이어 밀려들었다. 김수지 대위의 가슴팍에서 뜨거운 덩어리가 불끈 솟구쳤다.

"마침내 결전의 시간이 다가왔다. 대원들은 각자 맡은 매뉴얼대로 전투 준비에 임한다. 절대 두려워하지 마라! 우린 꼭, 승리할 것이고, 기지로 돌아갈 것이다!"

김수지 대위는 심해협곡을 노려보았다. 그녀는 해군작전사령부에 결정적 한 방을 위해 요나작전 계획을 미리 통보했고 승인을 받은 상태였다. 대원들은 만약의 돌발 상황에 대비해 모든 무기체계를 가동하고 있었다. 그때 인위적인 물결이 달려와 극비백상아리잠수함의 함수를 들이받았다. 물결은 거대한 산등성이 같았다. 이해모수 대위는 변종백상아리들이 고통에 몸부림치는 거라 짐작했다. 미로처럼 얽히고설킨 협곡에선 수중레이더도 제 기능을 발휘하지 못하고 있었다. 더구나 극비백상아리잠수함에 장착된 스마트스킨기술은 선체 표면 자체가 레이더였다. 360도 방향에서 탐지가 가능해 적의 기습공격을 피할 수 있게끔 설계되었다. 하지만 굴곡이 미로처럼 뻗어 있는 심해협곡에선 한 치 앞도 감지할 수 없었다. 다만 엔진배기가스 배출 방향을 자유자재로 바꿀 수 있는 추력편향노즐을 탑재한 덕분에 좁은 협곡을 자유롭게 기동할 수 있었다. 극비백상아리잠수함은 심해협곡으로 숨어들었다. 그 계곡 사이로 미국, 중국의 스텔스잠수함이 은신하고 있었다. 그랬다. 그들은 같은 실수를 되풀이하고 있었다. 변종백상아리가 절벽을 들이받는다면 모든 게 끝이었다.

회색눈의 암컷은 흩어지는 냄새를 쫓아 눈길을 돌렸다. 세찬 해류가 밀려들고 있었다. 해류엔 희부연 물갈래가 여럿 생기고, 물고기들이 휘감겼다. 점박이 수컷도 울분에 찬 듯 부풀어 오른 해류를 찬찬히 살폈다. 물고기 떼가 기승을 부리는 물때이기도 했다. 큰물고기는 자잘한 물고기를 사냥하고 다녔다. 회색눈과 점박이는 사냥감의 이동경로를 귀신같이 알아내는 능력을 가지고 있었다. 사냥감보다 늘 두세 발씩 앞서 행동했다. 그건 타고난 본능이었다. 하지만 바다는 안전한 공간이 절대 아니었다. 그것은 자신이 곧 죽을 수도 있다는 깨달음, 대개의 사냥감은 진짜 죽음 앞에서도 깨닫지 못했다. 그랬다. 포식자나 먹잇감이나 지리멸렬한 삶에 부대끼며 살아왔다. 그럼에도 결코 생존에 대한 미련은 버릴 수 없었다. 죽는 순간까지 삶의 경계와 죽음의 경계를 왕복할 수밖에 없는 운명이었다. 바다 삶은 그렇게 호락호락한 것이 아니었다. 한 걸음 물러서서 보면 잔잔한 수조 같지만, 온몸을 담그는 바다는 끝이 없었다.

심해에 살던 동족들은 그 드넓은 바다에서 목숨 끈을 놓아버렸다. 바다에선 차례를 기다릴 필요가 없었다. 다만 바다가 제 살점을 떼어줄 때까지 기다릴 뿐이었다. 바다란 그랬다. 분에 넘치도록 일사분란하고 분에 넘치도록 순종해야만 고기를 내주었다. 회색눈과 점박이는 그런 바다의 모습을 보고 있으면 저절로 진저리가 쳐졌다. 그때마다 마음을 다잡긴 했지만 밀려드는 울분은 어쩔 수 없었다. 더러는 심해에서 뒤척거리다 어슴새벽부터 자리를 잡고 사냥을 해보았지만 지상의 바다도 서서히 죽어가고 있었다. 그런 날이면 점박이 수컷은 회색눈의 암컷이 걱정되었다. 하지만 회색눈의 열정은 대단했다. 그 험한 항해를 하면서도 피곤한 내색 한 번 하지 않았다. 여명이 어스름을 이기는 것처럼 조금만 참고 기다리면 새로운 삶의 터전을 찾을 거라 믿었다. 회색눈의 암컷은 언제나 그윽하게 바다를 바라보며 물길을 헤쳤다. 그저 희읍스름한 눈으로 심해를 응시할 뿐이었다. 점박이 수컷이 앞장서는 바닷길에 운명을 맡겨도 좋을 넉넉한 바다, 회색눈은 그런 바다 공간을 소망했다. 점박이도 그랬다. 하지만 밤샘사냥은 엄두를 내지 못했다. 더러는 허탕 치는 사냥이었고, 더러는 허기진 배를 겨우 채우는 정도였다.

회색눈의 암컷은 직관적으로 알아차렸다. 물때가 아무리 좋다고 해도 바다의 생태를 알아버린 이상, 더 이상 물때를 믿지 않았다. 바다자궁의 사랑을 받고 자란 치어들이 있어야만 물때 따라 물고기도 걸려드는 법이었다. 그나마 인간들은 서로 더 많은 물고기를 잡기 위해 아옹다옹 싸움을 벌였다. 인간들의 불법어로는 극에 달해 있었다. 밤낮으로 바다를 누비고 다녔다. 회색눈과 점박이는 인간의 고깃배와 마주치면 서둘러 심해로 몸을 피했다. 인간이 지배하는 바다에서 마음 놓고 먹잇감을 사냥할 수 없었다. 언제 어떻게 인간들에게 당할지 모르는 일이었다. 염려했던 일이 현실이 되어버렸다.

회색눈의 암컷은 수면 위를 물끄러미 쳐다보았다. 파도가 칠 때마다 전투함들의 이물이 위아래로 주억거리고 있었다. 뱃머리를 핥고 입맛 다시는 파도소리가 심해를 울렸다. 물고기가 파도를 헤치는 소리 같기도 하고, 인간들이 함부로 그물을 내리는 소리 같기도 했다. 회색눈은 이랑이 꼭지를 뒤틀며 밀려드는 모습을 한참 동안 눈으로 쫓았다. 바다는 인간들이 물고기를 잡기 위해 잠시 머무르는 공간일까? 인간들에게 바다는 무엇일까? 그냥 저냥 생계를 잇는 삶의 터전 정도밖에 되지 않는 걸까? 그저 오갈 곳 없던 구름처럼 바다에 머물렀다 바람처럼 가버리는, 일종의 뜨내기 족속일까? 회색눈은 인간들을 생각할 때마다 허탈함이 밀려들었다. 회색눈은 잠시 아득한 눈빛이 되는가 싶더니 이내 눈길을 돌려버렸다. 점박이는 회색눈의 등허리를 쓸어주려고 올렸던 꼬리지느러미를 슬그머니 내렸다. 회색눈은 전에 없이 자신의 감정을 허술하게 드러내 보이곤 했다. 회색눈도 늙어가고 있었다. 하긴, 항해는 계속 이어졌고, 인간들은 불꽃과 굉음을 내뿜었다. 바다가 오염되고 먹잇감이 시들한 판에 엎친 데 덮친 격이었다.

그 순간에도 인간들은 수면 아래로 그악스런 불덩어리를 퍼붓고 있었다. 바위에 달라붙어 있던 퍼석한 파래가 힘없이 떨어져 나갔다. 곧이어 무시무시한 폭발음이 터졌다. 경계구역을 정하고 사는 인간 세계에서는 흔한 광경이었다. 경계선을 넘어선 인간과 경계구역을 지키려는 인간들이 부딪치면 싸움이 벌어졌다. 경계선을 넘어선 인간들은 수시로 싸움을 벌였다.

회색눈과 점박이는 한참 동안 인간들이 벌이는 드잡이를 지켜보았다. 인간들은 심해에 버려진 방사능폐기물 같은 존재라는 생각이 들었다. 심해를 죽음의 공간으로 내몬 방사능폐기물이 담긴 드럼통. 드럼통은 심해에서 지독한 냄새를 풍기며 썩어갔다.

점박이는 애달픈 생각이 들었다. 바다엔 봄이건 겨울이건 물때 따라 물고기가 내달렸다. 바다 위엔 물새가 삶의 터전을 휘젓고 다니고, 물고기는 해류를 따라 이동했다. 인간들이 모르는 수천수만의 협곡에서 사냥을 하고, 더러는 그 자리에서 먹잇감이 되기도 했다. 그런 게 바다 삶이었다. 점박이는 인간의 의미도, 인간의 의중도 파악할 수 없었다. 다만, 바다에 저렇게 많은 인간들이 있는 걸 보니 족속의 개체수가 참 많은가 보다 하고 생각할 뿐이었다. 그때마다 서글퍼졌다. 왜 서글퍼지느냐고 자신에게 질문을 던져도 명확한 대답을 얻을 수 없었다. 한꺼번에 쏟아지는 질문들이 너무 많아 감당하기 힘들었다. 항해가 길어질수록 질문이 늘어난다는 얘기를 누군가는 해줬어야 했다. 그러나 그런 얘기를 듣기도 전에 많은 시련을 겪었다. 그리하여 못 다한 얘기들은 오롯이 점박이의 질문과 대답이 되어버렸다. 항해를 더 하다 보면 수백 가지의 질문 중 적어도 몇 가지는 명확한 답을 낼 수 있을지도 몰랐다. 하지만 점박이는 아무것도 묻지 않을 작정이었다. 질문은 이미 넘칠 정도로 충분했다. 대답도 필요 없었다. 굶주림 속에서 비린 냄새를 맡으며 점박이가 듣지 못하는 위로의 말들, 사과의 말들, 고독의 말을 혼자만의 독백으로 쏟아낼 터였다.

점박이는 회색눈의 동공을 흘낏 쳐다보았다. 언제나 그러한 눈빛이었다. 점박이는 그런 회색눈의 눈빛이 좋았다. 잠시 동안 낯선 세계로 이끌어주기 때문이었다. 점박이가 대항해를 견딜 수 있었던 것도, 회색눈의 애잔한 눈빛 덕분이었다. 그랬다. 얼마나 오랜 시간이 지나야 종족의 터전을 찾을 수 있는지 아무도 가르쳐주지 않았다. 그러나 안전한 터전을 찾을 수 있다는 희망을 버릴 수는 없었다. 그건 머지않아 태어날 새끼들 때문이었다. 생각이 거기까지 미치자 두려워졌다. 사실은 심해협곡을 탈출한 그날 이후 꿈꾸어왔던 희망이 물거품이 되는 건 아닌가 하여 무서웠고, 인간이 다른 마음을 품고 노려보는 건 아닌가 하여 서러웠다. 생각해보면 거의 모든 순간, 거의 모든 항해길이 그랬다.

회색눈의 암컷도 별반 다르지 않았다. 늘 종족의 미래가 걱정되었다. 회색눈은 마음을 다잡았다. 절대로 인간을 두려워하지 않을 것이며, 절대로 희망을 포기하지 않겠다는 마음이었다. 심해협곡으로 다시 되돌아 갈수는 없었다. 심해는 이미 오래전에 복구될 수 없을 지경으로 완전히 썩어버렸다. 그러나 인간들은 반성의 기미를 보이지 않았다. 바다에 무슨 짓을 했는지 알지 못했다. 알고 싶어 하지도 않았다. 그랬다. 인간들은 아무것도 모르고 있었다. 심해 밑바닥엔 많은 방사능이 널려 있었고, 그 방사능은 머지않아 지상의 바다로 떠오를 터였다. 그 여파로 기형인간을 마주할 것이고, 끝내 멸종을 맛볼 터였다.

❖ ❖ ❖

지민 대령이 지휘하는 장보고3번함과 214급 잠수함 5척의 수중레이더에 빠르게 움직이는 물체가 포착됐다. 점박이가 거대한 몸을 일자로 세우고 바닷물을 갈랐다. 수심 600미터에 은신하고 있던 214급 잠수함함대는 즉각적인 응징 태세를 갖추었다. 심해엔 긴장이 감돌았다. 녀석이 밀어내는 거대한 해류 이외엔 아무것도 움직이는 것이 없었다. 지민 대령은 벌어진 입을 다물지 못했다.

"세상에! 심해 1050미터에서 600미터까지 치고 올라온 시간이 1분 20초야!"

점박이는 잠수함과 정면충돌을 하려는 듯 곧장 솟구쳤다. 지민 대령은 긴급명령을 내렸다.

"수중무인드론과 전자기탄그물, 티타늄그물을 연속으로 발사해!"

수중에서 폭발음이 일제히 퍼져 나갔다. 그 충격으로 잠수함들이 심하게 요동쳤다.

"이런, 빌어먹을!"

지민 대령은 고함을 내질렀다. 점박이는 214급 잠수함을 항해 돌진했다. 잠수함의 함미가 박살났다. 잠수함이 바닷속으로 가라앉기 시작했다. 점박이는 또 다른 214급 잠수함을 노렸다. 잠수함 두 척이 필사적으로 방향을 틀었다. 녀석이 꼬리지느러미를 세차게 후려쳤다. 잠수함 두 척이 섬광과 함께 폭발을 일으켰다. 그 폭발의 여파로 치명적인 일이 벌어지고 말았다. 또 다른 214급 잠수함이 거대한 해류에 휩쓸려 작전을 수행하던 잠수함과 부딪친 것이다. 순식간에 잠수함 4척이 파괴되어버렸다. 지민 대령은 잠수함이 부숴지는 걸 지켜볼 수밖에 없었다. 파편들이 사방으로 휘날리며 장보고3번함을 덮쳤다. 그 충격으로 경보음이 울렸다. 대원들은 터치스크린 위로 손가락을 빠르게 움직였다. 손가락이 스칠 때마다 무장체계의 이상 유무가 실시간으로 표시되었다.

지민 대령의 얼굴엔 복잡한 감정이 배어 있었다. 점박이는 삼각형 머리를 흔들며 장보고3번함을 노려보았다. 하지만 강력한 LEE 마취제의 후유증에서 완전히 벗어나지 못하고 있었다. 그저 본능에 의해 공격할 뿐이었다. 장보고3번함은 원을 그리며 수면 위로 방향을 틀었다. 아군의 파편 조각에 의해 함수 부분의 어뢰발사관이 작동불능이 되어버렸다. 만약 점박이가 장보고3번함을 공격했더라면 몇 분 안에 바닷속으로 가라앉아버렸을 터였다. 하지만 녀석은 강력한 LEE마취제 때문에 맥박과 중추신경계의 반응속도가 느려져 있었다.

지민 대령은 점박이를 응시했다. 보면 볼수록 거대하고 무서운 괴물이라는 생각이 들었다. 하얀 몸체는 섬뜩하기까지 했다. 그는 마음을 다잡고 극비백상아리잠수함에 연락을 취했다.

"김수지 대위?"

"말씀하세요."

"지금의 무기체계로는 도저히 방법이 없어. 미국, 러시아, 중국 해군이 준비 중인 최종무기의 사용을 승인하고 우리는 퇴각하는 게 좋겠어. 아주 질리는 놈들이야. 우린 할 만큼 했어."

"조금만 버텨주십시오. 최종무기는 더 큰 화를 불러일으킬 겁니다. 정말 미친 짓입니다. 조금만 버텨주십시오. 부탁드립니다."

지민 대령은 기회를 놓칠세라 단호하게 말을 받았다. 사실 해군 작전사령부의 기철 장군의 입장을 대신해 속내를 털어놓은 거였다.

"김수지 대위, 우린 군인이야. 오로지 국민의 안전과 국가안보만 생각해야 해. 다른 생물 종은 도구적 수단으로만 기능할 뿐이야.

명심해!"

"좋습니다. 하나만 부탁드리겠습니다. 해군작전사령부에 조금만 시간을 달라고 부탁해주십시오. 미국, 러시아, 중국 해군이 최후의 무기를 쓴다면 모든 것이 끝입니다. 잠수함사령부연구소에서 극비리에 개발한 고주파증폭무기는 녀석들에겐 치명적인 무기가 될 겁니다. 이건 해군참모총장님께 결제를 받는 작전입니다. 작전이 끝날 때까지 최대한 시간을 벌어주십시오. 극비백상아리잠수함이 두 척의 모듈로 제작된 건 잘 알고 있지 않습니까? 결정적 한 방이 남아 있습니다. 이만수 대령님과 상의해 해군작전사령부를 설득해주십시오."

"좋다. 앞으로 한 시간 안에 작전을 마무리하도록 해. 그러니까 잠수함함대의 피해 보고를 한 시간 후에 하겠단 말이다. 꼭 승리하도록. 더는 지체할 수 없다."

"알겠습니다. 모든 걸 걸겠습니다."

그랬다. 지민 대령은 한갓 물고기 때문에 국민안전과 국가안보를 양보할 수 없다는 입장이었다. 그 두 가지 이외에는 모든 걸 희생하자는 거였다. 그 순간, 극비백상아리잠수함의 음파탐지기에서 강력한 고주파가 감지되었다. 수중음파탐지기대원이 신호음에 귀를 기울였다.

"김수지 대위님, 약 10킬로미터 떨어진 심해협곡입니다. 주파수의 파장이 회색눈과 동일합니다."

"놈의 위치가 확인되어 다행이군. 꼬리지느러미에 박힌 작살탄두가 제거되어버려 걱정이었는데."

이해모수 대위는 수중음파탐지기의 헤드셋을 귓가에 바짝 붙였다. 고주파가 유다르게 미약하게 들렸다.

"데미지를 크게 입은 같아."

그는 눈을 지그시 감고 점박이의 고주파를 분석해보았다. 해류를 헤치는 녀석의 꼬리지느러미의 율동이 느껴졌다. 이해모수 대위의 표정이 밝지 못했다.

"왜 그래?"

"녀석에게 일격을 날릴 기회야. 3분 안에 끝내야 해. 조금 지나면 녀석은 체력을 회복할 거야. 지금 결정해야 해."

그의 목소리는 가라앉아 있었다. 해양생물학자로서 가슴을 싸르락거리게 만드는 뭔가가 울컥 치밀어 오른 탓이었다. 김수지 대위는 그의 어깨를 두드리곤 명령을 내렸다. 극비백상아리잠수함의 이온엔진이 세차게 돌아갔다. 대원이 큰소리로 외쳤다.

"점박이가 빠른 속도로 다가옵니다."

"전자기탄그물과 티타늄그물 연속으로 발사해!"

극비백상아리잠수함의 함수에서 그물탄이 떼 지어 물살을 가르기 시작했다. 물체를 감지한 전자기탄그물이 커다랗게 펼쳐졌다. 그 순간, 심해에서 강력한 고주파가 쏘아졌다. 점박이가 갑자기 속도를 높였다. 경이로운 속도였다. 녀석이 심해에서 쏘아 보낸 회색눈의 신호를 감지한 것이 틀림없었다.

"저건 뭐지? 곧장 달려드는데요. 충돌에 대비하라!"

점박이는 치명적인 공격을 해왔다. 강력한 전자기탄그물을 머리에 휘감고 극비백상아리잠수함으로 돌진했다. 녀석은 격렬하게 몸부림쳤지만 그 고통을 감수하고 잠수함을 들이받았다. 엄청난 충격으로 극비백상아리잠수함이 60미터 정도 내동댕이쳐졌다. 문제는 전자기탄그물이었다. 그물이 잠수함동체를 휘감고 강력한 전류를 흘려 보냈다. 대원들은 몸을 부들부들 떨며 코피를 쏟아냈다. 이해모수 대위는 기절할 뻔했다. 다행히 해군 전용 아쿠아전투복 덕분에 충격을 완화할 수 있었다. 김수지 대위는 통증을 참으며 상황을 점검했다.

　"어떻게 저런 전술을 구사하는 거지? 문제는 회색눈이야! 선택의 여지가 없어. 녀석의 심장을 멈추게 하는 수밖에 없어."

　점박이는 기회를 놓치지 않고 곧장 달려들었다. 대원들은 심장이 터질 것만 같았다. 회색눈은 비슷하면서도 전혀 다른 전략을 구사하고 있었다. 간교한 꾀를 가지고 있었고, 인간의 속내를 꿰뚫어 보는 전술을 구사하고 있었다. 점박이는 회색눈의 명령에 따라 함수를 노렸다.

　숨죽이고 있던 대원들은 점박이의 움직임을 주시했다. 제멋대로 공격하다가도 회색눈의 명령에 따라 방향을 바꾸었다. 수중음파탐지기에 귀 기울이던 대원이 헤드셋을 바짝 움켜쥐었다. 처음에는 미약했지만 점차 공간을 흔드는 듯한 울림이 들렸다. 소리의 방향을 쉽게 가늠할 수 있었다. 대원은 다시금 귀를 기울였다. 고주파 소리에 맞추어 점박이가 꼬리지느러미를 일자로 세웠다. 대원이 번쩍 고개를 들었다. 일단의 굉음과 함께 녀석의 몸뚱어리가 크게 요동쳤다. 김수지 대위가 비장하게 입술을 비틀어 올렸다.

"빌어먹을! 회색눈이 최후의 명령을 내린 것이 분명해! 우리를 제거하려는 거야!"

하얀 주둥이가 1미터 앞까지 다가왔다. 물결의 진동이 생생하게 느껴졌다. 김수지 대위는 대원들에게 기다리라는 신호를 보냈다. 대원들은 마른침을 꿀꺽 삼켰다. 점박이가 무시무시한 입으로 극비백상아리잠수함의 함수를 물려는 순간이었다. 함수에서 극초음속미사일이 날아가 녀석의 아가리 속에서 폭발을 일으켰다. 도저히 상상할 수 없는 충격이었다. 거대한 폭발의 진동이 심해협곡에 은신하고 있던 회색눈의 감각기관에 전달되었다. 날카로운 음파는 회색눈의 감각기관 전체를 자극해 본능적인 분노를 일으켰다. 회색눈은 점박이에게 강력한 고주파를 쏘아 보냈다. 아무런 응답이 없었다. 회색눈은 분노를 억제할 수 없었다. 녀석은 비대하게 부풀어 오른 몸을 이끌고 극비백상아리잠수함이 있는 수심 600미터로 솟구쳤다. 강력한 물살에 수중음파탐지기가 경보음을 울렸다.

"김수지 대위님, 회색눈의 분노가 이성적 판단을 앞선 것이 분명합니다. 준비하시죠."

"음, 그래야지. 미군, 러시아, 중국 해군의 최후의 공격만은 막아야 해. 해군작전사령부에 점박이를 제거했다고 알려. 그래야만 다른 나라를 설득해 시간을 벌 수 있을 테니까."

그녀의 눈길은 수중레이더로 뻗어가 있었다. 그때였다. 물살 끝
자락에서 어떤 울림이 밀려왔다. 그것은 끊어지다 이어지기를 반
복했다. 음파탐지기대원이 소리를 질렀다.

"400미터입니다."

"이해모수 대위의 생각은 어때?"

"승산은 있어."

"300미터 근처까지 유인한다. 그리고 이온엔진 두 대를 모두 가
동한다. 한시에 한 번 반복한다. 이온엔진 두 대를 모두 가동한다."

김수지 대위는 마른침을 삼키며 수중레이더로 눈길을 옮겼다.
둥근 테두리를 빠르게 넘어서는 붉은 점이 보였다. 문득 가슴 절
이는 슬픔이 밀려들고, 싸움을 회피하고픈 생각이 들었다. 그건
참 묘한 심리였다. 하지만 선택의 여지는 없었다. 변종백상아리가
죽든지 인류가 바다를 내어주든지 둘 중 하나였다. 그녀는 어금니
를 지그시 악물었다. 이온엔진 두 대를 동시에 가동한다는 건 결
코 유쾌한 일이 아니었다. 그것은 요나작전과 맞물려 있었다. 이
해모수 대위의 가슴팍엔 단단하게 뭉쳐진 답답증이 꿈틀거렸다.
그 덩어리들의 꿈틀거림을 어떻게 주체할 수 없었다.

회색눈이 극비백상아리잠수함을 향해 돌진하기 시작했다. 잠수
함에서 전자기탄그물과 티타늄그물이 발사됐다. 수중무기들이 회
색눈의 이동경로를 따라 중간중간 방호벽처럼 펼쳐졌다. 강력한
전류를 감지한 회색눈은 전자기탄그물을 피해 다니며 치명적인
일격을 노렸다. 게다가 회색눈은 매우 흥분해 있었다. 거대하게

부풀어 오른 아랫배가 신경 쓰이는지 수면 위로 방향을 틀었다. 회색눈의 아랫배에서 핏물이 흘러나왔다. 이해모수 대위는 구태여 분석하고 말 것도 없었다.

"출산이 머지않았어. 30분 정도면 새끼들이 뛰쳐나올 거야."

문제는 회색눈의 공격 패턴이었다. 도망치기는커녕 오히려 공격성을 유지하고 있었다. 무슨 노림수가 있는 듯했다. 회색눈이 수면 위로 솟구쳤다. 거대한 물보라가 일었다. 그랬다. 수면에서는 점박이의 공격으로 심각한 파손을 입은 장보고3번함과 214급 잠수함에 대한 구조작업이 이루어지고 있었다. 지민 대령과 대원들은 불안감에 휩싸였다. 구조대원들은 놀란 표정으로 비명을 내질렀다.

"변종백상아리다!"

지민 대령은 모든 무기체계를 동원해 공격할 것을 명령했다. 한국, 미국, 중국, 나토, 일본의 전투함들이 왼쪽과 오른쪽으로 선회하며 어뢰와 극초음속미사일을 발사했다. 회색눈은 미국의 전투함을 들이받았다. 거대한 소리와 함께 전투함이 산산조각났다. 각국의 구조대원들은 헬리콥터사다리를 잡고 올라섰다. 무수한 파편들이 우박처럼 바다 위로 휘날렸다. 회색눈은 수면을 가르며 허공에 떠 있는 중국 해군 소속의 헬리콥터를 노려보았다. 장보고3번함을 지휘하는 지민 대령은 타이머가 장착된 수중폭탄을 녀석의 이동경로를 따라 투하했다. 바로 그 순간, 요란한 굉음과 함께 헬리콥터 꼬리가 심하게 흔들렸다. 회색눈이 수면 위로 솟구쳐 올라 구조헬리콥터의 꼬리날개를 강타한 것이다. 중국 해군조종사는 필사적으로 조종간을 돌렸다. 그러나 헬리콥터는 수면 위로 추락해버렸다.

회색눈이 방향을 틀었다. 곧바로 일본 전투함을 내동댕이치듯 후려졌다. 팽팽한 바람과 물보라가 일었다. 지민 대령은 핏발 선 눈으로 회색눈의 이동경로를 응시했다. 그 순간, 모든 대원들이 일제히 엎드렸다. 뇌관이 터지면서 수중폭탄이 거대한 폭발을 일으켰다. 그 냉혹한 무기는 섬광과 함께 굉음을 내며 폭발했다. 보이지 않는 파장이 회색눈의 아랫배를 강타했다. 회색눈은 허둥대며 수면 아래로 몸을 숨겼다. 대원들이 환호성을 질렀다. 각국의 이지스전투함들이 일제히 엔진마력을 높였다. 스크루가 힘차게 돌아갔다.

회색눈은 확신에 찬 눈빛으로 노려보았다. 최상의 포식자에겐 충성 아니면 복종만이 있을 뿐이었다. 분노가 안개처럼 들솟았다. 녀석은 처절하게 울부짖었다. 점박이가 생각났고, 머지않아 태어날 혈족의 미래가 걱정된 탓이었다. 그 생각을 어떻게 뿌리칠 수 없었다. 죽어가면서 애처롭게 바라보던 점박이의 맑은 눈 때문인지 몰랐다. 회색눈은 복수를 맹세했다.

그랬다. 심해엔 살아남은 어류가 없었다. 오직 백상아리 동족들만 살아남았다. 그 여파로 방사능드럼통이 유일한 먹거리였다. 변종백상아리들은 동족을 사냥하며 목숨을 연명했다. 심해계곡마다 동족의 뼛조각들이 허옇게 깔려 있었다. 그것은 어쩌면 살아남기 위한 몸부림의 흔적인지도 몰랐다. 심해에선 견딜 수 없을 만큼 역한 냄새가 나곤 했다. 회색눈은 그 냄새가 싫었다. 아니, 삶의 터전이 썩어버렸다. 회색눈은 다음 세대를 위해 삶의 터전을 옮길 기회를 얼마나 기다렸는지 모른다. 정말이지 저주받은 곳을 떠나고 싶었다. 그 험한 경로를 점박이가 함께해주었다. 고마운 동료였다. 그런 동료가 인간에게 죽임을 당했다. 회색눈은 분노가 치솟았다. 심장의 피돌기가 빨라지고 아드레날린이 분비되었다. 불경한 도전자의 심장과 두개골의 뇌수를 입맛 다시고 싶었다. 회색눈은 복종하는 자에겐 제법 관대했지만 불경한 자에겐 냉혹했다. 꼬리를 맞고 쓰러지면 두개골을 한입에 씹어 삼켰다. 수면 위에서 거만하게 물살을 휘젓는 도전자도 그렇게 만들어주고 싶었다.

지민 대령은 곧 회색눈이 공격을 시도할 거라 추측했다. 그는 부상당한 대원들을 구조헬기에 태우고, 나머지 대원들에겐 수중 미사일의 발사를 준비시켰다. 하늘에선 최신예 미군 전투기가 마지막 일격을 준비하려고 정찰을 하고 있었다. 전투기편대가 하늘을 가르고 지나가면, 또 다른 전투기편대가 뒤를 따르며 명령을 기다렸다. 한국 해군작전사령부에서 미국, 러시아, 중국 정부에 최후의 무기 사용을 조금 늦추어줄 것을 부탁했다. 처음엔 아랫입술을 비틀어 올리던 그들도 점박이의 섬멸을 통보받곤 한발 물러섰다.

회색눈의 암컷은 점박이 수컷을 떠올렸다. 정신이 아뜩해졌다. 딱히 무엇이라고 단정 지을 수 없는 복잡 미묘한 감정이 솟구쳤다. 연민, 처연함. 그런 것들이었다. 그렇지만 점박이의 뒷모습은

196

당당해 보였다. 심해바다는 온갖 소음이 모두 날아가버린 것처럼 적막했다. 회색눈은 점박이와 바다를 누비고 다녔던 일들이 마치 꿈속의 일처럼 아득하게 느껴졌다. 그 순간, 심해협곡에서 거대한 폭발이 일었다. 정말이지 인간들은 그악스러웠다.

회색눈의 암컷은 마음을 다잡았다. 점박이와 똑같은 희망을 가지고 있었고, 그 희망을 성취하기 위해 어스름 저녁이나 꼭두새벽을 가림 않고 항해를 해왔다. 바다라는 것, 파도라는 것, 종족보전이라는 것, 이 모든 것들이 희망이었다. 그 희망을 이루기 위해서는 바다를 대중없이 헤치며 함부로 항해할 수는 없었다. 허기를 달랠 물고기, 시린 가슴을 덥혀줄 수컷도 원치 않았다. 수컷이란, 언제 끊어질 줄 모르는 허술한 끈이라 생각했다. 무엇보다도 서툰 사랑에 목을 맬 자신이 없었다. 사랑도 사치라고 생각했다.

회색눈의 암컷은 힘주어 꼬리를 흔들었다. 금방이라도 아드레날린이 온몸으로 퍼질 것 같았다. 점박이 수컷이 동행하지 않았더라면 지루한 항해는 계속되었을 터이고 하루를 버티기도 힘들었을 터였다. 회색눈은 점박이가 고마웠다. 점박이 수컷은 물고기 한 마리라도 더 잡기 위해 물수리처럼 밤바다를 헤매고 다녔다. 더 나은 삶을 위해 핏발 선 눈으로 회색눈을 보살폈다. 더러는 꼬리지느러미가 뒤틀리도록 물고기를 잡아주었다. 더러는 자잘한 물고기 몇 마리로 헛헛한 빈속을 달랬다. 정말이지 회색눈이 소망하던 수컷이 분명했다. 후각을 통해 온몸으로 퍼지는 점박이 수컷의 향기가 쩌릿쩌릿한 전율을 일으켰다. 속속들이 퍼지는 수컷의 냄새는 항해를 이끄는 원동력이기도 했다. 순간, 가슴 절이는 열정이 밀려들었다. 회색눈의 암컷은 점박이를 향해 사랑한다고, 고맙다고, 힘껏 고주파를 쏘아대고 싶은 충동이 일었다. 그랬다. 회색눈은 소망했다. 아니, 인간들에게 빌었다. 점박이와 앞으로 태어날 새끼들이 바다에 뿌리내릴 작은 틈이라도 주었으면 하는 마음이었다. 회색눈의 암컷은 끝을 알 수 없는 연민이 가슴을 꾸덕꾸덕 메우는 것 같았다. 만약 인간들이 소원을 묻는다면, 그것뿐이었다. 하지만 바다에선 끊임없이 폭발음이 터져 나왔다. 그 여파로 점박이 수컷은 죽음을 맞이했다.

폭발음이 계속해서 터져 나왔다. 갖가지 소음이 머릿골을 뒤흔들었다. 인간들이 쏘아대는 주파수였다. 회색눈은 한동안 수면 위를 노려봤다. 인간들이 쉽게 마음의 빗장을 풀지 않을 것 같은 예감이 들었다. 처음엔 감각기관에 이상이 생긴 줄 알았다. 그러다 나중에 알게 되었다. 인간들이 함부로 쏘아대는 주파수라는 것을. 인간들의 신호음은 끈질기게 이어지고 있었다. 인간들의 이동과 공격은 신호음부터 시작되었다. 그 주파수는 심해를 헤집어놓았다.

회색눈은 해류의 흐름을 차근차근 훑었다. 물결은 가뿐하고 생기 있게 굽이쳤다. 해류의 흐름이 바뀌려면 반나절 정도 기다려야 했다. 회색눈은 인간만 생각해도 심장이 쿵쾅거렸다. 행여나 인간들이 먼저 공격해올까봐 두렵기도 했다. 순간, 아릿한 냄새가 코끝을 스치고 지나갔다. 비린내 같기도 하고, 점박이 수컷이 뿜어낸 살 냄새 같기도 했다. 심장박동이 빨라졌다. 점박이에 대한 연민으로 가슴이 아려왔다.

회색눈은 방향을 틀었다. 심해협곡에선 인간이 만든 물체가 은밀하게 움직이고 있었다. 잠수함은 함수를 돌려 이내 어둠 속으로 사라졌다. 회색눈은 어둑한 심해협곡을 오랫동안 노려보았다. 협곡엔 거대한 절벽이 에워싸듯 늘어서 있었다. 게다가 화약 냄새가 비릿하게 뒤엉켜 콧속을 간지럽혔다. 그간 바다에 들였던 관심과 애정을 생각한다면 자잘한 물고기가 아니라 커다란 고래 무리가 눈앞에 어릿거린다 해도 시원찮을 판국이었지만, 고래 떼 대신 인간의 흉악한 수중미사일이 바다를 가르고 있었다. 회색눈은 성난 눈빛으로 수면 위를 쏘아보았다. 인간들은 끊임없이 폭발음을 일으켰다. 회색눈은 자꾸만 거칠어지려는 성질머리를 억누르며 톱니이빨을 지그시 악물었다. 얼마나 많은 시간이 흐른 것일까. 어둠을 틈타 슬금슬금 기어 나온 잠수함들이 심해협곡을 누비고 다녔다. 인간들은 위장이 필요한 순간이 오면 항상 사물보다는 배경을 선택했다. 얼마나 오랜 시간이 지나야 인간의 졸렬함을 알아내는지 누구도 가르쳐주지 않았다. 상처란 대부분 갑작스럽고, 모질게 가슴팍을 파고드는 법이었다. 만약 인간들이 줄곧 그런 생각을 갖고 있었던 거라면 그런 일이 벌어지지 않는 게 더 이상한 일이었다. 게다가 인간들이 한순간도 바다를 사랑하지 않았던 건 아닌가 하여 서러워지고, 다른 마음을 품고 바다를 노려본 게 아닌가 하여 무서워졌다. 생각해보면 인간들은 거의 모든 순간, 바다를 그렇게 대한 것 같았다. 인간들에게 죽임을 당한 점박이는 이미 알고 있었는지도 몰랐다. 하지만 회색눈은 무엇이, 어디서부터 어떻게 꼬였는지 알 수 없었다.

회색눈의 암컷은 심해로 방향을 틀었다. 거대한 잠수함 함대가 늘어서 있었다. 회색눈은 핏발을 세우고 노려보았다. 꾹꾹 눌러 은폐시켰던 울화가 용수철처럼 튀어 올랐다. 순간, 묵직한 폭발음이 날아들었다. 눈에 불꽃이 번쩍 일고 정신이 몽롱해졌다. 노여움으로 심장이 벌렁거리고 머릿속 실핏줄이 터질 듯 아파왔다. 이제 어떻게 되는 것인지, 어떻게 살아가야 하는지, 정말 인간과 공존할 수 없는 것인지, 끊임없는 의문에 사로잡혔다. 인간에게 믿음을 주고, 사랑도 받고 싶었다. 그런 꿈들이 산산이 부서져 버렸다. 감당할 수 없을 만큼 맹렬한 살의가 타올랐다. 회색눈은 날선 톱니이빨로 인간이 만든 물체를 물어뜯었다. 인간들은 무시무시한 불덩어리를 쏘아댔다. 불덩어리가 머리를 아슬아슬하게 스쳐갔다. 두렵지 않았다. 몸뚱이가 허깨비처럼 가벼워지고 파삭해지는 동안, 한 번도 꿈을 포기한 적이 없었다. 아니, 포기할 수 없었다. 점박이도 별반 다르지 않았다. 하지만 회색눈은 점박이의 불안을 달래주지 못했다. 그 꿈과 희망을 지켜내지 못한 대가는 온전히 회색눈의 몫으로 남았다.

10
최후의 해전, 그러나…

그 시각, 태평양엔 음산하게 물결이 출렁거리고 있었다. 장보고 3번함 함장과 대원들은 숨을 죽인 채 수면을 응시했다. 지민 대령의 입에서 신음소리가 터져 나왔다. 희끄무레한 것이 해류를 가르고 있었다. 그것은 어둠자락 저쪽에서 어릿거리는 환영이 아니었다. 회색눈의 꼬리지느러미였다. 녀석은 오래지 않아 공격 태세를 갖추었다. 지민 대령은 공격명령을 내렸다. 회색눈의 이동경로를 따라 어뢰와 폭뢰가 연달아 발사됐다. 수면 아래에서 강렬한 폭발음이 터져 나왔다. 하지만 회색눈은 영악했다. 예상경로를 우회해 장보고3번함의 함미를 들이받았다. 대원들이 피를 흘리며 쓰러졌다.

된바람 속에 허옇게 뒤집힌 바다와 그 위를 달려가는 각국의 이지스전투함들이 엄청난 화력을 뿜어냈다. 그 여파로 바다에서 거대한 용오름이 일어났다. 그 용오름과 함께 파도덩이들이 하늘로 치솟았다. 분노한 회색눈은 한 바퀴 빙그르르 돌곤 방향을 바꾸어 불경한 도전자를 들이받았다. 중국과 일본의 이지스전투함이 차례대로 함수를 물속에 처넣으면서 뒤집혀버렸다. 허우적거리던 대원들은 모두 회색눈의 주둥아리로 빨려 들어갔다. 지민 대령은 최후의 명령을 내렸다. 그의 목소리는 단호했다.

"모두 비상탈출한다. 어서 서둘러!"

수면 위로 구명보트가 내려지고 대원들이 승선하기 시작했다. 회색눈은 거대한 아가리를 벌리고 으름장을 놓았다. 대원들은 굴하지 않고 대항했다. 그러나 회색눈의 아가리가 장보고3번함의 발사관을 물어뜯었다. 잠시 뒤, 장보고3번함에서 폭발이 연달아 일어났다. 회색눈이 거대한 몸을 뒤틀며 머리를 허공으로 쳐들었다. 대원들은 그 틈을 이용해 구명보트를 타고 파도를 헤쳤다. 위용을 자랑하던 장보고3번함이 한쪽으로 서서히 기울어지기 시작했다. 대원들이 질러대는 비명소리와 그악스럽게 악담 퍼붓는 소리가 바다를 가득 메웠다.

김수지 대위와 이해모수 대위는 장보고3번함이 침몰되는 광경을 지켜볼 수밖에 없었다. 그녀는 화끈거리는 목으로 침을 넘기며 음험하게 술렁거리는 태평양 심해를 휘둘러보았다. 그러고는 심해600미터 아래로 잠수할 것을 명령했다. 이해모수 대위가 김수지 대위의 손을 잡았다.

"나와 같은 생각인 거지? 1차작전이 마무리되면 무조건 수면 위로 유인해야 해. 이온엔진의 장점을 살려야 하니까."

"한쪽이 없어져야 한다면, 그 방법밖에 없겠지."

그녀는 이미 마음을 굳히고 있었다. 회색눈을 제거해야만 미국, 러시아, 중국이 준비 중인 최종무기의 사용을 막을 수 있었다. 회색눈을 제거하지 못한다면 거대한 버섯구름이 바다 위로 두어 발 떠올라 불그죽죽한 빛을 뿜어낼 터였다. 바다에 눈부신 빛덩이가 퍼덕거리는 순간, 인류는 최소한 500년 이상은 태평양을 잃고 살아야 할 터였다. 김수지 대위는 이해모수 대위의 손을 꼭 움켜쥐었다. 소중한 무언가를 내치는 것 같아 가슴이 쓰라렸다. 그 순간, 수중음파탐지기에서 회색눈 특유의 고주파가 들려왔다. 이해모수 대위가 심각하게 말문을 열었다.

"회색눈은 출산을 앞두고 예민해질 대로 예민해져 있어. 우리는 그 약점을 노려야 해. 기존의 전술과 무기체계로는 아무런 성과를 거둘 수 없어."

"그래. 너의 해양생물학 지식과 생태연구가 많은 도움이 되고 있어. 요나작전이 성공하기 위해서는 너의 조언이 절대적이야. 잘 부탁해."

"나는 어디까지나 조언자일 뿐이야. 김수지 대위와 대원들에게 달려 있어."

김수지 대위는 무거운 신음소리를 토해냈다. 만약 작전이 실패로 끝나고 전장이 확대된다면 끔찍한 환경 대재앙이 벌어질 건 뻔했다. 미국, 러시아, 중국, 일본은 물론이고 대한민국 정부도 수단과 방법을 가리지 않을 것이었다. 유럽의 군대를 태평양으로 불러들이는 것은 말할 것도 없었다. 그녀는 수렁이 바다처럼 드넓어지고 있었다는 생각이 들었다. 그 수렁은 가슴까지 잠기고 있었다. 그러나 어찌할 수 없었다. 바다에서 오는 적은 바다에서 막는 것이 해군의 임무라는 생각이 들었다. 그러나 안타까움이 앞섰다. 누가 변종백상아리를 탄생시켰는가. 녀석들은 단지 생존을 위해 몸부림치는 것이 아닌가. 그런 일을 벌인 인류는 성찰은커녕 엄청난 대재앙을 저지르려 든다는 생각은 어쩌지 못했다.

✣ ✣ ✣

극비백상아리잠수함의 통신대원은 중국 잠수함함대와 교신을 시도해보았다. 잡음만 일 뿐 교신은 이루어지지 않았다. 수중레이더엔 중국 잠수함함대는 더 이상 잡히지 않았다. 다만 태평양 심해엔 스텔스잠수함과 이지스전투함의 잔해만 쌓이고 있었다. 머지않아 그악스런 회색눈의 공격이 재차 벌어질 터였다. 대원들은 눈을 부릅뜨고 멀티스크린을 터치하며 무기체계를 총동원했다.

김수지 대위는 이해모수 대위와 눈을 맞추었다. 그가 고개를 힘주어 끄덕였다. 그녀는 곧바로 극초음속미사일의 발사를 명령했다. 발사관이 열리고 다섯 발의 미사일이 해류를 갈랐다. 김수지 대위는 회색눈이 뛰쳐나오리라고 예상했다. 그녀의 판단은 적중했다. 폭발음과 함께 심해에서 희끗한 것이 튀어나왔다. 대원들은 회색눈의 이동경로를 따라 수중어뢰를 연속으로 날려 보냈다. 그러나 회색눈은 어뢰의 반대 방향으로 달아났다. 녀석은 모든 감각기관을 동원하여 물살이 갈라지는 방향을 정확히 탐지해냈다. 그렇듯 영악하다면 대원들의 목숨은 보나마나 뻔한 거였다. 김수지 대위는 손아귀를 움켜쥐었다. 사특한 영물이었다. 더 이상 머뭇거릴 시간이 없었다.

김수지 대위는 이해모수 대위를 응시하곤 고개를 끄덕였다. 그는 터치스크린 위로 손가락을 빠르게 움직였다. 손가락이 스칠 때마다 갖가지 무기체계가 실시간으로 떠워졌다. 화면 위로 붉은 점이 얼핏 나타났다 사라졌다. 이해모수 대위는 숨을 죽인 채 모니터를 응시했다. 그는 속으로 탄성을 질렀다. 작은 음파가 잡혔다. 그것은 어둠자락 저쪽에서 일렁이는 해류의 출렁거림이 아니었다. 회색눈은 오래지 않아 모습을 드러냈다. 녀석이 물 위에 떠 어른거리는 듯 모니터에 붉은 점으로 표시되었다. 회색눈은 물살을 일으키며 빠르게 이동하고 있었다. 수중음파탐지기에선 계속해서 인위적인 물결소리가 아련히 들려왔다. 그것은 음험하게 앓아대는 회색눈의 신음소리 같았다. 김수지 대위는 회색눈의 이동경로가 예측된 시뮬레이션을 노려보곤 비장한 목소리로 명령을 내렸다.

"1차 공격 개시!"

잠수함발사관에서 수중무인드론과 극초음속미사일이 해류를 가르며 날아갔다. 곧이어 수직발사관이 열리며 수중어뢰 10기가 발사됐다. 어뢰에는 KIM과 LEE의 혼합제가 다량으로 들어 있었다. 미사일과 수중무인드론이 일제히 폭발을 일으켰다. 머지않아 회색눈이 반응을 보일 터였다.

김수지 대위와 이해모수 대위는 탐지기를 들여다보았다. 가만가만 출렁이는 해류 소리와 뭔가가 몸을 뒤척이는 소리가 들렸다. 김수지 대위는 고개를 끄덕이곤 또다시 극초음속미사일을 발사했다. 강력한 마취제가 회색눈의 이동예상경로를 따라 뿌려졌다. 이해모수 대위는 발사 장치에 손을 올려놓고 있었다. 김수지 대위의 명령이 떨어지면 곧바로 새로운 공격이 시작될 터였다. 그녀는 이해모수 대위의 눈길을 응시하곤 비장하게 공격명령을 내렸다.

"2차 공격 개시!"

이해모수 대위는 스크린을 터치했다. 그와 동시에 해류에서 엄청난 물방울이 피어올랐다. 대원들은 마른침을 꿀꺽 삼켰다. 물속에서 피어오르는 물방울이 예사롭지 않았다. 순간, 회색눈이 거대한 몸을 비틀어 올렸다. 바위틈에 숨어 있던 심해어류들도 뻣뻣하게 굳어진 채 떠오르기 시작했다.

"엄청난데! 심해물고기들이 그냥 즉사해버렸어. 녀석도 발광을 시작했어."

김수지 대위는 고주파증폭출력을 최대한 높일 것을 명령했다. 물결파동이 또렷해지기 시작했다. 회색눈이 거대한 몸체를 뒤집었다. 대원들은 숨을 죽인 채 녀석을 응시했다.

회색눈은 강렬하게 밀어닥치는 주파수를 포착해냈다. 더 놀라운 일은 다음 순간이었다. 뇌수가 요동쳤다. 뭔지는 알 수 없지만 처음 느껴보는 고통이었다. 일단의 굉음과 함께 회색눈의 뇌파가 크게 요동쳤다. 그랬다. 고래는 1백10데시벨이 넘어가면 소리를 견디지 못하고, 1백80데시벨이 넘을 경우 고막이 찢어졌다. 2백25데시벨의 초음파를 고래가 옆에서 듣는다면, 사람이 제트엔진의 폭발음을 바로 옆에서 듣는 거나 마찬가지였다. 극비백상아리잠수함에서 쏘아대는 고주파는 8백77데시벨이었다.

회색눈은 미친 듯이 물살을 일으켰다. 콧구멍에서 핏물이 터져나오고 있었다. 녀석은 심해를 향해 꼬리쳤다. 고주파증폭출력이 어찌나 강력하지 죽어 있던 물고기들이 살아 움직이듯 곤두섰다. 고주파반경을 미처 피하지 못한 물고기들은 뻣뻣하게 굳어버렸다. 고주파반경을 벗어난 물고기들도 꼬리를 몇 번 흔들곤 죽어갔다. 극비백상아리잠수함은 회색눈의 이동경로를 따라가며 고주파증폭출력을 높였다. 물결파동이 맹렬하게 솟구쳤다. 회색눈은 강력한 고주파와 허기를 견디지 못한 채 속도가 느려지기 시작했다. 녀석에겐 심해협곡이 필요했지만 중국 잠수함함대가 모두 메워버렸다. 또 다른 심해협곡은 멀리 떨어져 있었다. 회색눈은 곧 태어날 새끼들이 걱정되었다. 그때 퍼뜩 스치는 생각이 있었다. 마지막 남은 인간의 무기만 없애버리면 달아날 수 있을 것 같은 확신이 들었다. 만약 그대로 놓아둔다면 장차 태어날 새끼들에게 무자비한 일을 저지를 것 같았다.

회색눈은 이동경로를 바꾸었다. 인간이 만든 잠수함이 보였다. 심장의 피돌기가 빨라졌다. 불경한 도전자지만 힘이 센 놈이 틀림없었다. 더구나 강력한 고주파까지 뿜어내는 놈이었다. 작전을 바꾸기로 했다. 정면 돌파뿐이었다. 잠수함에서 뿜어져 나오는 고주파의 위치는 이미 파악해두었다. 회색눈은 지느러미를 일자로 세웠다. 강력한 고주파가 두개골을 파고들었다. 극심한 고통이 몰려들었다. 곧바로 뇌수가 터져 나올 것만 같았다. 정신이 아뜩해졌다. 회색눈은 자신도 모르게 톱니가 악물어졌다. 한데 인간들은 왜 우리 동족을 죽이려 드는 걸까. 허기 때문에 사냥을 했고, 살기 위해 터전을 옮길 뿐이었다.

회색눈의 머리 한가운데에서 검붉은 생채기가 생겨나기 시작했다. 겉으로 드러난 생채기는 별로 크지 않았다. 하지만 살갗 속에서 핏줄이 터지고 있었다. 어쩌면 머리뼈가 으스러져 버릴지도 모른다는 생각이 들었다. 꼬리지느러미의 힘도 많이 빠진 것 같았다. 그저 본능적으로 휘저을 뿐이었다. 그러나 조금만 더 힘을 낸다면 인간이 만든 괴물을 부셔버릴 수 있다고 확신했다. 회색눈은 꼬리지느러미를 힘차게 휘저었다. 순간, 척추 뼈에서 우두둑 소리가 났다. 엄청난 고통이 뇌로 전달되었다. 맞은편에선 인간이 만든 괴물이 고주파를 계속 쏘아댔다. 그 여파로 물결에 파동이 일어 서걱거리는 소리가 들려왔다. 불경한 도전자를 그냥 내버려둘 수는 없었다. 응징해야 했다. 하지만 몸이 뻣뻣하게 굳어지는 건 어쩔 수 없었다. 회색눈은 인간이 만든 괴물을 노려보았다. 거리가 가까워질수록 불경한 도전자는 더 강해지는 것 같았다. 회색눈은 아득한 절망감이 몰려들었다. 두개골이 터질 것 같았다. 더러는 척추뼈가 끊어지는 듯 아리고 쑤셔왔다. 그것도 잠시 뿐이었다. 감각이 없어져갔다. 꼬리지느러미를 마음대로 휘저을 수도 없었다. 두개골 살갗은 피멍으로 물들어갔다. 몸을 뒤치기도 힘들었다. 그래도 불경한 도전자를 죽여야겠다는 마음은 변함없었다. 태어날 새끼들을 위해서도 꼭, 그렇게 해야만 했다. 회색눈은 톱니 이빨을 앙다물었다. 그 순간, 머릿속에서 죽어 늘어진 점박이의 모습이 그려졌다. 회색눈도 머지않아 그렇게 죽어갈 것만 같았다. 회색눈은 부르르 떨며 톱니를 갈아붙였다. 점박이는 동족의 미래를 위해 목숨을 내놓았다. 그랬다. 점박이는 회색눈과 새끼들을 지키기 위해 수단과 방법을 가리지 않았다. 회색눈은 점박이의 꿈을 지켜주고 싶었다. 하지만 인간들은 여느 때보다도 단호해 보였다. 곧이어 거대한 폭발음이 들렸다. 그 여파로 파도가 어지럽게 밀려들었다. 제대로 맞는다면 허파나 간이 떨어져 나갈 것 같았다. 또다시 미사일이 날아왔다. 머리통이 깨지든 뇌수가 터져 나오든 상관없다는 서슬이었다. 목숨과 맞바꿀 위험까지 감내하면서 심해협곡을 탈출했다. 하지만 정착할 곳은 없었다. 어쩌면 회색눈과 점박이가 꿈꾸었던 삶의 터전은 애초에 존재하지 않았는지도 몰랐다. 그런 생각들이 끈질기게 회색눈을 붙들고 늘어졌다.

극비백상아리잠수함이 속도를 높였다. 회색눈은 재빠르게 방향을 틀었다. 거대한 물살이 피어올라 수면 위로 솟구쳤다. 수면 위에서도 기계음이 들려왔다. 인간들은 일체의 망설임이 없었다. 회색눈은 숨을 곳이 없었다. 그랬다. 아득히 펼쳐진 수평선은 끝을 알 수 없는 희망이었으며, 더러는 허무로 다가왔다. 그래도 찰지고 광활한 바다에서 삶과 죽음, 애환을 말없이 보듬고 살아왔다. 바다엔 젊음이 있었고 이상이 있었다. 하지만 언제부턴가 바다는 애증의 공간이 되어버렸다. 어쩌면 점박이와의 추억도 그렇게 심해에 묻힐지도 몰랐다.

회색눈은 그윽한 눈길로 심해바다를 휘휘 둘러보았다. 애달픈 생각이 들었다. 아주 오래전에, 사고를 할 수 있다는 느낌을 정확하게 갖기 전에, 하지만 분명히 경험했을 어떤 느낌 같은 것이 있다면 생존본능이었다. 저 바다, 어디에서 잃어버린 낙원을 찾겠다는 것인가. 바다엔 지난날의 오랜 설움과 눈물, 앞으로 누려야 할 행복과 꿈이 은빛비늘로 녹아 있다고 믿었다. 점박이도 그렇게 믿었다. 회색눈은 이곳과 저곳, 현실과 비현실, 삶과 죽음의 국경을 넘기로 마음을 다잡았다.

✦ ✦ ✦

김수지 대위와 대원들은 신경을 곤두세웠다. 대단한 녀석이라는 생각이 들었다. 그렇게 강력한 고주파를 견뎌내며 덤벼들고 있었다. 이해모수 대위는 소름이 돋았다. 회색눈의 괴력 앞에 인간이 만든 모든 무기체계는 무용지물인 듯싶었다. 대원들도 고개를 살래살래 내저었다. 김수지 대위는 스스로를 타일렀다. 그때 긴급 암호문이 날아들었다.

'변종백상아리섬멸작전 종료! 30분 뒤 미국, 러시아, 중국의 전략핵잠수함에서 핵미사일 공격이 시작됨! 즉시 귀항하라! 30분 뒤, 핵공격 시작!'

"이런, 빌어먹을! 빨리 긴급통지문 보내! 핵미사일 발사를 늦추라고 말이야!"

김수지 대위는 다급해졌다. 그녀는 이온엔진의 출력을 극단으로 높일 것을 명령했다. 대원이 카운트다운을 시작했다. 그녀의 얼굴엔 복잡한 감정이 배어 있었다. 극비백상아리잠수함의 함수에서 강력한 고주파가 최대출력으로 발사됐다. 회색눈의 입에서 엄청난 핏물이 터져 나왔다. 근육도 세차게 씰룩거렸다. 대원은 숨을 크게 들이마시곤 카운트다운을 시작했다.

"50미터!"

"20미터!"

"10미터!"

"5미터!"

"1미터!"

회색눈이 본능적으로 입을 크게 벌렸다. 그 순간, 김수지 대위는 이온엔진의 출력을 최대로 올려 레버를 밀었다. 극비백상아리잠수함은 함수에 또 다른 잠수함이 모듈화되어 있어 독립적으로 작전을 수행할 수 있는 잠수함이었다. 게다가 독립된 모듈잠수함엔 이온엔진이 탑재되어 있어 배출 방향을 자유자재로 바꿀 수 있었다.

김수지 대위는 극비백상아리잠수함의 모듈분리스위치를 터치했다. 분리된 함수의 함미에서 추력편향엔진이 세차게 돌아갔다. 그러고는 크게 벌린 회색눈의 거대한 아가리 속으로 곧장 돌진했다. 티타늄합금으로 제작된 모듈잠수함 동체에서 불꽃이 일었다. 톱니이빨은 무시무시했다. 모듈잠수함이 회색눈의 식도를 뚫고 위벽으로 파고들었다. 이해모수 대위는 터치스크린 위로 손가락을 빠르게 움직였다. 손가락이 스칠 때마다 실시간으로 백상아리의 내부 구조가 떠워졌다. 그는 재빠르게 외쳤다.

"위벽을 뚫고 소화기관을 지나 항문을 통해 빠져나가야 해. 스크린 해부도를 참고하면서 밀고 나가!"

김수지 대위는 회색눈의 위장 안으로 함수를 몰아붙였다. 붉은색의 위벽이 꿈틀거렸다. 모듈잠수함에 살점들이 달라붙기 시작했다. 회색눈은 고통으로 몸부림치며 수면 위로 솟아올랐다가 다시 머리를 집어넣었다. 몸부림치는 회색눈의 파동이 함수 내부로 또렷이 전달되었다. 김수지 대위는 팔이 뻣뻣해질 만큼 방향키를 움켜쥐었다. 회색눈의 위장이 비틀리고 끈적끈적한 위액이 쏟아졌다. 음파담당대원이 소리쳤다.

"빠른 속도로 내려가고 있습니다. 녀석이 깊이 감수하면 위험합니다. 수심 600미터 이상 못 내려가게 묶어두어야 합니다."

"전자기탄그물을 위장에 투입해!"

발사관이 열리고 전자기탄그물이 투하됐다. 회색눈이 곧장 경련을 일으켰다. 대원들은 두 눈을 꼭 감았다. 현기증이 일었다. 강력한 산성위액이 위안으로 쏟아져 내렸다. 순간, 위장에서 고래뼈가 미사일처럼 위액을 따라 날아다녔다. 모듈잠수함은 단단한 뼛조각들을 피해 다녔다. 회색눈은 팽팽하게 긴장하고 있던 위장에 경련을 일으켜 모듈잠수함을 녹여버리거나 부셔버릴 생각을 하고 있었다. 위장엔 각국 대원들의 시체와 고래 살점들이 뒤엉켜 있었다.

회색눈은 고통으로 몸통을 뒤집었다. 위액이 하얗게 뒤집히기 시작했다. 위장이 뒤틀리고 배배 꼬이면서 소용돌이를 일으켰다. 그 서슬에 함수가 뒤집혀버렸다. 위장의 출렁거림은 더 세차졌고, 갖가지 음식물 찌꺼기들이 함수동체를 두드렸다. 위장을 떠돌던 고래의 두개골이 모듈잠수함의 방향타를 후려쳤다. 방향타가 깨어져 나갔다. 그 충격으로 모듈잠수함이 위장 모서리에 처박혔다. 강렬한 자극을 받은 회색눈의 위장에서 위액이 뿜어져 나왔다. 끔찍했다. 위장을 떠돌던 살덩어리가 순식간에 녹아내렸다. 대원들은 출렁거리는 위액을 응시했다. 선택의 여지가 없었다.

이해모수 대위는 재빨리 백상아리의 해부도를 화면에 띄웠다. 백상아리는 부레 대신 지방질의 대단히 큰 간을 가지고 있었다. 체내에서 가장 큰 장기였고, 장기 전체의 25퍼센트를 차지할 정도였다. 지방은 물보다 가볍기 때문에 지방질의 간은 백상아리가 물위로 뜨는 것을 도와주었다.

김수지 대위는 곧바로 작전을 바꿨다. 거대한 간을 향해 강력한 고주파를 쏘아냈다. 회색눈이 고통으로 몸부림쳤다. 그 여파로 자궁으로 연결된 입구가 씰룩거렸다. 김수지 대위는 새끼들과 연결된 탯줄을 따라 밑으로 내려갔다. 탯줄 속에서 양수가 요동쳤다. 그와 동시에 회색눈의 몸이 한쪽으로 기웃해지는가 싶더니, 연달아 근육을 씰룩거렸다. 양수에 질펀하게 잠기어 있던 태반이 자궁 입구 쪽으로 급격하게 쏠리기 시작했다. 모듈잠수함은 양수의 바다를 가로질러 나갔다. 양수가 울뚝불뚝 밀려들었다. 새끼들은 본능적으로 위협을 알아차렸다. 꼬리를 흔들어대는 기세가 세찼다. 이해모수 대위는 화들짝 놀란 눈으로 그녀를 쳐다보았다.

"양수가 터졌어! 출산하는 중이야!"

김수지 대위는 주먹을 부르쥐며 이를 악물었다. 더 이상 머뭇거릴 시간이 없었다. 그녀는 이온엔진의 출력을 최대로 유지하곤 가파르게 내려갔다. 자궁 입구가 가까워질수록 양수의 출렁거림은 더욱 드세어졌다. 회색눈은 진저리치듯이 몸을 떨어댔다. 터져버린 양수가 철철 넘쳐흘렀다. 자궁 입구엔 변종백상아리 새끼들이 빙글빙글 돌며 어미의 자궁을 빠져나갈 준비를 하고 있었다.

이해모수 대위는 조급해졌다. 새끼들이 자궁을 열고 먼저 빠져나간다면 제2의 대재앙이 벌어질 터였다. 회색눈이 몸을 부르르 떨었다. 예상했던 대로 자궁이 열렸다. 새끼 한 마리가 자궁 밖에서 튀어나갔다. 대원은 새끼를 향해 수중드론을 날려 보냈다. 자궁 입구에서 폭발이 일었다. 회색눈이 꼬리를 치켜올려 휘저었다. 거대한 용오름이 일어났다. 그 용오름과 함께 물살이 치솟았다. 대원들은 자궁 안에서 엄청난 고통을 느꼈다. 아쿠아전투복을 착용하지 않았더라면 뇌수가 터져버렸을 터였다.

이해모수 대위는 내장된 증폭광학카메라를 이용해 상황을 살폈다. 회색눈의 내장은 거대하고 직선형이었다. 그 주위로 나선형의 회전판이 보였다. 내장 전체의 구조는 커다란 나사를 막으로 감싼 것 같은 모양이었다. 그러한 나선형 구조는 영양분의 흡수면적을 증대시키고, 소화한 먹이가 장을 통과하는 시간을 연장시켜주었다. 회색눈에겐 에너지를 공급하는 발전기관 같은 거였다. 대원들은 발사관을 열고 전자기탄그물을 쏘아 보냈다. 엄청난 근육의 씰룩거림이 전해졌다. 그 충격으로 모듈잠수함은 빠른 속도로 자궁 입구까지 말려나갔다. 이해모수 대위는 심호흡을 했다. 온몸이 심연 속으로 가라앉아가는 것 같았다. 회색눈은 고통으로 몸통을 뒤집어댔다. 더러는 처절한 비명을 내지르기도 했다.

이해모수 대위는 가슴팍을 쓸어내렸다. 회색눈과 새끼들이 측은한 탓이었다. 녀석들이 살아남기 위해 몸부림치는 일이 그렇게 큰 벌을 받아야 할 일인가 싶었다. 그는 머릿속이 하얗게 비어버린 듯 멍해졌다. 아니, 막막했다. 어미와 새끼들은 더 이상 견뎌내지 못할 터였다.

회색눈은 톱니이빨을 뿌드득 갈며 처절한 울음을 내놓았다. 새끼들을 지키기 위한 몸부림은 처연했다. 그건 인간과 별반 다르지 않는 모성애였다. 회색눈이 몸을 외틀곤 고주파를 쏘아댔다. 구슬픈 소리를 짜내는 것 같았다. 새끼들은 눈을 끄먹거리며 그 소리에 반응했다. 대원들도 회색눈의 가빠진 숨결을 고스란히 느낄 수 있었다. 시간이 촉박했다. 대원들은 타이머가 장착된 어뢰와 폭뢰를 자궁벽에 쏘아 박았다. 그 순간, 회색눈의 심장박동이 빨라지고 모든 신경세포가 예민하게 반응했다. 그랬다. 모듈잠수함이 변종백상아리의 자궁을 열고 탈출했을 때 녀석이 공격하지 못하도록 예방하는 조치였다.

이해모수 대위는 자궁을 둘러보았다. 새끼들이 몸부림치고 있었다. 그는 음파탐지기의 헤드셋을 귓가로 바짝 붙였다. 심장 소리가 세차게 들렸다. 한데 심장 뛰는 소리가 예사롭지 않았다. 회색눈은 부력을 이겨내지 못하고 수면 위까지 올라와 있었다. 마지막 기회였다. 김수지 대위는 두 대의 이온엔진의 출력을 최대한 높였다. 모듈잠수함은 극적으로 회색눈의 자궁을 뚫고 빠져나왔다.

찬란하게 일렁이는 태평양의 바닷자락이 보였다. 대원들이 환호성을 질렀다. 태평양 바다는 눈이 시리게 푸르렀다. 회색눈이 삼각형의 머리를 수면 아래로 집어넣었다. 대원들은 마지막 일격을 가하기 위해 발사관을 열었다. 진동을 감지한 회색눈이 방향을 바꿔 곧장 수면 아래로 꼬리를 휘저었다. 모듈잠수함의 발사관에서 극초음속미사일이 연달아 발사됐다. 미사일이 거대한 폭발을 일으켰다. 회색눈이 경련을 일으켰다. 그와 동시에 엄청난 핏물과 함께 새끼가 뱃속에서 튀어나갔다. 또 한 마리의 새끼가 뒤를 이었다. 새끼들이 꼬리지느러미를 흔들며 힘겹게 회색눈의 주위를 맴돌았다. 회색눈은 천둥과도 같은 신음소리를 내지르며 꼬리를 세차게 뒤흔들었다. 핏물과 함께 새끼들을 멀리 밀어냈다. 새끼들이 어미 곁을 떠나지 못하고 주위를 맴돌았다. 회색눈이 새끼들을 그렁하게 바라보았다. 처연함이 묻어 있었다.

모듈잠수함의 발사관이 열리고 또다시 미사일이 발사됐다. 회색눈은 안간힘을 쓰며 자궁 입구를 힘겹게 닫았다. 그랬다. 회색눈이 모르는 수천수만의 동족들이 심해협곡에서 죽어갔다. 인간들은 오염된 심해에서 많은 생명들이 병들거나 죽어갔다는 사실을 알아채기는 쉽지 않을 터였다. 회색눈은 인간들에게 아무것도 바라지 않았다. 새끼들만 살려주길 빌었다. 더구나 새끼들을 지키기 위해 죽음을 불사했던 점박이도 존재하지 않았던 것처럼 사라졌다. 종족보존의 열망은 그렇게 죽음의 두려움까지 덮어버렸다. 그리고 종족의 미래인 새끼들이 태어났다. 그런데 이상했다. 몸에 강렬한 경련이 일었다. 경련만으로도 심해의 가장 깊은 바닥에 누워 있는 기분이 들었다.

회색눈은 이미 쇠약해질 대로 쇠약해진 상태였다. 그럼에도 인간에 대한 의문과 질문이 끊임없이 밀려들었다. 어쩌면 막 태어난 새끼들도 그런 의문과 질문에 괴로워할 터였다. 여러 개의 의문과 질문이 회색눈의 머릿속에 꾹꾹 들어차 두통을 일으켰다. 풀리지 않은 궁금증은 감당하기 어려울 만치 많았다. 때로는 나이보다 많은 질문들이 한꺼번에 찾아오기도 했다. 그러나 그런 의문을 풀기도 전에 점박이마저 세상을 앞질러 가버렸다. 못 다한 얘기들은 오롯이 회색눈의 의문과 질문으로 남았다. 만약 새끼들이 살아남는다면 수백 가지의 의문과 질문 중 적어도 몇 가지는 명확한 답을 낼 수 있을 터였다. 회색눈은 죽음을 무릅쓰더라도 새끼들을 지켜내고 싶었다. 그러나 회색눈의 자궁에 장착되어 있던 어뢰가 순차적으로 폭발을 일으켰다. 회색눈의 몸 여기저기에 구멍이 뚫렸다. 태평양 바다는 핏물로 물들기 시작했다. 회색눈은 채 감기지 않은 눈으로 새끼들을 그렁하게 응시했다.

이해모수 대위는 열상레이더를 살펴보았다. 뜨거운 핏물 때문에 새끼들의 모습은 감지되지 않았다. 열감지기장비는 물체가 발산하는 전자기방사선을 통해 물속에 있는 물체를 추적할 수 있도록 고안된 전자장비였다. 차가운 바다와는 달리 내부 온도가 높은 온혈동물은 화면에 붉은 빛의 형태로 보였다. 그 여파로 회색눈의 몸통에서 쏟아져 나온 뜨거운 핏물이 열감지기장비를 방해하고 있었다. 김수지 대위는 긴급암호문의 타전을 명령했다.

'변종백상아리 섬멸작전 성공! 핵 공격 취소! 변종백상아리 섬멸작전 성공! 핵 공격 취소!'

미국, 중국, 러시아의 핵잠수함발사관의 해치가 일제히 닫혔다. 대원들은 환호성을 지르며 서로를 끌어안았다. 모듈잠수함은 함수로 달려드는 파도를 깨부수며 타넘었다. 전 세계 주요 언론은 변종백상아리의 섬멸을 속보로 내보냈다. 태평양 바다는 언제 그렇게 미친 듯이 허옇게 뒤집혔었느냐 싶게 조용히 가라앉아 있었

다. 이해모수 대위는 김수지 대위를 끌어당겨 꼭, 안아주었다. 그
녀는 태평양으로 눈길을 던졌다. 그 순간, 수면 아래서 무언가가
핏물을 헤치며 꼬리치고 있었다.

생태계의 파괴,
생태 홀로코스트에 대한 묵시록

최현주(순천대 교수, 문학평론가)

홀로코스트는 단순히 유대인 문제가 아니었으며 유대인 역사에만 고유한 사건도 아니었다. 홀로코스트는 우리의 합리적인 현대 사회에서, 우리의 문명이 고도로 발전한 단계에서, 그리고 인류의 문화적 성취가 최고조에 달했을 때 태동해 실행되었으며, 바로 이 때문에 홀로코스트는 그러한 사회와 문명과 문화의 문제이다.

— 지그문트 바우만, 「현대성과 홀로코스트」

1. 지구의 정복자에 의한 생태 홀로코스트

대재앙이 시작되었다. 그것은 심해, 아주 깊고 깊은 1만 미터 해저로부터 시작된 재앙이었다. 이 재앙의 근원은 원자력발전소의 방사능 유출과 그로 인해 유전자 변종을 일으킨 대형 백상아리였다. 미국과 일본 등 전 세계의 첨단무기들을 장착한 핵잠수함과

220

항공모함이 발진하지만 이 재앙의 근원을 막아내지 못한다. 바다의 모든 생명체는 파괴되어 해양 생명의 홀로코스트가 발생하게 된다. 인간의 문명과 문화가 최고조에 달한 현대사회, 지금 이 시대에 지구의 70퍼센트를 차지하는 바다에서 유태인 학살과는 또다른 대살육과 학살의 홀로코스트가 재현된 것이다.

김춘규의 소설 『백상아리』에 나오는 묵시록적인 허구이다. 그럼에도 그의 소설적 허구는 허구로 읽히지 않는다. 바다로 방사능이 유출되고 그로 인해 해양 생물체들의 유전자 변이가 발생하여 다양한 변종 생명체가 등장한다는 이 소설의 서사 정보는 상당한 개연성을 갖고 있을 뿐만 아니라 당장이라도 오늘 조간신문에 실릴 만한 기사 내용으로 읽히기도 한다. 2018년 7월 IAEA 기준으로 전 세계 30개국에서 가동 중인 원전은 453기로 총 발전용량은 약 392.51GW이고, 건설 중인 원전이 57기, 향후 건설 계획 중인 원전이 153기에 달한다는 정보를 통해 보더라도 소설 『백상아리』의 허구는 그럴 듯한 개연성을 갖는다. 대부분의 원자력발전소가 바닷가에 위치한다는 점에서 핵물질이 바다로 유출될 가능성은 매우 높다. 2011년 일본 대지진으로 인한 후쿠시마 원전 사태가 이를 증명하고도 남는다.

때문에 이 소설에서 제시되는 지구적 대재앙의 근원은 유전자 변종을 일으킨 대형 백상아리가 아니가 합리성으로 위장된 자본주의 사회를 이끌어가고 있는 지구의 정복자로서의 현생 인류일 것이다. 통섭의 과학자인 에드워드 윌슨Edward Wilson은 최근 6만 년 전 현생인류가 등장하여 고도로 조직화된 사회를 구성하고 언어와 이성을 기반으로 독특한 문화를 발전시킨 대서사를 이룩하면서 지구의 정복자로 등극하게 되었음을 설파한 바 있다. 맘모스나 코끼리, 혹은 같은 유전자종이었던 오랑우탕이나 침팬지보다도 열성적인 유전자를 가지고 있던 현생인류가 눈에 보이지 않는 정보를 전달하고 공유할 수 있는 언어와 이성을 가짐으로써 지구의 정복자로 나설 수 있게 되었다는 것이다. 그 과정에서 인간은 동일 유전자종뿐만 아니라 지구상의 많은 동물과 식물 등의 생명체들을 파괴하고 억압하고 착취함으로써 지구의 정복자로 등장할 수 있었을 터이다. 이처럼 이성과 언어 이외의 별다른 우성적인 유전자 특질을 지니고 있지 못한 인간이 고도로 조직화된 사회와 문명을 이룬 배경에는 수많은 유전자종들의 희생과 파괴, 생태적 홀로코스트가 있었다. 고도로 발전한 인류의 현대 문명에 내재한 아이러니이다.

그런데 문제는 이러한 생태 홀로코스트를 인간들은 매우 이성적이고 합리적인 방식으로 진행시켜왔다는 점이다. 『사피엔스』의 저자 유발 하라리Yuval Noah Harari에 의하면 현생인류는 대략 2,000여 년 전부터 보편적 질서를 창안해내기 시작하였는데, 그것들은 경제적인 것으로서의 화폐질서, 정치적인 것으로서 제국의 질서, 종교적인 것으로서 불교 기독교 이슬람교 같은 종교의 질서 등이었다. 이러한 보편적 질서가 21세기 현대사회에 도달한 인류 문명이 사회를 조직하고 경제를 이끌어가는 근간이 되었던 것인데, 기실은 이 보편적 질서야말로 강자가 약자를 억압하고 착취하는 방식으로 작동하는 것이었다. 그럼에도 인간들은 이를 합리성이란 허구로 포장한 채 현실사회를 작동하는 원리로 활용하면서 작금의 후기 자본주의 사회를 이끌어나가고 있는 것이다.

인간은 거의 모든 순간 거의 모든 상황을 예측하고도 애써 외면해버렸다. 생태계의 훼손과 파괴는 한 지역이나 국가의 차원을 넘어 세계적인 쟁점이었다. 그럼에도 과학적 합리주의를 전 영역으로 확장시켜왔다. 문제는 이러한 현상의 이면엔 인간 중심적 사고에 기초한 논리가 숨어 있었다. 더욱이 그 논리는 지구공동체를 유지하고 지탱하는 보이지 않는 힘이기도 했다. 그 여파로 변종백상아리가 탄생되었다. 불행하게도 변종백상아리의 등장은 폐해의 일부에 지나지 않았다. 충분히 안전하다는 말, 충분히 괜찮다는 말, 충분히 극복할 수 있다는 말을 더 이상 믿지 못하게 되었다. 어쩌면 복구될 수 없을 지경으로 완전히 망가져버렸는지도 몰랐다. 인류도 멸종될 수 있다는 깨달음, 대개의 인간들은 그런 것들을 몇 번이나 겪은 뒤에야 진짜 멸종의 심각성을 깨달을 터였다. (64~65)

위의 문면은 김춘규의 『백상아리』의 한 부분으로 작가는 과학적 합리주의와 인간중심적 사고가 전 지구의 생태계의 훼손과 파괴를 가져왔음을 밝히고 있다. 이처럼 인간들은 합리성에 기반한 보편적 질서를 강조하면서 상대적 약자들인 식민지, 여성, 자연 등에 대한 억압과 착취를 통해 고도의 현대과학문명 사회를 이룩해내었다.

『현대성과 홀로코스트』의 저자 지그문트 바우만Zygmunt Bauman 은 홀로코스트, 즉 유태인 학살이 현대사회에서 발생한 극히 예외적인 사건이라는 평가와 해석들을 부인하고, 현대의 합리적 이성과 시스템으로 인해 발생한 사건이었음을 강조하였다. 홀로코스트가 현대성의 산물로서 합리적, 계획적, 과학적, 전문가적 효율성에 의해 관리되고 조정되었음을 밝혀냈던 것이다. 유태인들에 대한 학살과정에서의 가스실과 컨베이어벨트의 시스템으로 상징되는 과학적 시스템, 그에 복무하는 공무원의 자기 역할에 대한 책무성 등은 현대자본주의 시스템의 가장 주요한 운영체계라는 점에서 바우만의 지적은 매우 큰 설득력을 갖는다. 더구나 유태인 학살에 관한 또 다른 연구자인 한나 아렌트Hannah Arendt가 제시한 악의 평범성이라는 개념을 떠올려보면 학살의 주체들의 자기 역할에 대한 성실성과 책무감 가운데 악마적 요소를 찾아볼 수 없다. 단지 자본주의 시스템에 충실한 많은 이들은 자기 책무에 대한 성실성과 효율성 증진을 높은 도덕적 자질 가운데 하나로 상정하며 살아가고 있기도 하다. 네이팜탄을 만드는 제국의 공장 기술자들이 그 파편으로 인해 죽어가는 제3세계 국가의 소년들의 죽음에 대해 도덕적 책임감을 의식하지 않는 것과 같이, 현대성에 충실한 많은 이들은 자기가 한 일로 인해 보이지 않는 많은 피해자들이 발생하는 것에 대해서는 관심을 기울일 필요가 없는 셈이다. 단지 그들은 자기 역할에만 충실하기만 하면 될 뿐이다.

때문에 홀로코스트로 명명되는 유태인 학살은 현대자본주의 시스템이 존속되는 한 계속 반복될 가능성이 잔존한다고 할 수 있다. 2차 세계대전 이후 한국전쟁 전후의 민간인 학살을 비롯해 베트남과 이라크, 아프가니스탄 그리고 많은 저개발 국가들에서 벌어지는 국가폭력과 인종청소는 제2, 제3의 홀로코스트에 다름 아니다. 그런 점에서 김춘규의 『백상아리』는 지구상에서 여전히 반복되고 있는 홀로코스트의 단면을 대륙에서 바다와 해양 생태계로, 인간에서 다양한 해양 생명체로 바꾸어내어 제시해놓고 있는 것이다. 이 작품에서 작가는 해양에서 벌어지는 생태계 홀로코스트가 유태인 학살을 자행했던 것과 같은 현대성의 구조와 메커니즘, 행동 규범 등을 통해 효율적으로 이루어지고 있는 양상을 치밀하게 제시하고 있다.

2. 무한 욕망의 환유적 대상으로서의 괴물의 탄생

김춘규의 이 소설에서 독자들을 충격으로 몰아넣는 것은 무엇보다도 일찍이 볼 수 없었던 괴물의 등장이다. 이 소설의 서사에서 핵심적인 기능을 하는 변종백상아리 '회색눈'의 몸길이는 900미터에 달하고, 무게는 거의 460톤을 넘는 것으로 묘사되고 있다. 현실 속의 백상아리 크기가 6~11미터, 몸무게가 2~2.5톤인 것을 감안하면 변종백상아리 '회색눈'은 상상을 넘어서는 비현실적인 초대형 괴물이다.

　　회색눈과 점박이 수컷은 방사능폐기물 속에서 살아남았다. 다른 변종백상아리들은 DNA의 변이에 적응하지 못해, 뼈가 돌출되고 기이한 형상으로 허청거리며 죽어갔다. 더러는 지느러미가 몸통의 절반을 넘는 녀석도 있었다. 회색눈의 꼬리지느러미도 기형적으로 자라 있었다. 회색눈이 경련을 일으켰다. 형체를 알 수 없는 덩어리가 주둥이에서 뿜어져 나왔다. 입이든 항문이든, 구멍이란 구멍에서 방사능오염수가 뿜어져 나올 것만 같았다. (39)

　　위에 묘사된 바와 같이 '회색눈'은 방사능에 오염된 다른 백상아리들 중의 하나이다. 이 변종백상아리는 기형적 크기와 형상을 가지고 있으며, 방사능폐기물이 담겨 있는 특수강 드럼통을 먹이로 삼아 한입에 찌그러뜨려 먹을 뿐만 아니라 또 다른 변종백상아리를 공격하여 내장을 통째로 씹어 삼키는 괴물이다. 뿐만 아니라 스스로 고주파 신호를 만들어 동료인 변종백상아리 '점박이'와 소통하면서 일본 핵잠수함을 물어뜯어 심해에 가라앉혀 버리기까지 한다. 작품의 후반부에서 두 변종백상아리들은 미국과 중국 등 세계적인 핵잠수함과 스텔스 잠수함 그리고 최신예 전함들을 모두 침몰시키는 괴력을 보여주기도 한다.

이 같은 초대형 괴물의 등장은 후기 자본주의 시대를 살아가는 인간들의 무한한 욕망으로부터 촉발되었다고 할 수 있다. 근대에 들어 비약적인 과학의 발전으로 인간은 다양한 영역에서 고도의 물질문명을 일구어내었고, 그로 인해 인간들은 부유하고 안락한 삶을 누리게 되었다. 그리고 과학을 바탕으로 한 엄청난 물질문명의 혜택은 인간들의 욕망을 무한하게 자극하고 촉발시켰다. 이제 인간은 사피엔스로서의 현존재를 넘어서 호모 데우스(신)를 꿈꾸고 욕망하는 지경에 이르렀다고 할 수 있다.『호모 데우스』의 저자 유발 하라리는 현생인류인 호모 사피엔스가 과학문명의 발전에 힘입어, 특히 유전공학과 생명공학, 인공지능기술, 인간과 기계의 결합(사이보그 기술) 등을 통하여 영생을 꿈꾸는 신이 되려 한다고 지적한 바 있다. 인간의 욕망이 이제 신을 욕망하는 무한 욕망의 시대에 이르게 된 것이다.

하지만 신이 되려는 인간의 무한 욕망으로 인해 지구상의 많은 생명체들이나 생태자원들은 비정상적으로 착취되고 파괴되어나가면서 지구의 생태계는 또 다른 홀로코스트의 장이 되고 말았다. 이처럼 지구상의 다양한 생명체들이 공존하거나 공생할 수 없는 불모성이 지배하는 생태계에서 괴물들은 등장하지 않을 수 없게 되었던 것이고, 김춘규의 이 소설 속의 '회색눈'과 '점박이'라는 변종백상아리 같은 초대형 괴물들이 출몰하게 된 것이다.

하지만 인간은 그렇지 않았다. 턱없는 패악을 부렸다. 녀석들이 인간에게 원하는 것은 없었다. 다만 새로운 터전을 잡고 종족을 번식하고 싶을 뿐이었다. 그것 외에는 아무것도 원하지 않았다. 그러나 인간들은 일말의 미안함도 없었다. 놀란 건 오히려 회색눈과 점박이였다. 어떻게 그렇게 당당할 수 있는지. 그것은 인간이 사는 방식이었다. 필요하면 어디든, 무엇이든, 일단 파헤치고 버렸다. 믿어지지 않았다. 인간은 어떤 족속일까. 무슨 짓을 하면서 지구에 살고 있는 것일까. 이젠 어떡해야 되는 것인지. 인간의 행동은 이해할 수 없는 것이었다. 그럼에도 인간들은 그런 일을 곳곳에서 벌였다. 놀라웠다. 적어도 뭔가 용서받지 못할 행동을 하는 재주는 타고난 족속이었다. (178)

위의 문면과 같이 변종백상아리인 '회색눈'과 '점박이'의 눈에 비친 인간이 사는 방식이란 필요하면 어디든, 무엇이든, 일단 파헤치고 보는 것이었으며, 인간이란 무슨 짓을 하면서 지구에 살고 있는 것인지 이해할 수 없는 행동을 벌이는 종족이었다. 인간들은 유독한 화학물질이나 핵폐기물을 바다에 버리면서 눈에 보이지 않고 당장의 삶에 영향을 미치지 않기 때문에 쓰레기를 제거했다는 환상에 젖어 생태계 파괴뿐만 아니라 스스로의 존립을 훼손하는 문명 파괴를 자초했던 것이다. 때문에 이 소설에서 제시되는 바와 같이 턱없는 패악과 용서받지 못할 행동을 하는 종족들로, 변종백상아리들의 눈에 비친 인간들의 모습에는 현대인들의 무분별한 무한 욕망이 자리하고 있었던 셈이다.

3. 생태에 대한 활유적 상상력과 묵시적 고백

『백상아리』의 작가 김춘규는 본래 바다를 소재와 제재로 삼은 소설가이다. 여수 바다를 바라보며 성장한 내력 때문이기도 하지만 그는 본래 바다의 생리를 소설 창작의 기원으로 삼은 작가이다. 그의 소설집『두 번째의 달』이나 장편소설『바다의 해적』등 그의 많은 소설들이 바다를 배경으로 살아가는 이들의 상처받은 삶과 고통스러운 인생 행로를 형상화하고 있다. 이 작품 또한 그간 작가가 추구한 소설 세계의 커다란 궤적을 벗어나지 않는다. 다만 바닷가 사람들의 이야기가 아니라 바다 생태계의 문제에 초점을 맞추고 있다는 점이 약간 다를 뿐이다. 이 소설은 생태계의 균형 잡힌 조화가 결국에는 바다를 배경으로 살아가는 인류의 안정된 미래와 삶을 제공할 수 있다는 김춘규의 일관된 생태의식을 반영하고 있다.

특히 이 작품에서 강조되는 종 다양성이 보장되는 해양 생태계에 대한 작가의 의식의 심층에는 앞에서도 말한 바와 같은 해양

홀로코스트에 대한 비판의식이 깔려 있다. 그것은 인간의 다른 생명체에 대한 무분별하고 광기 어린 억압과 학살에 대한 반감과 혐오의 감정이 동반되어 있기도 하다. 지그문트 바우만은 폭력적인 잔악행위에 대한 도덕적 저항의식이 약화되어가는 이유 중의 하나로 폭력 행위의 주체들이 피해자들을 비인간화할 때라고 설파한 바 있는데, 지구의 정복자인 인간이 지구상의 많은 생명체들을 멸종시켜가는 과정에서 인간이 도덕적 무감각에 빠진 이유는 그 대상들을 비인간으로 치부했기 때문일 것이다. 이를테면 인간들은 많은 생명체들을 죽이면서도 그 생명체들이 죽음의 공포나 고통을 느끼지 못한다는 자기합리화를 전제로 하였고, 그런 과정이 반복되면서 영혼이나 내면이 없는 대상에 대한 파괴와 살육의 강도는 강화되었다.

그러나 이 작품에서 작가의 의식을 대변하는 초점 화자는 '회색눈'과 '점박이'와 같은 해양 생명체에 대한 공감과 연민의식을 가지고 있다. 더 나아가 괴물에 가까운 변종 백상아리들에게 인간에 가까운 시각을 제공하고 그들의 내면을 제시한다.

회색눈이 처음부터 인간에게 증오심을 품었던 건 아니었다. 회색눈이 태어나기 전부터 협곡에 방사능드럼통이 쌓이기 시작했다. 동족들은 호기심을 보였다. 드럼통에서 눌눌한 물이 새어나왔다. 심해바다엔 뼈가 돌출된 어종이 생겨나기 시작했다. 동족도

예외는 아니었다. 게다가 먹이사슬이 급격히 붕괴되어버렸다. 시
푸른 바닷물에 물든 동족들의 몸통엔 파르스름한 물혹이 생겨났
다. 눌눌하게 물든 심해바다엔 동족들이 울부짖는 소리만이 외로
웠다. (102)

위의 문면에서와 같이 작가는 변종백상아리인 '회색눈'과 '점박
이'에게 인간과 같은 내면을 부여한다. 그들은 자신들이 처한 죽음
과 같은 상황을 인간처럼 사유하고 반성하고 비판하고 있는 것이
다. 작가는 자연과 생태에 인간적 생명을 불어넣고 있는 셈이다.

김춘규의 이와 같은 활유적 상상력은 모든 물질은 그 자체 속에
생명(활력, 혼 또는 마음)을 갖고 있어서 생동한다고 하는 물활론적
사유의 연속선상에 있다고 할 것이다. 물활론은 불교의 연기론과
흡사하며 '존재의 사슬'이라는 개념에 맞닿아 있다. 데이비드 페
퍼David Pepper에 따르면 "우주를 구성하는 모든 원소는 살아 있거
나 죽었거나 정신적이거나 물질적이거나 간에 모두 이 거대한 사
슬 속에 서로 맞물려 있다"는 것이다. 이는 생태공동체주의에서
강조하는 '생태적 영성'과도 깊은 관련을 갖고 있는데, 생태적 영성
은 생태적 각성을 촉구하는 것이며, 각성의 핵심은 우주의 모든 것
이 연결되어 있어서 우주에 대해 전체론적으로 사고해야 한다는
것이다. 김춘규의 소설 『백상아리』의 생태적 사유의 궁극에 바로
이와 같은 생태적 영성과 같은 성숙한 내면이 깃들어 있는 것이다.

굶주림에 지친 회색눈의 암컷과 점박이 수컷은 탈출을 감행하기로 했다. 두려움이 밀려들었지만 개의치 않았다. 어차피 죽기는 마찬가지였다. 열악한 환경과 굶주림이 녀석들을 대항해의 길로 이끌었다. 상상하기도 싫은 배고픔에 반쯤 미쳐버릴 지경이었다. 지상의 바다를 찾는 일도 녹록하진 않았다. 그렇다고 심해바다로 다시 되돌아갈 수는 없었다. 그때마다 꼬리지느러미의 힘이 풀리고 헛구역질이 일었다. 가년스럽게 사는 것도 다 오염된 심해에서 태어난 탓이라고 자책했다. 더러는 알 수 없는 분노가 치밀어 올라 닥치는 대로 물어뜯고 싶은 충동을 참아내곤 했다. 그렇게 지상의 바다로 올라왔다. 비린내가 곳곳에서 진동했다. 정말이지 물고기를 삼킬 때마다 격한 감동에 사로잡혔다. (154~155)

이처럼 인간과 같은 내면을 갖게 된 변종백상아리들은 생태계가 파괴되고 자신들마저 죽음의 위기에 도달하자 인간에 대한 분노와 더불어 엄청난 폭력적 충동을 느끼게 된다. 이 소설의 결말 부분에서는 세기말에 도달하여 지구 멸망에 도달한 인류에 대한 묵시록과 같이 폐허와 절망과 폭력과 죽음의 의식들이 변종백상아리들의 내면을 지배하고 있음을 보여준다. 이는 단지 생태계의 파괴로 인한 다양한 생명체들의 묵시록만이 아니라 그 결과 도래할 인간 세상의 멸망에 대한 묵시록으로서의 모습을 함의해내고 있는 것이기도 하다.

'변종백상아리 섬멸작전 성공! 핵 공격 취소! 변종백상아리 섬
멸작전 성공! 핵 공격 취소!'

미국, 중국, 러시아의 핵잠수함발사관의 해치가 일제히 닫혔다.
대원들은 환호성을 지르며 서로를 끌어안았다. 모듈잠수함은 함
수로 달려드는 파도를 깨부수며 타넘었다. 전 세계 주요 언론은
변종백상아리의 섬멸을 속보로 내보냈다. 태평양 바다는 언제 그
렇게 미친 듯이 허옇게 뒤집혔었느냐 싶게 조용히 가라앉아 있었
다. 이해모수 대위는 김수지 대위를 끌어당겨 꼭, 안아주었다. 그
녀는 태평양으로 눈길을 던졌다. 그 순간, 수면 아래서 무언가가
핏물을 헤치며 꼬리치고 있었다. (218~219)

위의 문면은 소설의 마지막 부분이다. 변종백상아리가 섬멸되
면서 서사가 종결되고 있다. 하지만 마지막 문장 "그 순간, 수면
아래서 무언가가 핏물을 헤치며 꼬리치고 있었다"를 몇 번이고 다
시 읽다 보면 변종백상아리의 완벽한 섬멸로 읽히지 않는다. '회
색눈'이라는 어미 백상아리는 죽었지만 뱃속에 있던 새끼들의 일
부, 혹은 한 마리라도 살아남아 어미의 핏물을 헤치고 나오고 있
는 장면임을 읽어낼 수 있다. 변종백상아리 새끼의 엄청난 생명력
을 암시하고 있지만 이는 자연의 본성, 자연이 가지고 있는 생명
력과 자체의 복원력을 함의하고 있다.

사실 근현대에 들어서 엄청난 생태계의 파괴가 이루어졌음에도

여전히 현생인류가 지금 여기 지구에서 살아가고 있는 이유는 지구상의 모든 생명체, 물 자체의 있는 그대로의 자연 복원력, 기실은 자연의 본성 덕분일 것이다. 그런 점에서 김춘규의『백상아리』는 인류의 욕망으로 인해 자연 생태계가 파괴되어가면서 지구와 인류의 미래에 대한 절망과 공포가 확산되어가고 있지만 그럼에도 불구하고 자연의 본래적 복원력으로 인해 생태계의 미래가 절망만은 아님을 이야기하고 있다. 이 지점이, 자칫 김춘규의 이 소설을 또 다른 생태 홀로코스트를 자행하는 인간들의 폭력성만을 제시하는 소설로의 오독을 막아내는 근거를 마련하고 있다. 즉 이 소설이 변종백상아리들의 제시를 통해 환경오염과 생태계 파괴의 문제점을 지적하고 있지만 소설의 중반부 이후 변종백상아리들을 섬멸하는 데 서사 초점이 맞추어져 있음으로 인해 자칫 또 다른 변종생명체에 대한 파괴와 섬멸을 서사화하고 있는 소설로 오독할 수 있는 것이다. 그런 점에서 소설의 마지막 부분에서 핏물을 헤치고 나오고 있는 또 다른 생명체의 등장은 자연의 본성, 자체 복원력을 가진 생태계의 위대한 본질을 긍정하는 작가의 생태의식의 핵심을 보여주고 있다.

4. 문학의 위기를 넘어선 영상문학으로의 전이 가능성

해양문학의 개척자 혹은 바다의 소설가라 할 수 있는 김춘규의 소설은 기실 그가 태어나고 자란 바다의 생리가 그 출발이자 이정

표 역할을 했다. 그리고 그 결과물들이 그간 그가 창작한 소설들이었다. 하지만 이번 그의 장편소설 『백상아리』는 이러한 자연발생적인 그의 창작 욕망 혹은 창작 원리에서 약간 빗겨서 있다. 이번 소설은 그의 생리적인 창작 방식과는 다른 노력, 혹은 탐구하는 작가의 공력이 내재되어 있는 듯하다. 이 소설 속에서 제시된 생태주의와 관련된 많은 이론들, 바다와 해양에 대한 많은 과학적 지식들 그리고 잠수함과 항공모함 등의 전쟁무기에 대한 지식들은 그가 많은 공부와 연구를 통해 이 소설을 창작했음을 반증한다.

극비백상아리잠수함의 레이더는 탐지능력과 정밀도 면에서 대단히 뛰어났다. 스마트 스킨(Smart Skin)기술을 적용해 선체 표면자체가 레이더 역할을 수행했다. 게다가 360도 방향에서 탐지가 가능해 적의 기습공격을 피할 수 있게끔 설계되었다. 그 기술은 미국의 최첨단 스텔스폭격기 정도에만 구현되어 있는 최첨단 기술이었다. 프로젝트팀은 거기에 만족하지 않고 엔진과 엔진배기가스 배출 방향을 자유자재로 바꿀 수 있는 추력편향노즐을 탑재한 이온엔진을 개발했다. 많은 예산과 인력을 투입해 극비리에 제작한 백상아리잠수함은 그 어떤 해상전력도 범접할 수 없는 최강의 전천후 전투체계를 자랑했다. (70~71)

위의 문면에서와 같이 작가는 잠수함이나 첨단무기에 대한 다양한 지식을 섭렵하고 공부한 후 이 소설을 창작한 것으로 추론된다. 바다와 같은 생리로만 훈련된 작가가 아니라 공부하고 지식을 수렴해내면서 나름의 논리를 획득해낸 작가로 거듭난 것이다. 더구나 소설 속에서 제시된 해양생태에 대한 문제의식과 이를 소설 속에 형상화해냄으로써 그는 단지 즉자적인 문제인식을 넘어서 대자적인 문제인식과 대안 제시까지 아우르고 있다.

이제 그의 소설에서 작금의 문학의 위기를 극복해낼 수 있는 단초를 발견할 수 있을 것 같다. 현재 문학의 위기는 무엇보다 영상세대의 도래 때문이라 할 수 있는데 이는 결국 대중들이 문학작품을 읽지 않은 것이 근본적 문제일 터이다. 인터넷과 IT 매체 그리고 영상 매체의 부상으로 문학적 상상력과 감수성보다 영상이나 사이버적 감수성이 각광받고 있는 것이다.

그런데 김춘규의 이 작품은 적어도 영상에 대한 감수성에 민감한 이들에게도 쉽게 읽힐 수 있는 작품인 것 같다. 영상적 감수성을 촉발하는 다양한 요소들이 작품 곳곳에 내재되어 있는데, 특히 초대형 괴물이 등장하고 동시에 SF적 요소들이 변주되면서 서사적 긴장을 조성하고 있다.

극비백상아리잠수함의 통신대원은 중국 잠수함함대와 교신을 시도해보았다. 잡음만 일 뿐 교신은 이루어지지 않았다. 수중레이더엔 중국 잠수함함대는 더 이상 잡히지 않았다. 다만 태평양 심해엔 스텔스잠수함과 이지스전투함의 잔해만 쌓이고 있었다. 머지않아 그악스런 회색눈의 공격이 재차 벌어질 터였다. 대원들은 눈을 부릅뜨고 멀티스크린을 터치하며 무기체계를 총동원했다.

김수지 대위는 이해모수 대위와 눈을 맞추었다. 그가 고개를 힘주어 끄덕였다. 그녀는 곧바로 극초음속미사일의 발사를 명령했다. 발사관이 열리고 다섯 발의 미사일이 해류를 갈랐다. 김수지 대위는 회색 눈이 뛰쳐나오리라고 예상했다. 그녀의 판단은 적중했다. 폭발음과 함께 심해에서 희끗한 것이 튀어나왔다. 대원들은 회색눈의 이동경로를 따라 수중어뢰를 연속으로 날려 보냈다. 그러나 회색 눈은 어뢰의 반대 방향으로 달아났다. (204~205)

위의 문면은 블록버스터 영화의 한 장면이나 컴퓨터게임을 보고 있는 착각을 불러일으키고 있다. 직접 총을 쏘고 죽이는 장면이 아니라 스크린 화면을 통해 미사일을 발사하고 전투를 벌이는 시뮬라크르가 전경화되는 장면이 제시되고 있다. 실재 현실보다 가상의 영상 현실을 더 실감나게 수용하는 영상세대의 감수성에 조응하는 소설의 한 장면인 것이다. 또한 등장하는 초대형 괴물이나 스텔스잠수함과 이지스전투함 그리고 대중의 흥미를 불러일으키는 서사의 전개 등이 장편 영화를 보는 듯한 재미를 안겨준다. 어쩌면 이와 같은 요소들 때문에 이 작품에 대한 영화화를 기대해도 좋을 것 같다. 좋은 감독과 제작자를 만나 멋진 영화로의 변신을 기대한다.

하지만 그게 실현되지 않는다 하여도 이 소설이 영상 세대의 감수성을 자극할 만한 작품이라는 점에서 소설문학의 위기를 새롭게 극복할 단초를 확보하고 있다고 높이 평가할 수 있겠다.

1

나는 소망한다. 최소한 대한민국이 '해양문학'의 성지가 되길.
어린아이부터 머리가 하얗게 센 어르신까지 너나 할 것 없이 해양
소설을 몇 권씩 쌓아놓고 일독하는 세상이 오길 말이다. 사실이
그렇다. 육지를 배경으로 한 소설, 영화, 만화는 셀 수 없을 정도로
많다. 하지만 바다를 배경으로 창작된 작품과 영상물은 그렇지 못
하다. 특히 삼면이 바다인 반도국가인 우리나라에서 해양문학은
주목받지 못하고 있다.

해양소설은 애니메이션, 드라마, 영화를 비롯해 연극, 뮤지컬,
게임에 이르기까지 무한한 확장성을 지니고 있다. 파생 콘텐츠까
지 아우르면 시장 규모는 엄청날 것이다. 해양소설은 세계 콘텐츠
시장의 자양분을 공급하는 원천이 되고도 남는다. 증강현실 활용
콘텐츠로도 손색이 없다. 나는 소망한다. 바다를 배경으로 창작된

작품들이 하루가 멀다 하고 영화, 드라마, PC와 콘솔용 게임으로 콘텐츠가 제작되길 말이다.

난 스스로를 해양소설의 열성팬이라고 자부한다. 해양문학에 대한 서구적 잣대를 고집하지 않는다면 분명 우리의 고전에도 해양문학은 창작되어왔다. 산문과 운문, 조선시대의 각종 야담·표류담·사행기 등이 그것이다. 나는 해양문학을 연구하면서 가공되지 않은 바다 체험과 미학적으로 가공된 바다 체험이 공존한다는 사실을 알았다. 우리 나름의 인식과 체험과 문화가 있는 만큼, 서구의 해양문학과 차별성을 지닌 한국해양문학의 패러다임을 찾거나 수립하는 일이 내가 감당해야 할 과제임을 통찰했다.

바닷가에서 들리는 파도소리나 갈매기 울음 따위의 낭만 말고도, 나라의 운명을 향해 휘몰아쳐 온 폭풍을 맨 앞에 나서 받아 안아야 하는 숙명, 부두 노동자의 애환, 어족이 줄어 먼 바다로 뱃머리를 돌려야 하는 어부들의 간난 어린 뱃노래, 북녘 가까운 곳에 고향과 형제를 두고도 가지 못하는 실향민의 비애와 한, 환경오염과 파괴로부터 생존권을 지키려는 사람과 바다 생명체들의 고통과 시련 등에 대해서 쓰는 일 말이다.

나는 장편소설『백상아리』에서 환경오염과 파괴, 생존권의 문제에 대해 다뤘다. 그러니까『백상아리』는 환경생태소설이다. 어떠한 장르든 한 권의 책을 읽는다는 것은 독자가 머릿속에서 한 편의 이미지를 그려내는 것과 같다.

우리나라 해양소설은 해녀의 체험 공간으로서의 바다, 자유와 동일성 회복으로서의 낭만적 바다. 원초적 고향으로서의 바다, 정절 이데올로기로서의 바다, 탈출해야 할 적대적 노동 공간으로서의 바다로 그 유형을 구분할 수 있다. 특히 한국해양소설에서는 여성이 주인공으로 등장하는 경우에도 수동적으로 묘사하는 경향이 있다. 남성 중심적 사고가 그대로 반영되는 한계를 노정하고 있음을 부인할 수 없는 사실이다. 나는 능동적인 여성 주인공을 중심으로 서사 구조를 완성했다. 더하여 장편소설 『백상아리』를 창작하기 전, 한국해양소설과 영화를 검토해보았다. 그 양이나 논의의 정도는 미약하다 할지라도, 해양문학의 가능성을 열어놓았다는 데 중요한 의의가 있음을 알았다. 서구식의 해양문학이 아닌 우리 나름의 해양문학이 가능하며, 또 실제로 작품으로 존재해왔고, 따라서 이들 작품을 더 정확히 이해하기 위해서는 해양문학이라는, 다시 말해 문학작품을 바라보는 다양한 관점이 절실히 필요함을 느꼈다.

삶의 바탕을 벗어나는 문학은 그 정체성을 상실하는 것과 같다. 삶의 바탕은 육지에만 국한되지 않는다. 인간은 바다에서 꿈꾸고, 바다에서 역사를 경험하면서 기나긴 세월 동안 몸 붙여 살아왔다. 지금도 계속해 살고 있고, 앞으로도 새로운 삶을 창조할 것이다.

나는 장편소설 『백상아리』를 통해 육지와 바다의 현실적 차이를 극복하고 이런 차이를 창조적 직관, 창조적 상상력으로 구분하여 새로운 삶이 자생할 수 있는 지혜를 찾고 싶었다. 그리하여 바다와 더불어 느끼고, 창조적이고 구체적인 주체들의 살아가는 모습을 담아내는 논리로 창작했다.

2

바다는 오랫동안 인간의 손길이 미치지 못했다. 그 여파로 육지보다는 원시의 신비를 오랫동안 간직해왔다. 그런 바다가 인간의 욕망에 의해 정복되기 시작했다. 산업혁명이 시발점이다. 괄목할 만한 성과를 거둔 19세기 초가 그 시기다. 그 시대에 '고래잡이'는 막대한 부를 벌어들이는 수단이 되었다. 예컨대 고래 기름은 유럽의 밤을 밝혔으며, 향유고래에서 채취한 용연향龍涎香은 귀부인들의 아름다움을 향한 욕구를 충족시켰다.

그랬다. 산업혁명은 많은 걸 바꾸어놓았다. 과잉 생산된 재화를 소비시킬 시장을 찾기 위한 방편의 하나로 등장한 식민담론이 전 유럽을 지배했던 것이다. 그 필요성으로 인해 바닷길을 개척했다. 그것은 곧 모성의 바다, 신화의 바다로서의 소멸을 의미한다. 동시에 바다는 식민지 개척을 위한 항로로서 뿐만 아니라 새로운 정복의 대상이자 개척과 탐험의 대상이 되었다.

조셉 콘래드Joseph Conrad의 말을 빌리자면 "바다는 인간이 극한 상황에 처했을 때 어떤 행동을 보여주며, 그러한 행동의 이면에 숨은 동기를 탐구할 수 있는 극한의 공간인 것이다." 바꾸어 말하면 소설의 세계는 시간과 더불어 공간의 제한을 받으면서 한정된 범주에서 창조된다. 즉 작가가 한정해놓은 공간의 특성에 따라 작중인물의 성격은 창조되고, 그 범주 안에서 작중인물의 행동도 구체화된다. 요컨대 소설에서의 공간은 장소적 의미만을 지니지 않는다. 공간은 소설의 다른 요소들에 영향을 미친다. 더러는 소설의 효과를 강화시키고, 더러는 작가의 주제의식을 드러내는 주요한 문학 장치로서 기능한다.

소설은 일반적으로 서술, 대화, 묘사 등 세 가지 상이한 보고 양식을 사용한다. 이 중 서사의 독립 부분이 공간에 대한 정보 제시에 집중할 때, 그것을 묘사라고 한다. 공간의 묘사는 작가가 세계에 대하여 갖는 관심의 정도와 그 관심의 질을 나타내 보인다고 할 수 있다. 이때 인간은 한 공간으로부터 도피하기도 하고, 그 공간으로 숨어들기도 하며, 혹은 그 공간을 통해서 자기인식에 도달하기도 한다. 따라서 엄격한 의미에서 소설의 공간은 은유적이며 상징적이다. 그리고 시간과 마찬가지로 공간의 지각 및 그에 대한 인식도 과학적인 것이 아니라 문화적인 것이다. 따라서 소설의 공간 인식에 대한 탐구는 인간 현실과 분리된 사회 현상이란 없고 사회 현상 아닌 역사 현상은 없다. 문학에 있어서도 창조적 행동양식을 지배하고 있는 법칙과 사회·경제적 생활에서 인간의 일상적 행동양식을 지배하고 있는 법칙 사이에 완전한 분리가 있을 수 없게 된다.

해양 공간은 크게 자연 공간으로서의 바다와 인위적인 공간으로 나눌 수 있다. 구성 요소로서의 해양 공간은, 공간 인식의 기반이 되는 의미의 탐색과 함께 공간의 한계를 극복하기 위한 방법으로서의 서사 구조와 밀접한 관계를 맺고 있다. 바다는 물의 다양한 형태 가운데 하나이다. 물은 원초적이고 생명을 발생시키는 근원이다.

장편소설 『백상아리』에 나타난 바다 공간은, 생태환경과 인간의 욕망과 연관 지어 생각해볼 수 있다. 경제적 관점에서의 바다라는 공간은, 바다 자체로서 의미를 갖기보다 인간 중심의 가치관과 생태환경과의 연관성을 고려해 창작했다. 그렇기 때문에 바다 공간은 때로 신성한 의미를 지니기도 하고, 때로 죽음과 버림의 의미를 갖기도 한다. 더구나 인간의 생존권과 수중생명체의 생존권은 불가분의 관계를 지닌다. 그런 면에서 바다 공간은 인간과 수중생명체의 충돌하는 공간이 된다. '그렇다면 온전한 삶의 공간이란 무엇일까?'라는 의문점을 품게 된다. 그 속에서 삶의 환희와 행복, 반전과 죽음이 공존하는 것이다. 물론 이러한 의미를 가능하게 하는 공간은 바다, 그것도 심해 공간에서 시작된다. 아직까지도 심해 공간은 인간이 함부로 드나들 수 없는 공간이다. 또한 소설 속에서 바다가 어떻게 형상화되고 어떤 내적인 질서를 갖고 있는지를 창작하는 작업이기도 했다.

해양소설에선 바다가 작품 세계를 특징지을 수 있는 부분이다.

그 사실에 초점을 두고 해양소설 특유의 서사 구조를 완성했다. 장편소설 『백상아리』는 인간중심주의 사고, 백상아리의 생존권, 환경오염을 중심으로 창작했다. 예컨대 생태환경 문제다. 다시 말해 '해양생태' 문제다. 이렇듯 장편소설 『백상아리』의 배경이 되고 있는 곳은 '오염된 바다'이며, 그 바다에 기대어 군사·경제·정치 활동을 하는 인간과 해양생물의 생존권에 대한 이야기이다. 따라서 해양 공간에서 일어나는 삶의 탐색, 즉 위험성과 고립성, 공공성으로 특징 지어지는 생존에 대한 이해는 공간 인식 및 그것에 영향을 받는 서사 구조의 이해와 맞물려 있다는 점을 확인할 수 있을 것이다.

해양 서사를 이끌어가는 갈등의 또 다른 축은 해양 공간에서 비롯된 사건이다. 일반적으로 사건은 '갈등'으로 인해서 발생되고, 갈등의 대부분은 인물끼리의 갈등이거나 인물과 사회의 갈등이거나 또는 인간 내부의 갈등임에 반하여, 『백상아리』는 해양 공간을 오염시킨 방사능의 폐해로 인한 갈등이다. 결국 인간의 탐욕이 부른 비극은 대재앙의 전조로 나타난다. 따라서 자연물인 해양 공간을 대상으로 투쟁하는 장면을 전경화한 서사이다.

3

나는 책장에 꽂힌 책들을 둘러보았다. 해양소설은 몇 권 없었다. 바다를 배경으로 창작된 작품을 구입하여 일독하고 싶어도 시중에 나와 있는 해양소설은 제한적이다. 마음 한구석에 부채가 쌓이기 시작했다. 사람들은 영화, 드라마, 음악에 열광하면서 소설, 그러니까 해양소설은 관심 밖이라는 사실을 깨달았다. 독자들이 우리나라의 해양소설은 재미없고 부족하다고 생각하는 건 아닐까, 그 여파로 작가들도 패배의식에 빠진 건 아닐까 하는 우려를 남몰래 해보았다.

나는 최근에 나온 해양소설과 영화를 빠짐없이 읽고 보면서 스토리텔링을 연구했다. 장편소설『백상아리』는 그런 산물로 창작된 작품이다. 해양소설에서의 공간은 작가가 자신의 의식 속의 공간을 어떻게 형상화시키느냐에 따라 성격이 달라진다. 작가의 체험(간접적인 체험, 그러니까 독서, 영상물, 각종 서적, 연구 논문)과 사유에 의해서 작품 속에 형상화된 공간은 더 이상 부차적이고 보조적인 구성 요소에 머물지 않는다. 그것은 작가의 주제의식과 세계관을 단적으로 보여주는 것이기 때문이다.

나는 소망한다. 이제 바다의 있고 없음, 멀고 가까움에 얽매인 논리로 접근하는 방식에서 벗어나야 한다고. 이러한 의미에서 장편소설『백상아리』는 바다를 어떻게 문학의 자장 속으로 끌어들이느냐에 주안점을 두기보다 그 바다로 인해 각 존재들의 동질성이 어떻게 형성되고, 나아가 그것이 우리 삶에 어떤 안받침으로 작용하고 있는지에 초점을 맞추었다. 그렇다. 편견 없이 작품에 재현된 바다가 이끄는 대로 그 작품 속으로 들어가 느끼고 실감해야 한다. 그러니까 바다의 구체적인 현실과 허구 간의 복잡 미묘한 관계에 대한 성찰이 불가피하다 하겠다.

나는 해양문학과 해양과학 분야와의 현실적인 만남도 생각해보았다. 자연과학으로 한정된 지금의 해양학이 사실은 총체적인 학문이라는 점을 고려해 볼 때, 해양소설의 창작 지평을 넓히는 데 도움이 될 것이다. 해양소설을 읽는 독자는 바다의 짠맛과 냄새, 거친 파도소리 등을 직접 느낄 수 없다. 하지만 이런 한계야말로 해양소설이 가진 장점이다. 묘사된 문장만 보고 바다의 상황을 독자가 스스로 그려내야 한다. 반면 드라마나 영화 등 영상 매체는 냄새와 맛을 제외한 모든 감각을 직접 전달하기에 시청자와 관객은 상상력을 발휘할 여지가 제한적이다. 그렇기에 해양소설이야말로 독자 입장에서 가장 창조적으로 수용할 수 있는 콘텐츠라 할 수 있다.

나는 장편소설 『백상아리』를 통해 바다의 짠맛과 상황을 독자가 음미하며 상상해보길 원한다. 독자 입장에서도 같은 작품이라도 어떻게 받아들이냐에 따라 그 느낌은 달라진다. 또 다른 바다의 즐거움을 느낄 수 있을 것이다.

나는 많은 해양소설이 영화, 게임, 만화, 드라마, 연극으로 만들어지는 걸 소망해본다. 그리하여 대중적 관심과 사랑을 받길 기원한다. 서두에서 언급했다시피 어린아이부터 머리가 하얗게 센 어르신까지 너나 할 것 없이 해양소설을 몇 권씩 쌓아놓고 일독하는 세상이 오길 말이다.

백상아리

1판 1쇄 인쇄 2019년 1월 22일
1판 1쇄 발행 2019년 1월 29일

지은이 김춘규

발행인 양원석
본부장 김순미
편집장 최은영
디자인 RHK 디자인팀 이재원, 김미선
해외저작권 황지현
제작 문태일
영업마케팅 최창규, 김용환, 정주호, 양정길, 이은혜, 신우섭,
　　　　　　김유정, 조아라, 유가형, 임도진, 정문희, 신예은

펴낸 곳 ㈜알에이치코리아
주소 서울시 금천구 가산디지털2로 53, 20층(가산동, 한라시그마밸리)
편집문의 02-6443-8888　　**구입문의** 02-6443-8838
홈페이지 http://rhk.co.kr
등록 2004년 1월 15일 제2-3726호

ISBN 978-89-255-6532-3 (03810)